马上起飞

詹东新 ——

著

*Taking off
right now!*

文汇出版社

目录

第一章　女管制员

1

航空塔台。

旭日东升,晨光泼洒。朵朵白云点缀下的天空,美不胜收。

女管制员沈梦纱美眸微眯,目光灼灼地逡巡着面前的雷达屏幕。显示器上,分布着向机场区汇集的条条航线,这些密密麻麻的航线如蜘蛛网似的交织在一起,每一架飞机被描绘成一个点,无数个点在不同的航线中穿来穿去,演绎着它们不同的航班轨迹。

沈梦纱今年二十八岁,桃腮杏眼,纤腰长腿,从民航大学毕业走上管制岗位六年,已成长为年轻的业务尖子。

今天在塔台席上和她搭班的是管制员戈晖。这是一位魁梧的小伙子,她的学弟,从业四年,特希望和她搭班。和美眉共班,瞧着也养眼。

戈晖眺望着东边大海方向的云彩,说:"阳光这么灿烂,还说下午要变天。哈哈,这像台风外围吗?"

沈梦纱目光紧盯荧屏:"别忘了蝴蝶效应。气象预报说,晚上有强风暴雨。"

她瞥了一眼脚下远阔的机场。4 000米长、60米宽的跑道自南向北伸展,几乎和海水交融。滑行道上,各航空公司的班机排着队,一架跟着一架,缓缓向前滑行,直至跑道头,待她的起飞指令下达后,加速滑行,而后一跃升空,刺向无边的天际。

她凝眉抬头。

跑道端上空,四架客机打着闪亮的前照灯,在空中连成一条直线,由远及近缓缓降落。

她以标准的英语、清朗的口齿,有条不紊地发着准许降落或起飞的指令。

"DLH728, surface wind 030 at 4 meters, QNH1013, runway 02 clear to land."(汉莎728,地面风030/4米,修正海压1013,跑道02,可以落地。)

今天她主班,所有的指令由她发出,旁边的副班戈晖负责监控和纠错,也不轻松。

戈晖轻轻嘀咕了一声:"嗨,满天都是飞机,地上满是飞机,咱们一夜之间,就变成了航空大国。"

沈梦纱懒得理他,凝神关注每一架飞机的动态,精准地发着不同的口令。她已保持了多年无差错的纪录。

屏幕上,一架飞机转了个大弯,快速进入长五边(跑道延长线的上空),并迅速放下了起落架。航迹显示,这架飞机明显快于前机,已接近前后间隔六公里的极限。

她暗骂一句:这家伙,几乎压着前机飞,速度还不降下来!

不料旁边的戈晖嘟哝道:"听声音,好像是兰机长的飞机,转弯平稳,像大雁一样,技术超赞,结棍!"

她冷哼一声,心下道:你以为你是谁,令狐冲?你以为在开汽车,冲得这么猛,想插队,想快点落地?谁不想!尽管不算太违规,但速度不压住,等于穿在了另一架应该从左侧进入的飞机的前面,如果放任他这么做,后一架飞机就得绕出去飞一圈。不行,对这种"捣蛋鬼"必须得"拎"出去,不能惯成他们这种怪毛病。

她以清冷的嗓音发出了让该机出列,绕场一圈再加入五边的指令,并让他联系进近管制员。

"塔台,为什么让我转一圈,不好好的吗?"机长在波道里问着,音调带着不解与不满。

旁边的戈晖捂住话筒,别过头来说:"梦姐,这样会得罪人的。"

她也捂住话筒:"小油条! 我就是要得罪这些需要得罪的人。不懂规矩!"

无暇啰嗦。她翕动一下那薄薄的嘴唇,说话字正腔圆:"别问为什么,让你转出去,就转出去。"

"小姑娘,你这不耗我油么? 我可是回回拿节油奖的。"

嘿,你拿了节油奖,人家可就拿不着了。

她黛眉竖起,水眸里染了一抹愠怒,冷冷地说:"飞机多,波道忙,没时间跟你解释,听指挥,飞出去!"

对方不再吱声,驾机做了个漂亮的倾斜动作,翅膀微微一晃,转出去了。

戈晖听清声音了。"果然是兰晓天,兰机长。"他呐呐地说。

沈梦纱心想,我管他蓝机长、绿机长,还是红机长,该"拎"出去,就得拎出去;该出列,必须得出列。

兰晓天机长在沈梦纱的指令下,绕飞出去,在进近管制员的指挥下,转了个大圈,重新排队进入长五边,又在她的口令下,降落在光滑如砺的跑道上,迟了十分钟。

两小时后,另两名管制员上岗,将他们替换下去休息。航空管制属高强度、高风险岗位,类似于走钢丝的干活,规定两小时换一次岗,保证两小时后有更充沛的精力继续指挥。

早高峰一系列指挥,程序一环扣一环,沈梦纱连一口水都顾不上喝,下来后才感到后背黏糊糊的难受。进入女更衣室,除去衣服,用干毛巾将上身的汗渍擦了又擦,觉得舒爽多了。方端起自带的茶杯,咕噜咕噜喝了几口水,长长舒出一口气。

来到公共休息区,和别的席位管制员聊了几句。戈晖后脚踅了过来。

戈晖头皮有些发麻,轻声说:"兰晓天,他下班后可能会找我们的。"

"找你,跟我啥相干?"

"他也认得你的,肯定已经听出了你的声音。都是民航大出来的校友、学长。"

"那更应该拎得清,更应该理解。飞行人员关心的是他自己的那架飞机,是局部一个点,我们关注的是一个面,全面的面。"

戈晖摇了摇头,无语。

高峰过后的瞬间,热闹的天空忽然安静了下来。地面的飞机慢悠悠地滑行,天上的飞机不紧不慢地接近。似乎出现了一个短暂的空档,宁静的空档。但这种少有的安静是常人眼中的安静,却不是沈梦纱这些管制员眼中的安静。

2

下午,老天哗啦一下变脸,片片黑云从东海方向袭来。

"乌鸦嘴,还说天好。"沈梦纱对着戈晖说。

戈晖叹口气道:"唉,天要刮风,娘要嫁人,没法子的事。"

她白了他一眼:"打起精神,接班去。"

一到班上,沈梦纱快速浏览气象中心送来的天气图。气象雷达不间断地更新着最新的资料,预报提示,台风"美莎"今晚从东海方向经过,虽不登陆,但擦肩而过的威力,也足以带来狂风骤雨。

下午四时,天象骤变,能见度剧降。

遥望天空中滚动的乌云,戈晖紧张地说:"梦姐,黑云压城,怕吃不消,是不是要关机场?"

她双眉微锁:"你早上不还说,天气晴好?"

没空再搭理他。她瞪大双眼,紧盯着盘旋在空中的一架又一架班机,不停地发布着指令。她要在云层覆盖前,安排尽可能多的飞机回归地面。

"怎么办?是不是让有些航班备降去?"戈晖又问一句。

沈梦纱抹了一把额头冒出的汗珠,请他通知设备部门开启二类盲降。

一般天气下,通讯导航部门只用常规的一类盲降,便可将飞机引导到跑道附近,飞行员凭目视将飞机降落。到了多云、低能见度的恶劣天气,飞行员在空中看不到跑道,就需开启高级别的二类盲降。这种系统,能从地面发射出两束电磁波:一束电磁波称为航向引导,指示飞机沿跑道方向降落不偏离;另一束电波称下滑引导,指示飞机沿3°的斜度下降。两种电波在空中合成,形成下降通道,精确无误地导引飞机在飞行人员看不见跑道的情况下,缓缓下降。

她让一旁的戈晖打电话给机场灯光科,将灯光调至"晨昏"模式。戈晖迅即接通电话将她的意思传达下去。

在跑道灯光的设置上,大部分时间,电脑会根据气象中心传来的数据,包括云底高、能见度、白天或晚上等因素综合计算,给出一个灯光开启模式。但人工智能不代表人脑智能,沈梦纱在五六年的观察中发现,电脑设定的灯光模式并不是最理想的,比如夜晚,跑道的灯光不用开得过亮,太亮会刺眼;白天能见度不佳时,反而应开得闪亮。事实证明,有时电脑自动调节灯光模式并不最精准,机器运算并不见得最智能,还是要凭经验,采取人工的模式将灯光调至最佳。这个问题,她在和多位机长的交流中,得到了共识。

暮云四合。戈晖揉了揉眼睛,不安地说:"梦姐,黑云翻滚,天气越来越不像话了,怎么着,关不关跑道?"

沈梦纱比他更心焦。快到临界天气了,天上的飞机还挺多。

"对外发布航行通告,本场不再接收飞机进港。"

她倏地坐直身子，瞬间，又干脆站立起来："到机场上空附近的，让机组根据自身的驾驶技术，自由选项。"

按目前的科技水准，盲降系统也是有条件的，难以做到在能见度为零的情况下让飞机落下来，只能在一定的条件下"盲目"降落。二类盲降系统，可以在云底高30米的情况下，引导飞机落地。也就是说，飞行人员在30米的高度仍看不见跑道，只能选择复飞，不能落地；但到30米高度看见跑道时，也不是所有飞机都能降落，这是给出机长的一个决断高度，由机长根据自己的技术水平选择落还是走。

戈晖也跟着立起身来，眸底划过几抹异色。他不安地说："紧挨着的都是国际航班，最前面一架是美国飞机，紧跟着日本的，然后是俄国的，再后是我国的。"

波道里响起美国飞行员叽里呱啦的英语，意思是他的飞机油量足够，请求去杭州备降。

沈梦纱立即同意，让他联系进近管制员，转飞杭州。

紧随其后的日本班机见美国人走了，也一加油门，拉起机头，申请去外地备降。

一架俄罗斯伊尔-96客机的机长，带着浓重的俄式英语说："我，想试试。"语音刚落，已钻出云层，稳稳下落。一会，飞机发出尖厉的擦地声，落在跑道正中，飞快地滑走了。

戈晖竖起大拇指："厉害。"

紧紧跟着的两架国内航班，也步俄国客机的后尘，从跑道延长线上不断降低高度，轻飘飘地落在跑道上。

戈晖一阵轻松，又跷了跷大拇指："哇塞，这几年看，咱中国飞行员的技术，越来越超越老外了。"

她无暇睬他，眉心一扬，自顾自说："这下，真的该关闭机场了。"

戈晖抓耳挠腮，无奈地说："动一发牵全身，跑道一关，许多飞机要去外地备降，相关机场要流控，全国都要乱一阵子了。"

她沉了沉眼神，唉叹道："天昏地暗，只好关张了。相信机组和乘客们能理会。"

3

晚饭送来了，一律的盒饭。

对吃什么，已经没有太多的感觉，只当作一桩事体，完成填饱肚皮的任务。打开盒盖，发现今天的菜还真不错，两块条肉，四只虾，两个炒蔬。

沈梦纱不及细看，就伸箸下去，一边嚼着，一边不停地往嘴里扒着。几年来，她在工作中的吃饭，变成了扒饭，简直跟打仗差不多，筷子不停地扒，嘴巴和舌头不停地嚼和咽，不到十分钟，一顿夜饭已然解决。

夜，沉闷下来。"美莎"掠过东海，带来的大风在厚重结实的玻璃窗外耍着威风，呼呼地嘶叫着，尖厉刺耳。一会，怪风像变了形的音响，拉长与扭曲的呼啦声如鬼哭狼嚎，一阵紧逼一阵。孤零零的塔台像悬着的浮萍，显得孤立无助，开始微微颤抖。

风力持续加大，超过了每秒 15 米，百米塔台出现明显晃动。一名新来的女管制员脸色刷白，哇的一声哭了起来。戈晖男子气十足地说："哭什么！"

那女管制员呼吸一窒，哆嗦着说："梦姐，摇得这么结棍，会不会塌下去？"

"说什么呢！这塔台建筑全是钢筋水泥垒起来的，可抗八级以上强震。"她拍拍新管制员的肩膀，"淡定，别担心。机场已关闭，大家，唉，也是，这个，心里害怕的，别待在上面，可以先撤到底下去。"

女管制员抹了把眼泪，"嗯"了一声，乘电梯下楼去。

风力持速加强，已到了每秒 30 米的速度，塔台的摇晃更剧烈了。一会，两名男管制员居然哗啦一下呕吐了起来。她大为惊骇——从未遇到过这种情况，顿时，一股凉意蔓延到四肢百骸。

她知道，塔台建筑设计为圆柱形，上百米的高度，下细上粗，顶部为工作间，受到强风袭击，就会摇晃。它不同于民用建筑，无论住宅或商务楼，即使30层以上，甚至60层、80层，由于体积庞大，构成一个整体，虽遇狂风，也不易摇晃，或者只是微小晃动，一般人难以感觉。而塔台不同，细长像毛竹，头重脚轻，遭风吹，"梢头"就会晃动。

这次是沈梦纱从业以来遇到的最强劲的一次风力，许多人在摇晃中呕吐也属正常。按要求，就算眼下机场关闭，没啥飞机起降，但塔楼上还需要有人值守，晚间还要不停地和气象部门及进近、区域等管制部门沟通联络。

两名负责放行和地面滑行的管制员吐得脸色铁青，晕头转向。沈梦纱举起右手，掌心朝外，对他们说："你们去底层休息，我在上面留守。"

戈晖颤动了下肩膀，咬咬牙说："梦姐在，我也不能下去。"

她嘴角的弧度微微上翘，亲和地说："用不着，我一个人值着就可以了，你们下去，有事再呼你们。"

戈晖高大的身躯站立起来，右手一摇："不，我陪梦姐一起蹲守。"

另一名年龄稍大的男管制员也要求留下，跟着塔台一起晃。

她嘿嘿轻笑道："我好感动。"

几名管制员离开后，戈晖战战兢兢地问："今天摆动这大，这塔，会不会倒？要是真有事，咱年纪轻轻……可就挂了。"

她一撸秀发，语气无比淡定："怎么会呢，那是弹性。好比车在高架上，遇到侧风大时，桥就会晃，人和车也会晃，但哪能断？设计人员早就将各类因素考虑在内了，哪怕摇得再猛烈些，也绝不会断裂。"

戈晖心定了不少，嗫嚅道："我忽然发现，女人的抗压能力胜过男人。听师傅说，2010年世博会期间，局里办了个太极班，利用中午休息时教学。开始时，男男女女七十多人，嘻嘻哈哈练拳脚，由于陈式太极训练强度大，又是中午时间，溜号的人越来越多，时至今日，坚持下来的只有二十人，而且大部分为女性。"

"所以，你们要是害怕，尽可以撤离。"

两个男管制咬了咬牙齿，说："你不撤，咱就不撤。"

"谢谢你们了，大男人。"沈梦纱直了直小蛮腰，说，"干管制这一行，就这样，女人当男人用，男人当牛马用。"

年龄稍大的那名男管制员说："小沈你休息会，我和戈晖守着就行。"

她揉了下眼角："外面这么大动静，怎么可能休息？不过，这种经历很难得。"

不时有底下的管制员乘电梯上来，询问要不要换下去休息。她摆摆手："我这个人怪，过了十二点不睡，精神特亢奋，怎么也睡不着了。还是我在这儿吧，听听风声、雨声、机器声。"

上来的几人又下去了。

沈梦纱说："毕竟，这种经历，也不是人人能撞上的。"

上面继续晃动着，戈晖等几个脸上白一阵，灰一阵。

4

后半夜，戈晖迷迷糊糊中觉着，拍打在巨幅玻璃上的风声小了，机场区制高点的塔台也不再晃动，不禁精神一振。张开眯着的双眼，瞧了瞧沈梦纱。她正聚精会神地查看电脑上的云图，阅读气象中心传过来的天气预测；一会，又点开雷达屏幕，观察周边空域的飞行信息。

"五点以后，天气好转。"她似自言自语，又似对他说着。

他扑哧一声笑了出来，心下说，难道她脑后也长眼睛？

"你笑什么？"她说，"台风过去了。"

"我在笑你对谁说话。"戈晖说。

"我对自己说话，怕得孤寂症。"

不到六点，"美莎"远去，天已放亮。虽有乌云片片，但能见度已提升到 800 米以上，机场开放。原本上大夜班的管制员——包括呕吐空了肠胃的几名管制员全部上位,着手各自的工作。

这类枢纽机场的塔台管制室,有几十名管制员,一次换班超过十人,有负责飞机放行的,有负责地面滑行的,也有像她这样负责飞机降落和起飞的。根据需要,各岗位间可以交换。在这群平均年龄三十岁左右的管制队伍里,女性占了三分之一。

沈梦纱早上八点下班,她要赶在下班前,将昨晚积压和早高峰应该放行的航班集中飞出港。通常,早上七八点以前,进港的航班相对较少。

昨晚,她利用机场关闭、无航班的空闲,结合自身多年的工作心得,精心构思了一个快速排放大流量航班的预案,这个方案,她曾在无数次当班中斟酌过。

她很快组织起几十架飞机一大组的航班波,集中离港。在其他管制员的配合下,她一只眼睛盯着雷达屏,一只眼睛盯着跑道,密集地发着一个接一个的指令。副班戈晖则帮她检查每个航班的电子进程单,帮她监控、核对每个指令的正确度,防止出现"错、忘、漏"。在她清朗和连珠炮似的口令下,地面的飞机从不同的廊桥位滑出,在滑行道上排起长队,缓缓向前移动。当前一架飞机抬起前轮离地时,她命令后一架飞机立马前移,转弯,将机头对准跑道,待前机的尾流一消失,马上加速滑行,拔地、破空而去。由于有效利用了前机助跑滑行、后机同时转弯对准跑道的刹那宝贵时间,每架飞机差不多节省了 26 秒时间,六十架飞机省下了约半小时的黄金时间,换句话说,也就是在同样的时段内,几乎多放飞了二十多架飞机。

八点钟不到,她将昨晚积压和今早计划中的飞机以航班波的形式集中释放了出去。当班的有位二级管制员,从业十五年,曾到伦敦、亚特兰大等管制中心学习,也见识过国内外诸多枢纽机场的航班波放飞,但还是被沈梦纱高效的指挥所震撼。

戈晖这个副班当得一点也不轻松,高峰过后,他松了一口气,由衷地说:"乖乖了不得,梦姐,硬是挤出了二十多架飞机的流量,将昨晚台风积压的航班呼啦一下全放跑了。"

"遇到这种恶天气,机组、空乘、旅客比我们更心急,咱只好捏着一把汗,将潜力抠到极限。"

"可是,如果衔接不当,这样做也有风险。"戈晖说。

"你走楼梯还有风险呐。"她指指自己的心窝,"这里有数。"

瞧着一架架飞机跃空而去,她心中有种说不出的轻松。

后来,管制部门将沈梦纱的经历提升为经验,用于早高峰大面积航班的离港。

早上八点,陆续有国内外机场飞来的航班落地。

新上班的十几名管制员从沈梦纱他们手中接过座位和话筒,开始新一轮的工作。

离开位置,她一阵目眩,才觉得眼前满是金星,身体像散了架似的。脚底打飘,一个趔趄,差点摔倒,她右手一扶,撑住,调匀了呼吸才敢迈步。侥幸没人发现。她挺了挺腰杆,露出略显苍白的微笑,和接班的同事们打招呼。昨天特情,她白天连晚上超时工作了。

学姐白雪梅趸了上来,拍了拍她的小肩,细声道:"后天你休息,去涮火锅——茂名路新开了家火锅,料理超鲜,说得提前一个月订座,看它牛吹得比天大,嘿嘿,我试了试,昨天就订到了位,中午的。好久没聚了,哎,还有两位民航大的空乘校友一块去。"

她最近很累,还要看几本书,本不想去,但前几次聚会由于老家来人也没去成,这回不好再推,只得应允:"白姐,我事比较多,看情况吧。"

"什么再看情况,已经定了。再说,过段时间你要调进近管制室,去西郊的森林里上班,见面机会少了,更应该去。"白雪梅笑眯眯地说。

她刚要说什么,白雪梅抢着说:"你的小跟班戈晖已经答应了,他说必去,你更要到。"

沈梦纱无语,不太情愿地点点头。

回到她的出租屋,狂睡了八小时,体力才恢复。看了会《战争与和平》

后半部分,忽然想起租的屋子该付租金了,通过手机银行将两个月共计七千元的租金划给了房东。想想怅然,来 H 市工作多年,户口问题还没解决,还在排队,现在只是居住证。没有户口,即使攒够了首付,能买套五十平的二手房,仍在限购之列。买不了房,只能租房,继续租房……她惨然一笑,仰头躺倒在她的单人床上。

想到户口,呼吸又沉重起来。一个星期前,一同事因没户口,买不了房,辞职了,去甘肃家乡发展。同样干管制工作,收入相差无几,但老家房子便宜,人脉关系熟,部分人就走了这条道。

但她不能,她爱这个城市,喜欢这儿的人文,喜欢这儿带点小资情调的街景,尤其是梧桐落叶后的老建筑,满是诗情画意。租房,对她来说没什么,国外许多人一生都租房住,不也挺好? 她要留在这儿,扎根在这儿。更主要的,这儿管制单位大,人气旺,作为一名管制员,可以指挥更多的飞机,在更大的舞台上施展。每当往雷达屏幕前一站,她就似一个统领千军万马的将领,自尊无比。这是一个令人心动,令青春韶华能够充分释放的地方。

5

沈梦纱出生在西施的故乡,父母为当地小读书人。因为她的家乡有条西施曾经浣过纱的溪,遂将她取名为梦纱,希望她能沾点浣纱溪的光,长成西施那样的逆天颜值。虽然世人都未曾见过西施羞花闭月的容貌,但瞧着沈梦纱,倒也的确是个美人胚子,柳腰长腿,眉目清丽,还带点冷冷的媚,在民航大期间,曾被人誉为三朵校花之一。

沈爸从小将她当男孩一样养,有言在先:十八岁以后,长大成人,独立生活,开销自筹。以为是说着玩的,不想老爸一言九鼎,言出必践。十八岁那年,她考进了师大,也是老爸"断供"之时。孤身一人在华师大,一边读书,一边家教,学费、生活费全部自理。她是被老爸"逼上自立"的。

读大三那年,听到一同学说:有单位来招生,3＋1,后一年去天津民航大学习,排队面试的从一楼到二楼,快去! 也不知是干什么的,但一听毕业后包分配,赶紧跑去排队。

面试有英语环节。席考官是局方的一位中年人,说话有点急窘,想赶快将面试做完似的,因为排队应聘的人有点多,场面比想象的火爆。旁边是他的一位助手。轮到她进去,席考官抽出一篇英语文章说,念一遍。

沈梦纱一看,说:老师,这篇文章我考托福时读过、背过的,太熟了,那个,胜之不武;那个,是不是换一篇?

席考官说,哼,还有嫌题目熟的! 不换了,念,念一遍。

她几乎背了一遍。主考官点点头。旁边助手问了两个问题,都比较简单。她一一答完,就离开了。

过了一周,师大学生处的一名干部找到她,神秘兮兮地说,闵航区一个水塔高高的单位,同意录取她,听说那儿待遇不错,每年发空调、电视机什么的。

她嗤啦一声笑了,她查过资料了:不是闵航,是民航;不是水塔,是指挥塔。

进单位工作后,碰见面试她的老席。他说,你是个有意思的女孩,是参加面试学生中唯一一个不问什么单位、不问什么工作、不问什么待遇的人。哈哈,来了就好,就好。

去天津民航大学"＋1"前,她回老家一次。跟老爸说,最后一年去天津读书,费用上能不能赞助点? 老爸右手一摆:自己想办法。怎么办? 在师大可以做家教;去天津,人生,地不熟,又只一年,真的没法子。终于谈妥了,向老爸借款五千元,当场打借条,说好拿工资后还。

去天津,几个落实了单位的同学兴高采烈,买了机票飞过去,每人机票一千元,唯有她一个人坐火车去,硬座,几百元,也蛮开心的。老爸的苛刻养成了她的独立与坚韧。

上班后,她在塔台、区域、进近等不同的管制部门实习,一口气考了几个室的执照。她和师傅葛尖一样，是少数几个可以在低空、中空、高空管制岗位上工作的全能型管制员。

6

白雪梅、戈晖和区域室管制员马化讯三人开车来接沈梦纱，带她去茂名路上的"梦上火锅"午餐。白雪梅三十二岁，本地人，已婚，没有沈梦纱那些外来族户口、房子问题的麻烦事，显得比较悠闲和坦然。她开着车将他们送达用餐地，再去附近泊好车，上去时，两名空乘校友已经抵达，开始点菜。

沈梦纱的包里露出本《战争与和平》。白雪梅说："还看这些旧书，老酸牙了。"

"白姐，你不懂，我既不排斥互联网，也喜欢纸书。"沈梦纱说。

区域管制室的马化讯比她高几届，山东人，长得挺拔冷峻。他轻皱了一下眉头，说："这话和你年龄很不相符，不妨带你去看个科幻新片，人工智能的，看了才晓得有多酷炫。"

"你姓马，真以为你是马化腾弟弟、马云侄子？"沈梦纱莞尔道，"从内容上看，当下的文学作品，又有多少值得去细细拜读？时下的一些作家过度沉湎于灰色与荒谬地带，钟情揭丑，不会颂扬，一味瞪眼，不会欢笑，好端端一个文坛，尽是无病呻吟……唉。"

"嗯——"马化讯颔首道，"倒也是。"

"另一方面，手机文学，虽然注水过量，但微信阅读，随处可看，方便得都不好意思，内容的娱乐性也不差，难怪唐家三少等网络大咖的稿酬以亿级计。"沈梦纱说。

"是。"马化讯说。

"沈梦纱说啥，你自然是跟啥。"白雪梅说着，忽地惊骇起来，"在这么物化的时代，想不到梦纱是个书人。"

沈梦纱说:"所以我还是觉得读读传统经典有劲道,历久弥香。"

马化讯终于转了个弯子说:"这个话题太大,太重,还是谈谈现实版的,买房的事怎么样啦?"

马化讯是她的学长,已屁颠屁颠在她后面黏了两年了。她始终带着微笑,和他维持在同事间的距离。

两空乘异口同声地说:"哎,咱外地人,没有户口,光有居住证,怎么买?"

"听见了吧?"沈梦纱叹息道,"这就是实情。"

戈晖挥动右手,招呼大伙动筷:"菜上来了,开动,开动,这个,吃喝趁芳华,填饱了再掰扯。"

一空姐笑道:"人说,诗酒趁年华,可没说吃喝趁年华的。"

"反正都一样,就那个意思。等七老八十了,吃也吃不动,玩也玩不动,后悔都来不及。"他随手扔了几块鱼片在火锅中,用筷子头敲着火锅沿说,"至于那个买房问题么,办法倒是有,也简单,是女的,找个本地男人嫁了,是男的,寻个本地女娶了,本、外结合,曲线救国,一切 OK。"

白雪梅嘴角一扬,大声说:"事情恐怕没这么便当,据统计,现在本地人和外地人的比例为1∶1.6,年轻人中异地在本市工作的比例更大,要做到本外搭配,难度不是一般的大,况且婚姻这东西又不是商品,怎么能捆绑搭配? 不过,沈美人后面的追星族肯定排着队预约。"

沈梦纱夹起一箸牛肉卷,乐呵呵地说:"白姐别拿我开涮。嗨,不急不急,俺还想做几年快乐的单身族。"

嘴上说着,内心总是不爽。缺了户口本,好像还是外地人。城市精神不是说了吗:海纳百川,开明睿智,大气谦和。嘿嘿,大气、开明、海纳百川,怎么不大气一下,把我们海纳进来?

马化讯用勺子捞了满满一勺三文鱼递给沈梦纱,也捞了几份其他食物分给白雪梅和两位空姐。说:"梦纱,真的离开塔台去进近啦?"

马化讯何尝不想将事情往前推一步? 但沈梦纱这个人琢磨不透,琢磨了两年，也琢磨不透，只要向她献殷勤，她立马将头昂起，朝着远方。在婚恋问题上，他还是觉得找本系统的那一半好，对行业、对工作比较理解。事实也确是如此，在大民航系统配对成功的总有三分之一左右。

"那边人手缺。我有进近执照，等上完明天的班头，先过去了。"她耸耸肩膀，"到哪都一样，都拿话筒混饭吃。"

戈晖垂下头，不舍地说："总归没原来的便当了。"

吃到一半，戈晖接了个电话，出去了。半晌，领着个俊朗小伙子上来。沈梦纱一瞄，知道是那个兰机长。那天戈晖说得不错，他会找咱们的，想不到这么快就找上来了。

兰晓天身高一米八，眉目俊朗，两鬓的头发修刮得光溜干净，头顶留着乌黑的长发，齐刷刷地向右边翻去，正是当下影视里时髦的发型。

兰晓天向众人作揖，将一束鲜花送给沈梦纱："沈小姐好！多日不见，越来越亮眼了。"

马化讯眼皮一跳，默不作声。嘿，又来个献殷勤的。

白雪梅说："这么好听的话，别光说给沈小姐一人，也给咱们分享分享？"

两位空乘齐声地说："真是，听得起鸡皮疙瘩，咱们可要吃醋了。"

沈梦纱的俏脸微微一红，将花顺手递给白雪梅："送你，白姐。"

"送的花可不能随便转手。"白雪梅转头说，"兰晓天，咱空管系统虽然比不上航空公司的美女如云，满眼的迷妹迷哥，但也不缺俊男靓女，最有名的有两大名花，一个是沈梦纱，另一个是气象中心的伊点点，戏称姐妹花。"

"白姐别穷开玩笑。"沈梦纱指着花束说，"这又不是玫瑰花，送谁都一样。"

"那我下次送玫瑰。"兰晓天哈哈笑道。

沈梦纱脸朝着别处说："嘿，那我就更不敢收了。"

马化讯心头一爽，幸灾乐祸地斜了兰晓天一眼。

沈梦纱忽然说："兰晓天认识伊点点吗？"

兰晓天大方地落座："在一次青团组织的交流会上见过，搞气象预报的。"他扭头望了两空乘一眼，"怎么样，管制员把我们空乘比下去了？"

一空姐说："我们可不是尖儿，要是公司的几位形象代言人出场，情况就不一定了。"

"晓天胡说啥呢，既然不请自到，屁话少说，赶紧罚酒。"戈晖举起啤酒瓶说。他俩是哥们。

兰晓天伸出右手，又开五指一挡，对沈梦纱说："其实，那天的事……"

戈晖一阵紧张，怕当面激化矛盾，双方下不了台，想说句劝场的话，又不知从何说起。

沈梦纱问："你是说前天的事？戈晖说我得罪你了。"

兰晓天目光闪烁，以手加额："是我不对，我知罪。这个，飞行听管制，这是规矩，今后，一定，一切行动听指挥，听指挥。"

戈晖的心跳慢了下来。沈梦纱说："还以为来兴师问罪呢。"兰晓天说："岂敢。"白雪梅说："知错能改，善莫大焉。"戈晖说："晓天在争取当五星机长。"

另一空乘说："空地本来是一家。"

"对，大民航是一家。吃菜，吃菜。"

吃完火锅，兰晓天抢着编了个十足的理由，要送沈梦纱。她挥挥手，看了眼远方，上了白雪梅的车，低笑道："原车原位，劳驾兰机长将贵公司的二位空姐送回去。"

空姐雀跃而起："谢谢兰哥。"

7

从东海掠过的台风，将天空洗涤了一遍，碧蓝的颜色蔓延到了无边。祥云片片，慢悠悠地飘，飘到了满天的湛蓝里，消失了。

在这样的天气下上班，人的心情也好到了极点。

今天，沈梦纱在塔台上最后一个班，然后，就去进近管制中心报到了。同事们的脸像这天气一样，满是清澈，满是微笑，也有依依惜别的味道。

一晃眼，她在塔台工作六年了，一切是那么的不知不觉，一切是那么的匆匆忙忙，一切是那么的令人追味。日子好过，一年如一日，来不及分辨春夏秋冬，不经意间，又到了去年同样的季节。岁月无情，时光不再。她今天的心情既轻松又复杂，毕竟在这里上上下下了许多年，熟悉的面孔，熟悉的机器，熟悉的场景，连窗户玻璃上都留下了她的气息。

她今天负责航班的放行。像往常一样，她有条不紊地操作着熟悉不过的程序。她记忆力超强，不用看屏幕，也清楚某时某刻有哪家公司的航班起飞或落地。

一架国内 M 公司的航班接到她的指令，从桥位上撤下轮挡，被推车缓缓推出，而后开启引擎，转动它庞大的身躯，向前滑出。滑到一半时，又接到她的口令，停在原地，让日本 N 航空公司的一架客机先上跑道。

M 公司的航班不干了，机长在波道里用中文直接责问沈梦纱：为什么要我等，让日本飞机先走？

为什么？有必要解释为什么？

沈梦纱有些窝火，但还是和颜悦色地说：管制间隔需要调配，请稍等。

M 机长以为得理，大声吼了起来："明明我在前面，为什么让人插队，超到我前面去？"

波道里声音很多，不是一对一的对话，而是沈梦纱一名管制员和多架飞机的对话。M 机长这么一吼叫，跑道上滑行的许多飞机机长和副驾驶都能听见，有的机长甚至偷着乐，想看他们的笑话。

她最后一天的班次了，本不想置气，更不想在公开的波道里和机长互怼。按规定，现在空地通话都用英文，国内外航班一视同仁，既然 M 机长质疑她，她还是耐着性子用中文重复了一句：这是管制间隔的正常调配。

没等她将话说完，M机长激动地骂了一句："让日本人先走，就是卖国贼！"

天哪，今天碰上一个恶鬼！什么日本人、德国人、巴西人、中国人，在她的面前都是一样需要友好服务的客户。

她没有时间生气，只是严肃地指出："M机长，请注意你的用词。现在请你保持回答指令以外的沉默，这里没有时间跟你解释，请你按管制指令办！"尽管她用中文说，但相信也有些老外听得懂中文，也许日本N公司的机长就能听懂。

她没有工夫解释，也没有必要解释，要是需要对每架飞机解释管制指令的具体理由，就好像警察要对过往的每一辆汽车解释为什么要设红绿灯一样可笑。这么指挥的理由在她心里：M公司的飞机去三亚，但在他之前，也有一架其他公司的航班去三亚，两架飞机走同一条路去同一目的地，必须有五分钟左右的时间间隔。这样，即使M公司的班机现在不停顿，到达跑道头也得等几分钟的时间；如果让同样在滑行道上滑行的日本N公司的航班插到前面，该航班马上可以滑跑起飞，这样做，并不影响M航班的实际时间，反而加快了机场的整体流量。事实上，M航班停等五分钟的时间并没变，只是心理上感觉被人插队罢了。

对沈梦纱来说，她根本不可能在繁忙的波道里跟某一架飞机费这么多口舌，那样的话，她的舌头都要破碎流血，波道都要爆了。

M航班紧跟着日本N公司的航班呼啸而去，带着M机长的不满和质疑。

她忙于应对后面几十个架次航班的放行，又是在这儿工作的最后一天，也没计较M机长的无理取闹。

当天上完白班回到住所，洗漱完成刚要就寝，接到戈晖的电话，说M公司有人在微博和微信上不点名骂她，让她关注。一会，戈晖和白雪梅等几个几乎同时将相关信息转了给她。

她打开微信一瞧，不得了！某人大标题加黑体写着："小女不知亡国耻,隔空犹唱后庭花。"

微文详细叙述了某女管制员不帮国人,故意让日本人插队的"事实",写得有鼻子有眼。

微文一出,"舆情"哗然。后面有不少跟帖,部分对管制有意见的飞行人员趁机吐槽,大发牢骚。群众的眼睛是"雪亮"的,纷纷指责塔台某女管制员胳膊肘往外,帮曾经的侵略者"小日本"插队,真是"商女不知亡国恨"。傻瓜都看得出,这个商女,不是别人,就是她沈梦纱。

她的头"嗡"的一声,快要裂开。她明白,在眼下这种不明就里的自媒体攻讦面前,她沈梦纱口才再好,再沉得住气,也是有口难辩的。她真的不知道,在塔台的最后一班,她这名本不起眼的管制员竟稀里糊涂滑入了互联网"舆情"的漩涡。

当然,她可以选择沉默。既然自己问心无愧,为什么要去争辩?要说,就让别人去说吧。自媒体舆论,发一两天"烧",自然就会冷却下来。

领导当然也看到了,马上打电话来询问。因为这关系到一个单位的美誉度。她控制着孕育的怒火,详细叙述了事情的原委,说和她当班的同事都能见证,上级也完全可以查当天的监控录像、录音等。

领导说,我们不需要你理由充分的解释,当然知道你并没有错,但需要面对的是吃瓜群众,难道我们能将录音、录像公布到网上去?这是要打哪家的脸,要出哪家的洋相?往大一点说,出日本人的洋相还是出中国人的洋相?

她眼角笼上了一层寒霜,不晓得自己错在哪里,但总有错。今夜,必定无眠。

思绪甩回到五年前。前人说了,阳光下出现的事情必然会重复出现。

8

那年刚放单不久,因为塔台部分女管制员面临生孩子、怀孕等现实问题,人手紧张,说句"一个萝卜一个坑"的话都太谦虚。她有时生了病都不说,不好意思说,带病坚持是常态。

那天,她嗓子哑了,除了必须发的口令,基本不说话,也说不了更多的话。师傅心疼,但又没法让她休息,该值的班半个都不能落。有的机长从无线电里听出来了,在波道里问候一句:"小姑娘,年纪小也要注意身体,多喝点水。"管制室的师兄师姐也嘘寒问暖,她的心头热乎乎的。

那天,她管地面飞机的放行。在波道里,谁先谁后的秩序排定是公开的。一个管制员对某一架飞机发指令,其他飞机的机长和副驾驶也能听到,所以他们对自己推出桥位后,排在第几架起飞心中有数,信息公开又透明。有的机组遇到问题就爱问,打破砂锅问到底。尽管波道资源十分宝贵,但没法子,有时还得做好适当的解释工作。

原本第五架滑出桥位的 H 航班,突然听到有一架新推出的航班排在了他的前面,大为光火,在波道里一直追问:小姑娘,怎么排的,本来我排第五,怎么变成第六了? 她一再说明,这是正常调配,并不影响你的起飞。那机长还是咄咄逼人,反复问她到底为什么。

为什么? 因为 H 航班停机位离跑道端远,就算动作很快,也要滑行27 分钟,将近跑道停机位的航班插入一架,并不影响 H 航班的时刻。如不插进别的飞机,中间的时间可就浪费了。她又不可能将这些话在波道里原原本本说出来。

那机长听她说话闪闪烁烁,若隐若现,知道她是新管制员,说话更神气了,说她是菜鸟,语气中明显含有揶揄的成分:"一听就知道是新来的,菜鸟管制员,嘿嘿,你到底会不会指挥? 不会指挥就别瞎指挥!"

"我没有瞎指挥。"她委屈地说。

"你就是瞎指挥。"

"我,没有。"泪花在眼眶中打转,她隐忍着不让它掉出来。

"你是。"

"我不是。"

"你就是!"

这时,有其他机组听不下去了,好几位机长出来帮她说话。

"塔台这样做肯定有他们的道理,小姑娘已经反复解释了,某些人也不用苦苦相逼。"

"人家小姑娘感冒不下火线,嗓子都哑了,你还要在波道里吵来吵去,显得素质不怎么样。"

"这种情况,我们以前也遇见过么,别嚷嚷了,走吧。"

又一位机长说:"今天北京方面流控,这里放行已经蛮积极了,大家多谅解,你怎么就不理解呢。"

听几位机长同时发话,H机长寡不敌众,缩了回去。

那是在几年前的"菜鸟"时代。

今天,类似的事又发生了,但这回不只在波道里,而是趁着自媒体迸发的浪潮,直接在网上发飙了。

多少人对互联网又爱又恨,又妒又恼,她不知道自己这个"网红"要红几天,更不晓得明天一早太阳升起,"插队门"事件又会发酵到啥个程度。

翌日早上五点多,手机响起。按理,她是二十四小时开机的,怕有临时任务收不到通知。几乎一夜未眠的她,疲惫地拿起手机。

是她的师傅葛尖。这么早呼她,也只有她师傅了。一定是他在晨跑或准备晨跑,记起事,赶早打过来了。在他的世界里,仿佛每个人和他一样起这么早。

葛尖开导她,别烧脑了,人生遇到不顺心的事,愿意也好,不喜欢也好,该来的总会来,该到的就会到,无法挑选,无法逃避,能做的就是坦然面对,欣然接受,调整内心,坦荡放下。

葛尖说:坊间传言,从来不过过脑子的,管他呢!

她无语。她想不管,她想放下,可社交媒体让她放下吗?吃瓜群众让她放下吗?自媒体的优点是自由,谁都可以成为新闻发言人,谁都是评论家;缺点是太自由了,猫可以说鼠话,鼠能说成猫。

这回,她真的被电着了。

其实,事情发生后,管制方面也发了一些微文,想扳回点负面影响,如果一方保持沉默,另一方会"得理"不饶人,进一步痛打"落水狗",但上面要求总体把握不吵架、不互怼的路子。

当管制方的不偏不倚、不卑不亢的匿名文字在互联网挂出后,飞行员和吃瓜群众并不买账,有人甚至大骂管制部门态度有问题,出了错不愿承认,不虚心接受"群众"的批评。扔鞋扔袜子的大有人在。

戈晖、马化讯气得鼻子都歪了,连写了几篇署名文章,摆事实、讲客观,以正视听。微文发出后,有的理解,也有的将信将疑,认为管制员之间总是"管管相护",一个鼻孔出气。

真正的转机出现在沈梦纱不眠之夜的次日早上。

上午八时,各行各业开始上班,有的人在地铁上,有的已迈进办公室的门,许多人习惯性地掏出手机,浏览热点"舆情"。

有位航空公司的机长,叫兰晓天的,从他的视角,对"插队门事件"发了长篇微文。因为他是机长,同样站在"被指挥者"的角度分析问题,可信度高,很快得到大量转发。

这位和沈梦纱有过交集的机长兰晓天,半夜刚从中东飞回,看到业内微信群里疯转的议论和跟帖,觉得沈梦纱被网络黑了,被"冤枉"了,躺着中枪。由管制员来发声澄清,机长们觉得可笑和难以接受:他们是被"管"的一方,是裁判员和运动员的关系。这下,同为"运动员"的兰晓天一发声,效果立马不一样。

昨晚,兰晓天赶个通宵,洋洋洒洒写了三千字的微博。他谈道:众人往往只知皮相,不知骨相,自己从副驾驶到机长,从事飞行工作十多年,也曾多次"耍小聪明",前不久还遇到过一次被"清"出去的经历。痛定思痛,自己的小聪明终究是"小聪明"而已。咱们机长关注的是自己这架飞机,是一个点,而管制员要"摆平"的是所有的飞机,是一个面,点比面小,面比点大,这是最基本的道道。网上对某女管制员的批评,看似理直气壮,实际是滑稽可笑的。"井蛙不可以语于海,夏虫不可以语于冰",不谋全局者不足以谋一域,管制员是谋全局,咱机长是谋一域,孰轻孰重?一望便知……

堡垒最容易从内部撬开。兰晓天平常嬉皮笑脸,但飞行技术一流,又是个弄潮儿,有自己的微博,粉丝超十万,是航空公司年轻的"牛人"。他的博文一出,评论与转发者无数,至少在民航业内,该看的都看到了。

兰晓天的现身说法,像一帖最猛的降温药,将"插队门"的高温降了下来,将铺天盖地的舆情牛鼻子牵了回来。机长、副驾驶们沉默了,跟帖者闭了嘴。头痛欲裂的沈梦纱重重吐出一口气,今晚总算可以睡个安稳觉了。

还有人不让她睡。

另一枝花,气象中心的伊点点来电话了,说话听上去有点酸溜溜:"有意思,兰晓天这货,这么玩命为你自揭伤疤,为你开脱,是不是对你有意思?"

她提起精神,应付了几句:"他只说了实情。点点,太累了,下次再聊吧。"

"这个,好像不太正常。"

伊点点又叽叽咕咕了一大通,才快快挂了机。

兰晓天对她有意思?神经。沈梦纱的手指使劲磕了磕床沿,一脸错愕。真的要醉了。

白雪梅的电话响起,恭喜她度过危机,说什么也要约几个人帮她压压惊。

白姐说:"要换岗了,借机搞个聚会,放松一下。兰晓天说了,他们几个校友也来参加,一块热闹热闹。"

沈梦纱一听,头就大了。兰晓天也要来,来邀功?这次是帮了大忙,雨中送伞,为她解了围。他是来要管制员的掌声?

"我恐惧和他碰面,白姐,有机会再说吧。"她干脆直言拒绝。

白雪梅说:"嗨,这么个大美人,宅在家里,是不是太可惜了? 有人说,谁要是娶到沈梦纱,做神仙也不去了。"

"白姐玩笑越开越大了。"沈梦纱太阳穴突突轻跳,说,"我真的很累,下次我请,请你们吃大餐。"

今晚,继续失眠?

沈梦纱叹口气,头重脚轻。瞳孔一缩,看到手机屏上又露出师傅葛尖的拨号。她只得快速打开听筒。

葛尖师傅哈哈一笑说:"多大点事? 世界是简单的,别搞那么复杂,忘记那一幕,快来进近管制室上班吧,这头人手紧。"说完,嗒的一声收了电话。

第二章　进近高度

1

沈梦纱的师傅葛尖是老管制员,在不同的管制岗位干过,虽然不是最老,但在这支平均年龄二十八九岁的管制员队伍里,也算元老了。

葛尖今年快五十了,瘦瘦高高,大半头白发,其模样实在太惹眼球了。别人以为他营养不良,他矢口否认:祖上遗传基因,几代如此,早生华发,少年白头。问他是不是管制岗位的压力所累?也摇头:不是,也是祖上遗传。他四十岁朝上,已白发多,黑发少,白头发里掺有几根黑头发。但双目有神,精光四射,与人相对,气场传到五米开外。每天五时起床,晚上十二点以前不寝。上大夜班,有人晕头晕脑,他精神抖擞,连眼皮都不太眨一下。

他喜爱长跑。平时工作忙,既要上班,也要培训、带新人,没时间参加各地的马拉松跑,但他跑在自己的江湖里,每天五点起身,只要不上通宵班,跑五至十公里,雷打不动。

他更爱管制,爱到发痴的程度。人说,干一行,爱一行,他是干一行,醉一行,直至和它发生感情——执子之手,与子偕老。他拥有塔台、进近、区域各大类的上岗执照,是为数不多的全能型技术人才。

唉，在空中交通管理系统，塔台、进近、区域、流量控制这些术语太专业，让人云里雾里，但又不得不提。他尝试着尽量将专用名词通俗化。

一次，国内几家媒体记者参观新落成的管制中心大厅。在听完了大体介绍后，《都市报》的田秋颐记者问："葛老师，航空管制系统神秘兮兮，我们也是头一次听说这么专业的行当，这么专业的术语，比如刚才有人介绍的进近，什么意思？"

葛尖的唇角勾起一抹浅笑，用手比划着上、中、下三个高度层，说："从飞机飞行的高度上分，塔台只负责飞机的起飞和降落，是最低的一层。飞机起飞后到进入航路前，或者从航路下降高度到落地前的中间环节就是进近的工作区。所以从高度上讲，进近的指挥范围大约在 500 米至 6 000 米的高度之间。"

年轻的美女记者推了推架在鼻梁上的眼镜，说："有些明白了，但听来好像还是有层纱罩着，这个，能不能再通透一点，将遮着的这层面纱撩开。"说着，田记者双手往外一扯，做了个撕开的动作。

葛尖将记者的目光引向雷达屏幕。荧屏上，犬牙交错的航线，无数个圆点闪烁着，每个圆点代表一架在空中翱翔的飞机。

葛尖指着一架从航路上降低高度，往机场行进的飞机说："呶，指挥飞机下降，对准跑道飞行的过程就可以叫进近。"

葛尖说："这是塔台和高空航路之间的过渡地带，情况最为夸张。一方面，要指挥起飞的飞机，沿一定的空中走廊进入各自的航路；另一方面，要安排从四面八方赶来的飞机在空中排好队，按一定的路线、一定的顺序下降，直到对准跑道。"

田记者眉心微皱了皱，若有所思。

"天空看上去广阔无垠，但在管制员的眼中，天路无比狭隘，类似于螺蛳壳里做道场。"葛尖说，"以进港航班为例。因为飞机从不同方向飞来，有的从北京，有的从广州，有的从罗马，有的从纽约来，不同的航班从不同的航路飞来，最后汇聚到机场上空的狭小空域，我们管制员要给每一架飞机安排路线和秩序。飞机速度快,前后间隔又挨得近——通常前后间隔为六至十公里一架,而降落的跑道才一根或两根,根据风向,落地的方向又是固定的,不是向南就是向北,最后所有飞机都得集中到长五边——跑道延长线的上空排成队。"

葛尖抬了抬下巴,说:"对于一天只有几十架航班的小机场来说,管制指挥的挑战也许不算太厉害,但对于一天飞行量超过五百甚至一千架次的大型机场来说,进近指挥的压力就不是一般人所能理解,管制员要同时安排几十架飞机在天空中上升或下降,穿插或避让。飞机一多,难免有的要盘旋等待,在机场上空打转转,有的一圈不够,还要转两圈,弄得不好,还容易导致两机危险接近……"

他忽然停顿下来,感觉自己说得太多了。瞧了眼对方,她正饶有兴趣地听着,嘴角的弧度微微向上翘着。

她脑洞初开,似乎明白了,就好比开车,车辆很多,而进车站的口子只有一个,从各条马路上驶来的车辆都得经过同一个口子进站,即使车站造得无比宽敞豪华,但进场的通道就这么小。飞机不是汽车,在空中不能停住,道路又是立体的,指挥难度可想而知。

她双眉一扬,思绪飞转,联想到了舞台上的表演。空中的飞机,有的昂头,有的下蹲,有的盘旋,有的平飞,仿佛一群技艺高超的舞者,以上百公里直径的空中为舞台,跳着美丽的芭蕾。这是多么美妙的舞姿,何等惊艳的艺术!

这次参观后,田记者以进近管制为题,写了篇《空中芭蕾》的散文,发在副刊上,引来航空爱好者的一片唏嘘。葛尖的名字也和他的行当一起披露在媒体上。

2

葛尖的经历有些传奇。

他研究管制，也研究飞机，因二者是密不可分的行业共同体。

他先后在塔台干了十来年，干得久了，对飞机发动机的轰鸣声颇有感知，听力独步管制界。在塔台岗位的十多年间，即使隔着巨大坚厚的玻璃，不看飞机本身，凭借发动机的声音，他也能辨析出起飞的是波音、麦道、空客、庞巴迪，还是国产的运七、运八（当时还有）机型。开始有人狐疑，当众测试，将他遮蒙眼睛，放开耳朵，听声音辨别机型，连测七八架，一次不错。众人无话。在常人的耳膜下，除运七、运八这类螺旋桨飞机外，喷气客机的声音都差不多。葛尖不同，他有蝙蝠一样的耳朵，从细小的差别中就能区分开不同发动机搭载的飞机，甚至能区分出发动机的正常与否。

一年冬天，他在塔台带新学员。一架客机从跑道上滑跑，加速，速度越来越大，发动机的轰鸣声浑厚而尖锐。就在那架客机抬起前轮，离地一跃升空的瞬间，他的心咯噔一下，感觉有异。他飞快地瞥一眼窗外，让副班指挥，推开厚重的玻璃门，一个箭步冲出室外，来到凌空的回廊上。

环绕塔台一周的回廊，孤悬在整个机场的制高点。阵阵冷风迎面扑来，他脸上如针刺，不禁打了个寒战。也就十秒钟光景，那架飞机已一头扑向蓝天，发动机的烟尾和气流交织在一起，猛烈喷向后方，发出震耳欲聋的响声。葛尖的眼光正好为它送别。

室外的声音更刺耳更猛烈。不过十多秒的时间，这架飞机的声音很快消失在风声和其他飞机的嘈杂声中。耳朵再一次告诉他：飞机有问题，除了正常的发动机噪声外，还夹杂着一种不易察觉的咕噜咕噜的伴音。这种不应该有的细微杂音，随风飘去，但还是被他敏锐地捕捉到了。

踏进室内，来不及抹一把冻红的脸颊，他立马打电话给进近管制员，请他们火急询问机组发动机是否有异常。

几分钟后，进近方面得到反馈，机组检查了设备，的确发现机上的右发动机有问题，当即请求返航。该航班绕机场上空一周后降落地面。安全落地后，机组专门在波道里对葛尖和塔台表示感谢。

管制员小王说:"葛师傅神耳,飞行人员没听出来,你倒先听出来了。"

另一位管制员说:"葛老师这样的人一多,航空公司的机务怕要失业了。"

葛尖一拍对方脑袋:"又胡说了。我不过是凑巧听见,这个,十年一回。经常这样,还了得。"

私底下,徒弟们称他为葛教头。

3

"都给我闭嘴,听我指挥。"

葛教头的这句话,一度成为圈内的名言。

进近范围,面临大量的飞机上升或下降,交叉穿插,飞机速度又快,管制人员常常忙得天旋地转,即使夏天吹着冷气,两小时下来,后背的衬衣全是湿的。

葛尖最困惑的不是忙,而是有的飞行人员的疑虑与不解。按规定,一个管制员同时指挥不超过八架飞机,但有时航班积压,就要指挥十几架飞机。空中编队,难免有飞机要等待,要转圈,不是你就是他。

那天,天下着雨,他正指挥几架飞机排队下降。忽一架 A320 刷地滑进扇区。葛尖说,先盘一圈。A320 机长叽叽歪歪,说为什么?葛尖说,没看到天上这么多飞机?A320 机长说,我看不见。葛尖说,是,你只看见你自己,我能看见周围一群。这时,其他十几架飞机的好几名机长也不停地问这问那,波道里吵得不行。A320 人来疯,又起劲地跟着问东问西。

葛教头瞳孔紧缩,忽然大喝一声:"都给我闭嘴,听我指挥!"

波道里顿时鸦雀无声。他拍了拍丹田,吐出一口气,从容指挥飞机下降的下降,等待的等待,将一大拨积压的飞机安排落地。

高峰过后,他感到刚才有些过火,想说句缓冲的话,但看到有的飞机已进滑行道,有的已靠了桥位,只得作罢。一会,又有不少航班从屏幕上移进了他指挥的辖区,他忙于应付后续航班。下班后,几乎忘了这茬。但和他搭班的小管制员记住了,不少机长记下了。

沈梦纱一走进进近室的管制席前,就想起了这句话。她今天正式调到这儿,来到位于西部森林深处的指挥中心上班,跟师傅葛尖当副班。这里看不到跑道,看不见真飞机,但通过雷达屏幕,能看到天空中更多的飞机。在这个鲜为人知的地方,他们每天指挥着华东上空成千上万架次的民航飞机。

从此,原来女管制员稀少的进近管制室多了一道曼妙的倩影。

也不知道世道变化多快,连天气也变得不认得了,深秋季节,雨绵绵,一下就是一整天,如潇潇春雨。还有惊雷,本是春天的雷,秋天也响,电闪雷鸣,整整响了一个多小时。沈梦纱算长了见识,遇上这种怪天,航班正常才怪。葛尖埋头苦干,她在一旁默默监控。

天气捣蛋,葛尖指挥的扇区(一块空域为一个扇区),已积起了密密的二十架飞机,远远超过正常标准。葛尖忙而不乱,娴熟地从话筒里发着一条条指令,力争将各方面的情况安排妥帖。

一架 B777 原来就延误了,在公海上兜了几圈,晚了个把小时赶到,又被葛尖指引着在机场上空再兜圈子。

机长心中不爽,有气无力地说:“圈子能不能转得小一点?”

“五分钟一圈,只兜两圈。”

“就不能兜一圈么?我是长途机。”

“不能。”

另一架 A330 从新西伯利亚来,兜的圈子更大,趁机说:“我是远途,旅客们都极疲倦,能不能直接落下?”

葛尖瞥了一眼辖区内的飞机现状,说:“不行,你要转出去。”

“呀,再向北,就要甩到南通上空了,这个圈也甩得忒大了。”A330 阴阳怪气地说。

B777 机长跟着起哄说:“我的圈不能再小点吗?想快点降落。”

葛尖压着火说："谁不想早点降！你以为是战斗机，想多小就多小圈！"

A330机长见缝插针，又问一句："今天自北向南落，我现在正好在北端，对着跑道延长线，请求直接落地。"

"不行。"

开始有其他机长插话，波道里充满了各种疑问的声音。B777又发话了："我申请直接切五边……"

"都给我闭嘴！"

葛教头猛喝一声，习惯性地又将说出下一句时，忽然觉察到了什么，立马闭了嘴，瞟了眼旁边的女弟子。

沈梦纱嗤的一声差点笑出声来，她知道下一句必是"听我指挥"。今天怎么只说了一半，硬生生收住了？

葛尖抹平了波道里的噪音，缓了口气，对着话筒大声说："请不要讲价钱，让你转圈就转圈，让你兜几圈就兜几圈，我手上有二十多个飞机，需要统筹，不能跟你们个别人耗着。天空这么小，叫我怎么办！"

转头瞪了她一眼，有什么好笑！

沈梦纱垂下眼帘，侧脸向隔壁扇区的管制员扮了个鬼脸。

半夜，沈梦莎主班，飞机少了，有的扇区开始合并。白天飞机多，扇区分得细，晚上尤其是后半夜，飞机少，扇区合并，人员减少。她请师傅下去休息，她和另一名管制员值班。

半夜三点，一架德国U航空的货机进港，在她指挥下转入五边，准备降落，但不知怎的，该机两次落下去又复飞。机长在雨雾天有些惊悚，对自己的技术缺乏信心。当时她不觉得太紧急，货机第二次拉起后，问他去备降还是再等等，U机突然就报了"Mayday"（紧急情况）。一问，才知是燃油紧急。从以往经验看，老外报紧急真的紧急，可能连合肥、南京也飞不去。紧急状态有多种，比如故障，但油量不够是最要命的。

沈梦纱心脏咚咚跳个不停。她紧急联系周边最近的机场，本来最近的机场也就二十分钟的飞程,但那边正趁半夜赶修跑道。她急得肾上腺素急剧分泌,急急联系气象中心。恰逢另一枝花伊点点值班,她说:平流雾,一阵好一阵坏,坏一阵好一阵,也不是没有机会。

等了一会,过去十五分钟,飞机还在耗油。她急得牙齿发酸,一再催问伊点点。

伊点点仔细评估后说,应该可以了。她是气象预报方面的高手,外表烈焰红唇,但性格偏慢,说话永远不紧不慢。

沈梦纱立马安排 U 货机进五边,交给塔台管制员。U 航机长终于满头大汗地落了下去。U 航机长报告,仅剩九分钟的油量。想想都后怕。以后,她对远方来的飞机多了一根弦。

第一天来进近工作,就差点被整个下马威。

4

葛尖虽寸头花发,人瘦得像根竹竿,却有拖不垮的身体。进近管制室人手紧,有人休假、出差、培训,常常需要别人顶班。顶班加班这些事,回回有他。

他"憋"功好,两小时班上从不上厕所。几乎不喝水,实在口干舌燥了,最多咪一口,润润唇。在他的示范效用下,许多新管也开始不喝水,练"憋"功,憋功练好了,益处明显,因为从岗上下来上厕所,必须临时让班下休息的同事上去顶替,还要交接班,一上一下挺麻烦,能屏就屏过去了。

他将自己金刚不坏的原因归结为长跑,每天五至十公里,这么多年跑下来,绕地球不知多少圈了。偶尔也有垮的时候,唯一的一次,春运期间,连续几个加班,发了高烧,去医院打点滴。但吊水不忘跑步,稍好一点,坚持要在楼下的院子里跑几圈,过把瘾,护士被缠得嘴起泡,没辙,帮他拎着吊瓶跟着跑。有人拍了照片挂到手机上,引发众人哄堂大笑。

"管制员是铁打的。"他在笔记本上写着。他爱业近乎痴狂。半夜醒来,还在思虑管制上的事。妻子问,怎么啦。他说没啥,想到点事,顺手记一笔。记得够多了,已记了十七个厚笔记本。将来写回忆录好派用场了,妻子说。

一回,沈梦纱问师母,师傅这么折腾,身体真的没事?师母说,让他去折腾,不折腾才难受。沈梦纱想,师傅是劳模,是全国"五一劳动奖章"获得者,就是这么折腾出来的。

和他同龄的许多管制员都当主任、书记了,他还在一线拿话筒,高级管制教员,行政职务是带班主任,管二十多人。徒弟们问他,既然不上去了,为何还要这么拼?他说,我走的技术路线,不是做官才有奔头,不是只有官位才是成功的标杆,不是的;"官"毕竟是少数人,多数人还得走技术线,也许这类路径更适合我。

徒弟们却被他"折磨"死了,有时半夜一点会发信息谈工作,早上五点会打电话来问昨晚的班上情况。

沈梦纱来进近上班的第二天,早上五点半,还在半梦中,啵的一声,进来一条信息。她吓了一跳,睡眼惺忪间,打开看,是师傅对昨天的经历的体会。她头有点大,无奈地关上。

一会,大地在粉红色的晨光下苏醒了,她也苏醒。

当晚,沈梦纱又收到一条微信。葛尖说,几年前认识的田秋颐记者在写一篇文章,要用到"五边"这个术语,能不能帮忙做一诠释?教头将光荣的任务交给了她。

沈梦纱清楚,田记者采访了葛尖几次,就成了他的崇拜者。她很快写了段文字发出去。

她写道:人们坐飞机,到达机场上空附近时,经常会碰到飞机的翅膀向一边倾斜,转一个弯,一会儿又来一个倾斜,再转一次弯,最多要转四次弯,再落地。这就是飞的五边。飞机起飞时,正对跑道的起飞方向称一边,到上空后,不管向左转或向右转,以跑道为参照线,第一次 90°转弯为二边,再转 90°为三边,又转 90°为四边,最后 90°转到五边。管制员和飞行员通常说的长五边其实就是跑道降落端的往后延长线。实际上，一边和五边是同一条直线，都是跑道线的上空，一前一后，一边指起飞，五边指降落。在实际飞行中，根据空中的飞行情况，并不是每架飞机都要转几次弯，有的可以从第三边切入，有的从二边进来，也有的远远地直接对准五边就进场降落了。

徒弟们太有体会了，跟着葛教头干，就一个字：累！

5

白雪梅和沈梦纱商量，怎么也得雨中送把伞，给葛尖搞一次庆生聚会。

沈梦纱即便有一万个不情愿，在白雪梅师姐的软磨硬泡下，只得应允一块想想办法。她晓得葛尖从不搞生日聚会这类活动，他的心里只有管制，外加业余爱好长跑。他的人生就是管制加跑步。为了成事，她想到了法子——从堡垒内部入手，从葛太太身上打开缺口。她喜欢这位比自己大不了几岁的小师母。

葛太太是航空公司的空姐，姓杨，比葛尖小了一轮，是校友做的媒。在民航圈里混，认识最多的也是圈子中人。他们的小孩今年七岁，准备读小学。

葛尖这么晚结婚，并不是忙了工作，忘了家庭，而是事出有因。在二十六岁时，他就交了个女朋友，也是业内人士，感情蛮好，已到谈婚论嫁阶段，后来突发了状况，只好分道扬镳。葛尖为此郁闷了十年。对于这段往事，沈梦纱听老管制员说起过。

上世纪八九十年代初，国外的月亮还挺圆，小青年时兴去欧美、日澳打工，因国内外收入级差实在太大，所谓的出国勤工俭学潮此起彼伏。葛尖女朋友不甘寂寞，精心谋划了一年多，决心挣脱国企小工资、死工资的束缚，远渡大洋，去读两年书（兼打工）再回来。葛尖被缠得晕头转向，最终同意。女朋友红着眼圈说，两年辰光，一眨眼的事，就让我去闯荡一把吧。葛尖想想也对，年轻人都有梦，就让她去追个梦吧——不管是圆梦还是残梦。两人执手相约，她两年归国后，立马披婚纱走红地毯。不就两年么？

为方便女朋友的旅途，葛尖通过关系，事先找到了那位飞澳洲的机长套近乎，说了许多她头一回出远门、希望多多关照之类的话。机长一个劲地点头，一再表示全力照应。

临走那天，葛尖提前三小时送女友到机场，两人在候机楼相拥痛哭，依依不舍。葛尖说，到那边别亏待自己，有困难写信或打电话回来。女友泪流满面，哽咽得说不出话来。葛尖扶着她的双肩说，安心去吧，单位已在筹划给员工分房，等你一回来，领了证，就可以申请分房，有了房，就有了咱们自己的窝。女朋友越发难受了，泪水像断了线的珠子，大粒大粒往下滚。

当着她的面，葛尖对机长横关照竖关照，让他当作自己的亲人一样对待她。机长受到了感染，紧握着葛尖的手说，放心，放心，一定温馨服务，安全送达。

办完了手续，过了安检，女朋友泪光盈盈，一步一回头，恋恋惜别。葛尖的心像刀割一般，一股从未有的离别情感涌遍全身，送别的痛。当女朋友的倩影消失后，他匆匆赶往管制室，他要在雷达屏上目送女朋友乘坐的航班远去。

葛尖眼巴巴地瞧着这架航班从跑道上滑跑飞出，载着女朋友的梦，向东海方向而去。

他始终关注的这个小圆点已经到了东海上空，快到了A593航路中方和日方空中交通管制的交接点——点西由中国方面指挥，点东由日方指挥。过了这个点，意味着中方的管制员无法听见机组的声音。

一个和他有关的声音从波道里传来。那架航班的机长——刚才在候机楼才见过，代他的女朋友转述了一句话："葛尖，分手吧，再见。"

不啻晴天霹雳！受震惊的不止他一个，几个当班管制员都听见了，听得清清楚楚，他的女朋友说跟他分手。葛尖希望是在梦中，死掐了几下自己的大腿，真疼，不是在做梦。瞧瞧周围，同事们一个个形象生动，正惊愕万分地瞧着他。

他双眼瞪得像铜铃，一把抢过耳机，对着听筒说："什么？再重复一遍。"

机长客气又严肃地询问了他是不是葛尖管制员本人。当然是，几小时前见过，只不过说话嗓音有些变了。然后，机长说：他女朋友无论如何请他转述，她和他的关系到此结束，从此重洋远隔，相忘于天涯。她自己没有勇气说出口，不得已，请他这个机长代话，对此，万分抱歉。

葛尖终于明白了事情的原委后，脸色刷白，差点晕过去。同事们瞅着呆若木鸡的葛尖，不知如何劝他。几个小伙子架着他离开工作场所，去休息室喝口茶，清醒清醒。

当然，那是在八九十年代，飞机少、波道空，飞行员和管制员还能说几句和工作无关的私房话。现在不同了，满天都是飞机，规章又严，地空双方连工作语言都忙不过来，哪有可能私聊。

受此毫无征兆的情变，葛尖望着大洋波涛，"清醒"了十年。三十好几了，单位同事不断给他介绍女朋友，有民航业内的，也有行业外的，都对不上眼。直到七年前，遇到年轻貌美的空乘小杨，两人一见倾情，很快坠入爱河。小杨是个北方女子，说话做事都爽气，虽比葛尖小十多岁，但因为在同一行业，能理解他没日没夜的工作性质，而她也经常飞航班，国际国内的，飞得天旋地旋，两人有时一周碰不上一次面，和葛教头这工作狂正好是宝贝一对。

6

为了葛尖生日的事，沈梦纱趁小师母飞航班前的缝隙，在候机楼请她喝了杯咖啡。互联网时代了，人懒得连门都不想出，似乎一部手机可以搞定一切，但仍不能代替见面。沈梦纱还是要请小师母当面谈谈。小师母坚决不要葛尖的徒弟们叫她师母，让叫她小杨，怕被叫老了。

仔细听完沈梦纱的言语，小杨扯了下嘴角，说："如果你们一定想给他弄个生日聚会，不能在外面饭店，这个他肯定不去的，当着这么多人的面，在饭店里吹蜡烛啥的，他决不肯的。到时大伙穷折腾了，主人不到场，不是尴尬吗？"

"那么就到你们家里，家庭聚会，我们去拜访，总可以吧。劳模也要吃饭，也有生日。"

小杨略显为难，还是爽气地说："也只有这样了，到时候你们来，啥都不用带，我整一桌菜，一块喝点红酒、啤酒，唱支歌、鼓个掌。"

沈梦纱手托香腮，说："就这么爽快地定了，菜、酒、蛋糕，我们都会备齐，你们只需要提供场地。叨扰了。"

小杨无意间抬了两次手，看表。沈梦纱猜她时间差不多了。她是乘务长，得提前到。沈梦纱立起身来，当即约好就在下周六的晚上举行，她查过了，那个周六葛尖和她及白雪梅几个都是休息，个别的让他们换班。嗨，做航空的，一线人员，三班倒，要约个时间将相关的人凑齐了，比啥都难。

白雪梅热衷于搞聚会这摊子事，她的业余爱好就是张罗各种酒会、茶会。各人的活法。接手到这档事，她不觉得累，特激奋。两个女人开始商量细节。

至于参加的人头，不能多，都是葛尖带过的徒弟，但也得捎上点其他人，省得万一传出去，说他们搞小圈子、团团伙伙什么的。白雪梅提议让兰晓天机长参加，他和戈晖熟悉，和葛太太小杨在同一个航空公司，和她们几个也认识，能说会道，来了闹猛。

沈梦纱蹙着眉，忖了忖，说也请个技术保障和气象部门的朋友吧，都是系统内的，显得更有代表性。她接着说，气象中心伊点点蛮好的，和兰晓天他们都熟,气场肯定融洽。

白雪梅说,兰晓天盯的可是你,不怕让点点劈了腿?

沈梦纱想,早觉得伊点点的心思在兰晓天那里,就是想要创造机会让她缠缠他。嘴上却说,伊点点卖相好,来了热闹。

白雪梅说,局方的姐妹双花齐到场,葛尖这回太有面子啦。

谈到菜肴和酒品,沈梦纱想拉个单子:不能让小杨忙乎,咱们分头采购,到时一块带去。白雪梅纤手一挥,打断她:傻妹妹,这种事体你白姐会弄停当的,不用大伙操心。她细声细气地说:葛尖同志二十多年没过生日了,难得过一回,还在家里,也不能太寒碜,这个,我托了在锦江饭店的一个朋友,内部价,定了一桌子菜,到时做好打包,直接送去葛家,保证是热的。

沈梦纱眼睛一亮:太好了,多少钞票大家分摊。

白雪梅说:难为情不? 哥们帮忙,成本价,一二千元的事,包括蛋糕,统统在内。嗨,现在不比九十年代,管制员小时费上去了,一二千元真也不是啥钱。

沈梦纱说:说好了的,大家一块摸,虽没几个子儿,摸一点大家开心。

白雪梅说:这个话题不争了,再说下去显得俗气。

那天,葛尖家的客厅,摆起了一张大圆台面,大家都早早到场,相互寒暄起来。

兰晓天、戈晖等几个男生想在女士们面前摆个姿势,献点殷勤,主动干这干那。兰晓天一把撸起袖子,溜进厨房,一瞧,空荡荡的,啥也没有,愣了愣,不便多问,无事似的退了出来。伊点点初次来葛家,瞧了瞧葛尖,又瞧了瞧兰晓天,亲热地挽着小杨的手臂说,要帮点啥忙? 小杨说,你们是客,别忙,都请坐。

小杨出来,沏了一大壶普洱茶,为每人斟上一杯。

戈晖挤到沈梦纱旁,咬着她的耳朵问,等会儿是出去吃? 饭店订好了么? 她不响,低眉浅笑。

晚餐时分,门铃"叮"地响起。门开处,三名戴着白帽,自称是锦江工作人员的男士,抱着三个包装严密的大盒放上桌子。他们轻手轻脚,层层剥开,打开一件,摆放一件,摆了整整一桌子大菜,全是冒着热气的。菜肴品种齐全,色彩美观,档次高端,加上锦江的配套餐具,戈晖看了,直咽口水。众人眼睛闪亮。

师傅打开菜单,核对了白雪梅的证件,请她签字,退出门去。众人接过一瞧,这么大一桌子菜肴,才1500元的价,轰的一声欢呼起来。戈晖说,以后请客找白姐了。白雪梅款款扭下腰肢,说,十年开一次口,绝对成本价,制作、人工、服务费全免;要是回回开口,人家亏本的买卖,不早关门啦?伊点点说,白姐到底是本地人,路道粗,帮咱省钱。白雪梅横了她一眼,说好了不用大伙出份子的。

小杨招呼大家入席。葛尖开启红酒、啤酒瓶盖。

众人慢慢入座。上首自然是葛尖和小师母。作为此次聚会的主张罗者白雪梅,坐在了葛尖右侧。白雪梅说:男女搭配,喝酒不累,戈晖过来,坐我边上,梦纱挨戈晖坐。兰晓天刚移动脚步,想挨沈梦纱坐。沈梦纱右手食指轻轻伸出,指指兰晓天:兰机长难得,是嘉宾,坐师母小杨旁边,一个公司的,陪陪师傅和小杨。被她点到,兰晓天只得将脚收了回来,挨小杨落座。伊点点也不含糊,快步黏了过去,"自觉"地挨着兰晓天坐下,朝他暗暗抛了个媚眼。

葛尖说:随便坐,不讲究,圆桌,没有主次,不分大小,转一圈又回来了,哪个都是大。客人们依言坐下。

照例是敬葛老师生日快乐,祝葛老师葛师母幸福安康。葛尖平时不太喝酒,拗不过弟子们,喝起了啤酒,众人频频敬酒,他也喝了几个大杯。

酒过多巡,兰晓天敬过葛尖夫妇和白雪梅,再敬沈梦纱。他端了个满杯,双眸闪闪发光,对她说:"祝校友沈小姐光彩照人,为民航大添彩。"

沈梦纱捂住嘴,讪笑道:"上次的事,真的谢谢你。"她是指被某机长引出的"小女不知亡国耻,隔空犹唱后庭花"的舆情扰乱,幸亏兰晓天以自身说法解围。

兰晓天脖子一仰,将一杯酒干了:"不用谢我,我只是说了实情而已。咱机长关注一个点,你们管制关心的是面,我不过表达了机长对当时情况的理解。"

"兰机长出面澄清,效果就不一样。"戈晖说。

伊点点眼中含着一层水,瞧着兰晓天,和他聊着许多飞行方面的事。白雪梅说,点点喜欢飞行,干着气象惦着飞行,也喜欢和飞行人员交流。伊点点说,要是早几年,也去报考女飞了。小杨说,你现在去考也不晚,自费学个驾照,上天飞了。

戈晖半卷袖子,开始打通关,每人敬一杯。

7

兰晓天和小杨是同事,一个机长,一个乘务长,曾经还搭组飞过航班。却是第一次见葛尖,虽然听过葛教头在管制界的名头。

刚进门时,小杨专门为他俩做了介绍。介绍了兰晓天后,介绍自己老公:头发有点白,人还是蛮帅的,特征明显,在平均年龄不到三十岁的管制员队伍里,可算是鸡立鹤群了。

如小杨所言。由于空地通讯关系,兰晓天在波道里肯定和葛尖通过话,印象中的葛尖应是相貌堂堂,英武逼人,当面一见,却是个寸头白发的瘦长之人,和想象中的形象大相径庭,外表和小杨也不太般配。

他恭敬地立起,再敬葛尖一杯,说:"搞管制也真不容易,天空能用的地方也就那么大,说的空域改革,说了这么多年,改了这么多年,还是老样子,叫你们怎么办。"

葛尖请他坐下,说:"上头有上头的难处。国情不一样,中美同为航空大国,但人家是全球头霸,军事基地遍布五洲,军机都杵在别国领土,用的人家的空域。我们不同,在海外无一架军机,在外国无一桥头堡,一有事,都得从国内调机。目前,东海、南海、台海不太平,不少机场都在沿海一带,都是给别人家逼的。"

"前些年,还开过军民航防相撞会。"兰晓天双手交叠,背脊笔挺,"多亏葛老师这些管制员,保证了飞行的安全顺利。说起葛老师,不少飞行员都晓得呢。"

白雪梅说:"葛教头可不是浪得虚名,他这个劳模是货真价实提炼出来的,不是硬推上去的。"

沈梦纱说:"单位老早前就要推他当劳模,他都不要,去年是单位根据工作业绩硬拔出来的。本人不要也得要,就得了这个头衔。"

兰晓天说:"多年前就听说,葛老师找机的事。"

葛尖摇头:"陈年烂芝麻事,还提它做什么。"

白雪梅说:"今天正好有空,请梦纱帮你们掰扯掰扯。"

众人的思绪随着沈梦纱的叙述,回到多年前……

一个阴雨绵绵的春日,一架应急运输飞机执行华南至南京的飞行任务。飞机过笕桥后突然通讯失去联系,怎么叫也叫不到。雷达信号时续时断。过了几分钟,雷达信号也渐渐暗淡,最后竟消失了。

当班管制员窘急,立马报告值班主任。值班主任觉得事大,报告中心主任。飞机在天上飞,主要靠通讯指挥,飞机的上升、下降、相互穿越,地面管制中心的管制员都以通话的方式和机组联系,机组接到语音指令,确认无误后再完成相关动作。一旦"失联",意味着大事不妙。中心主任自己火速赶往所在的指挥区域外,立马召集几个业务骨干去现场"会诊"。

葛教头拥有几个高度区的从业执照,在多个岗位干过,熟悉每条航路航线的情况,自然得到领导的信任。像这种"救火"的生意趟趟少不了他。

葛尖也不谦虚,也没时间谦虚。来到当班管制员跟前立定,黑眼珠骨碌碌一转,就手接过话筒,开始呼叫运输机的代码。大声呼了十遍,毫无音信。旁边的几个行政领导面面相觑,无言以对,有的已在擦汗。

怎么办?众人的眼波充满了疑窦。

潜意识告诉他,这架飞机没有出事,可能是通信故障。葛尖瞥了一眼航图——其实不看航图他也熟悉这一带的地形,笕桥以西,基本是浙西山区,如果这架螺旋桨飞机飞得稍低一些,被山体遮挡,雷达可能照射不到,如果地空话语通信再发生故障,便是巧上加巧,但巧事往往发生。

"怎样,老葛?"主任滚动了下喉结,急切地问。

葛尖淡定地说:"我判断飞机应该在桐庐走廊附近徘徊,往南京方向慢慢移动,其实,他们比我们更急。"

"是不是要采取其他措施?"

"马上用 121 频率呼叫。"

葛尖让助手将频率调整到 121.5 的国际通用呼救频率,自己高声呼叫起来。重复呼叫了五六遍,还是没有回音。

"是不是上报失联?"有人轻声问。

管制室里的空气变得稠密异常。

"再等一下。"葛尖双眉微蹙,眉宇间蕴着一丝淡淡的郁结,"先别忙下结论。"

他思维电转,忽而想到了以前看过的资料。一次,长江上有艘航船发生了故障,抛锚在江心。损坏的船只需要在一定范围内向空中发射电波信号进行求救,这类救助信号的频率和飞机的通信频率相当接近,使机组波道里的噪音奇大。为避免"吱溜吱溜"的无线噪音干扰,飞行员会将通话音量旋钮调至最小,但有时出于疏忽,调小以后忘了调回来,如此一来,就听不见管制员的呼叫了。

"他们可能迷航了。"另一名管制员说,"咋办?"

"别慌。请马上和飞机所在的公司联系,查一下飞机有没有装卫星电话。"葛尖眉尖一扬,吩咐旁边的小管制员。

和所在公司取得了联系,要到了卫星号码——该机装有卫星电话。

电话打通了。葛尖和机组通上了话,问他们是不是将通话旋钮关小了。对方恍然大悟:真的调小了,忘了调回来!忙调出信号,报告自己差不多在桐庐和千岛湖之间的位置。葛尖令其上升高度,飞机慢慢往上飘。不一会,雷达捕捉到了这架飞机。该机的高度在1 500米左右。

"哼,要和公司联系,严肃处理飞机的机组。"有领导愤愤不平地说。

另一名管制员附和着道:"不给他们上一点眼药,真以为凭侥幸能混过去!"

葛尖指挥该机上新高度,回到设定的航向,并引导它向南京方向飞去。

飞机回到航线时,他似乎被辣到了眼睛,眶内有些湿润,呐呐地说:"他们也不想那样,难道他们想失联?唉,回来了就好,回来了就好。"语气就像父亲找回了自己失落的孩子……

"往事已去,回到桌子。"沈梦纱幽幽地说,"好了,现在开始吹蜡烛。"

众人从她的叙述中牵回思维。

戈晖和兰晓天忙在蛋糕上插上蜡烛,请葛尖上前。

葛尖不肯。架不住众人的苦口婆心。小杨硬拽着他,立起,吹了三口气,才将烛火吹灭。

小杨拿起塑料刀,从巧克力蛋糕的中央划出,将蛋糕切成小块,递给每位来宾。切毕,并不坐下,拱手道:"各位慢用,我先走一步,今晚飞航班,去慕尼黑,要先进客舱部签到。你们再玩会。"

白雪梅一瞧腕表:"咦,不知不觉九点了。"

沈梦纱说:"真的该撤了,明天早班,顺道送小杨师母。"

小杨一把攥住:"真不用,你们继续。"

兰晓天站起身来:"一块走吧,我送你们。下次再聚,我做东。"

沈梦纱说:"你和戈晖不能撤,帮葛师傅收拾清爽了再走。"

葛尖说:"用不着,我自己慢慢弄。"

伊点点杨柳腰一扭,借着酒气,嗲声嗲气地说:"你们先撤,我和晓天、戈晖留下,收拾碗盏。"

"谁也不用忙,收拾残局这点琐事,我一个人足够。你们继续喝茶……"

"这个……"伊点点瞧了兰晓天一眼,娇滴滴地说。

葛尖话说到一半,手机连响了两声蛐蛐叫,知道有信息进来。翻开看,是一校友朋友请求"帮忙"的微信。校友说:乘坐的航班延误,说的是流控,被困在昆明,家中有急事,没时间等,能不能早点放回去?

葛尖的双眉拧了起来,嘴角露出一抹苍白的苦笑。朋友啊朋友,这个后门咱开不了,你以为我们没有规矩,这么随意?你以为你是专机、包机,享有优先权?

伊点点凑上来,娇糯地问,啥事犯难,葛教头?葛尖将意思说了给大家听,哼了一声:校友,都是民航大的校友,在座的除点点是南京气象学院的,其他人都是民航三大、五大院校的,包括小杨,都是泛校友,更应该理解咱们工作的性质,有人怎么就不明白呢?兰晓天别转头去,不响。其他几名管制员憨笑。

沈梦纱说,延误时,她也经常收到校友们的各类电话,包括机长的,要求照顾,原因够充分,有这个事那个事的,都挺急。我哪有那么大权力?真是醉了。

伊点点说:谁让你是美女管制员?人家找个借口跟你搭搭讪,也是解渴的。

沈梦纱扬起粉拳:打你个伊点点,你才是大美人呢,后面排队的人不要太多哦。拿眼瞧了瞧兰晓天,他正瞄视着自己,慌忙把头别过,说,真的该走了,明天上班。

待众人走出屋后,葛尖很快将"局面"收拾了。

忽然想起啥事,打个电话到班上,问今天有无啥特别情况。当班管制员说:真还有事,"黑飞"!傍晚,一架无人机靠近机场附近,在跑道入口外侧三公里处转悠了十来分钟,被机场地面人员赶跑了。

他问,什么无人机?回答说,一架篮球大小的红色无人机,大概是航拍的,百米高。机场方面没去查一查?对方说,怎么查?现在玩小无人机的人多,有大学生、中学生,也有退休职工,都是私人的。葛尖说,不晓得会和民航机发生冲突?嘿,晓得就好了,他们只顾玩着开心,哪管身后火焰冲天?打电话给公安了,警察赶过去,又不见了。

挂了电话,胸有点闷。想想也是,工业大国,私人无人机多了去,有买来的,也有自己组装的,飞得随意,来无影去无踪,跟你打游击。这些无人机高度低,雷达不太容易捕到。无证无照,工商部门管不到,民航管不过来,公安也很难逮住。在人烟稀少的阔地上玩玩也就算了,可千万别在机场附近飞。飞机的起降阶段,高度低,万一接近,事体大了。想想是个事,得敲警钟,得加强舆论引导,让这些家伙知晓这不是随便在什么地方都能"玩"的。

当晚,等孩子睡熟,小杨去飞航班了,他一口气写了两千字的微文,又反复改了几遍,文风严密,少一字不透,多一字不准,文字标点,恰到好处。写好后连夜发出去。也给电视台、广播电台发了份稿,希望借交通广播电台、电视台的名嘴帮着传播传播。无人机需要相关部门联合管控,当事人更需要懂这个理。

深夜一点多了,刚想躺下,觉得不踏实,又蹭地爬起。在备忘录上记下:明天将微文发给兰晓天机长他们。怕明天一忙忘记,还是记下一笔比较保险。得广泛发动群众,兰晓天有十万粉丝,其他机长、空乘、管制员都来转发,无人机一旦成为热议话题,便是最好的传播,大伙一块转发,受众面才大。没办法,自媒体、新媒体时代,他也得跟上趟。一摊事忙完,两点多了,才敢安枕。

8

等待葛尖的永远是繁忙的班头。

屏幕上闪过一个圆点,好像是多出来的。

他对每个时段有几个航班烂熟于胸,因而这个圆点一出现,他就觉得是正常航班外的飞行。一瞅机牌,不同于航空公司的标识,代码和数字都生分。应该是公务机之类的飞行器。比对飞行计划,果然是国内某民营大企的公务机,机型湾流。目前,国企践行八项规定,官员和老总不敢乘公务机出行,但大牌民企不在此限,仍威风八面。

葛尖微拧双眉,清晰地发着指令:"湾流,请上1 200米高度,保持。"

"领导好。"波道里传来词不达意的语言。

"嘿,我变成了领导。"葛尖一懔,明白过来。原来湾流的机长没有响应他的指令,却在忙着和机上的"领导"答话。

现在少数民企老总,喜欢下属称其"领导",而不是称"老板""老总"之类。那是人家的自由。

"湾流,请上升至1 200米,保持。"他紧紧跟上一句,"请复述一遍。"

"收到。"这回对方回答了,并且按要求复诵道,"上升至1 200米,保持。"

湾流收到了指令,复诵也正确,但说是说,做归做。雷达发现,公务机湾流已蹿升到了1 200米,却没有停下来的意思,继续昂头爬升。

"咦?他没听。"旁边的副班说。

这类私人公司的公务机,机组成员不同于航班机组,平时不经常飞,对程序不太熟悉,甚至生疏。已经好几次碰到公务机飞错高度了,也有飞错航线的。

那次,一架公务机飞错了路,机长还在波道里和他争起来。明明让他飞指定航线,他飞了另一条航线,还硬说自己飞得没错。

当时,葛尖没时间和他争个高低,也不想和他争,波道资源太紧张,一分钟有五十四秒在通话。葛尖以不容置喙的口气喝道:"住嘴,听我指挥。"才让他停止转向,飞回预定航线。原来该机已两个多月没开动了,输入电脑的航线数据发生了滞后,没有及时更新。事后,机长感到理亏,专门来打招呼道歉。

湾流之类的公务机机型小,性能好,爬升快。如果一般民航大飞机爬升几百米需要三十秒,它十秒钟就上去了。一旦飞错高度,留给管制员处置的时间十分有限。刹那间,湾流沿陡峭的斜率,已升到1 400米以上了。

"湾流,湾流,你已超过高度,超过高度。"葛尖对"冒失鬼"喝道。

"哇哈,飞机性能太灵,一加油门,收不住。"机长像在开游戏机,说话带点油腔滑调。

"别给我摆谱!"葛尖后背一阵冰凉,严厉地说,"你快到1 500米了,左前方有其他飞机经过。"

雷达显示,湾流的左前方,正有一架飞机需要经过。

"湾流,请立即下降,回到1 200米保持。"

"收到。"湾流机长答应着,语气趾高气扬,自以为傲。也许在他眼里,他开小轿车,显得很有身份,而其他人开的是公交车。

葛尖不会被他气得跳脚,但语气的分量加重了:"现在请立即纠正高度,回到正常航线。"

葛尖同时指挥另一架民航机向右偏开两公里,避免和公务机的相对接近。

湾流摆了下翅膀,乖乖下降高度。从它摆翅膀的动作看,带着明显的优越感。

葛尖脸上冰封,生气地说:"湾流,我警告你,再出现偏差,让你飞回原地休息!"

葛尖被他晃翅膀的"挑衅"动作惹得心里发毛。转而又想,也许这是人家的痼癖动作呢。

"明白。"对方有气无力地应了一句。

"左转,上升高度至6 000米,联系区域管制员,再见。"葛尖冷厉地说。

接着,他又指挥后方纷至沓来的一大拨飞机上升高度,送进更高高度的区域管制室,6 000米以上的天空,让马化讯他们去张罗了。

第三章　云上世界

1

湾流公务机逃逸似的往上蹿,进入了马化讯的视野。

土豪啊。湾流就是牛,头微翘,翅膀轻轻一掠,浮上来了。6 000 米以上,就是马化讯他们的区域管制室的辖区了。

马化讯身姿挺拔颀长,眼神冷冽,很讨女人喜欢的那类冷冽。

每当看到无数的飞机在云上驰骋,他的心情就变得旷达。他从小有飞行情结,高中时参加空军招飞,但郎本有意,姜却无情,体检不合格,梦想落空。一块去的另一同学于飞,心向明月,明月向他,一路过关斩将,如愿以偿,现在飞上了歼 11、歼 16,据说以后有可能飞"当惊世界殊"的隐形机歼 20,羡慕嫉妒得他几乎得红眼病。

空军去不成,就去民航,他真的考进了民航大的飞行学院。但身体这东西爹娘生就,加上自己疏忽,有的地方出了问题无法弥补,在学校的复检中,再次淘汰,便和部分同学一起转入空管学院。开不上飞机,退而求其次,指挥飞机也不错,毕业以后分到负责高空区的区域管制室,成为一名业务上响当当的管制员。瞅着屏幕上南来北去的飞行者,飞行梦破碎的马化讯眸角不时流露出一丝失落,连眼神也变得有些冷冽。

在航空领域,公务机是比较接近战斗机的一类,小巧灵活,性能高端。如眼前的湾流,能载 18 名旅客,航程超过 12 000 公里,跨洲际飞行,能上至 15 000 米的高空巡航,大风大雨对它的影响微乎其微。

马化讯旁边的副班,小萱姑娘,毕业于南航大,和他不是校友,脸上始终挂着盈盈的笑意,仿佛一朵盛开的鲜花,永不凋谢,跟他冷峻的外表反差鲜明。

"哇,湾流!马云、成龙、比尔·盖茨这些人都有私人飞机,也许就是湾流。"

他轻哼一声,无暇搭理她。眼下的国内公务机市场,拥有和使用的基本是演艺界明星、民企大佬,体现的是高人一等的身份。

连驾机者也变得神抖抖的,好比他驾着上千万的豪车,而大伙开的是代步车 QQ。

马化讯从话筒中喊出指令,令湾流上升至 11 000 米高度巡航。

湾流刚才在进近区被葛教头训导了几句,尤其是"不听指令就回去原地"这句话,很有杀伤力。这回不敢怠慢,答应一个"明白",驾机微微侧身,以它优美的流线,拉出了一个漂亮的弧度,无比轻盈地往上去,留下一串看不见的尾流,随风飘逸。

"哇,湾流超爽,弯转得像战斗机,翅膀一扇就上去了。"小萱轻声赞许。

他双眼盯着屏幕,哼了声,不屑地说:"比战机差远了,人家能拉筋斗,横滚翻,能上 8 字下 8 字,这些特技,它会吗?"

她暗噘了噘嘴。哼,老跟我抬杠,哪得罪你啦?认真地帮着监控屏前的一大拨飞机。即使是同事,是正副班,他也很少拿正眼瞧她。也许,他的正眼只瞧沈梦纱。

"N518,11 000 米高度,保持。"

马化讯喊着公务机湾流的代码号,明确地发着口令。

"11 000 米保持,OK。"

马化讯一懵。怎么是另一架飞机的声音？不是湾流发出的？小萱也一阵纳闷。

难道是发错指令了？马化讯的脸阴沉下来，错愕地望一眼小萱。是人总会犯错，像口误，像无意识的出错。所以马化讯的身旁有个小萱，就是帮他监控、纠错的。

"指令没错，11 000 米保持。"小萱从他询问的目光中读懂了意思，铿锵地说。

那是另一架航班的机组听错了？十来架飞机的机长在同一个波道里，混淆指令偶尔也会发生。发错和听错都是要命的。他立马重复一遍："N518，11 000 米保持，请复述一遍。"

"11 000 高度，保持！"

"11 000 高度，保持。"

几乎是两个人同时发声，其中一个是湾流机长，一个不是。

发懵的不止他一个，波道里其他机组也一定听见了，有的还可能抱着怪怪的心态，在臆想着到底是哪个粗心的家伙出现了偏差。

小萱瞳孔微颤，在脑中搜索所有的记忆。

相似的航班号！蓦地，马化讯脑门洞开，下意识地想。他让小萱查看航班信息。

小萱纤手一点，电脑上图形被迅即放大，附近几架飞机的高度、方位、机型、航班号等信息跃然屏上。

果然，一个是湾流公务机的代码，前面是英文字母，后面是阿拉伯数；另一个是航空公司的，前面是一个英文字母，后面是阿拉伯字。区别在于前面一个字母，分别是 N 和 M，后面的阿拉伯数都是 518。有时，机长注重听后几位的数字航班号，忽视前面的英文字母。适才，两位机长听马化讯报出自己的航班号，英文数字"518"，脱口而出，自然演变成了齐声回复。嘿嘿，518，不就有个"8"字么，都喜欢"8"，有个"8"字，就一定能发？

这种情况他以前遇到过一次。小萱也从部门的案例分析会上听说过。以史为鉴,举一反三,是他们掌握技能的法宝。相似航班号,发生在不同的公司,甚至发生在同一公司,这种奇葩事以前出现过,今天出现,不排除以后还会出现,得有对招。

小萱捂住话筒,献策道:"要么我来说?将语速放慢,一男一女,以示区别。"

嘿,嫌我讲话速度快?我是语速快,效率高,不好吗?否则怎么叫马化讯,讯同声迅,迅速、迅捷的意思。他内心承认小萱的主意不错,但却不想被她牵着走。

马化讯眉头微锁,冷朗地说:"有法子了,一个讲中文,一个讲英文,引开他们的注意。"随即和两架飞机进行了联络,发出不同的指令。

"这个方法灵,只有马哥想得出。"小萱勾了下嘴角,笑吟吟地说。

马化讯用英文说:"M518,上升至 10 100 米保持。"用中文说,"N518,湾流,11 000 米保持。"

这次,湾流邀功似的,抢着说:"N518,明白。"

M 公司的机长紧跟上:"M518,10 100 米保持。"

两机各自复诵一遍,小萱听着验证,确认都对。她耸了耸肩,露出灿烂笑容。

2

合肥,在众星云集的华东城市群里,算不上拔尖,只能排二梯队。但这几年,得益于其在交通领域的地位,声名鹊起,连房价都快速翻番。

合肥的地面,有六条高铁交轨,形成了"米"字形枢纽。而在空中,多条航路航线在此交汇,是全国数一数二的空中繁忙枢纽,和浙江的一个小城市桐庐一起,北南双星,成为航空人员口中的热词。

湾流公务机不用轰油门,呼啦呼啦已接近合肥上空——这个有名的堵点。

这些年,已经在一些空中枢纽建立了众多高架桥、立交桥,但还是难以缓解拥堵。马化讯代表高空方面的管制员,参加过几个研讨会,对优化空域、优化航路航线提过许多建设性的建议。上层采纳了来自基层一线的许多意见,推进空域精细化改革,对一些航路航线"削峰填谷",取得了实实在在的效果。但空中拥堵仍时有发生。

"'修路'赶不上飞行的增长。"马化讯说,"连续三十多年,飞行量和旅客年均增长两位数,而航路增长有限,还是单向的。"

这跟陆上情况差不多,在新疆、西藏等地,地广天宽,汽车随便开,飞机在天上也难有冲突。东部沿海就不一样了,华东区,只有全国九分之一的空域,却占了30%的飞行客量和40%的货运量。中南区、京津区,繁忙情况也差不多。

"肉食者谋之,又何间焉?"会上,有人说。马化讯不赞同,他要以一线人员的身份,反映民意。他的不少意见已被上层采纳。如果底下人都沉默,上面怎么了解真实情况?

不容他多思。今天合肥上空的拥堵又开始了。天路有限,飞机满天,有时发布流量控制是不得已的手段。

他发布指令,让湾流慢悠一点,这么快干吗?这么快赶上去,不添堵吗?听到口令,湾流象征性地松了下油门,佯装减了速,但很快又偷偷将速度拨了上去。

"性能太好。"湾流机长嘴上不说,心里得意着。

哇塞,爽翻了。小萱想。湾流时速已超过900公里,接近1 000公里了,这么快行吗?再往上可是音障了;上了音障,会产生音爆,噪音震天。难道公务机的发动机能超音速?好在湾流高度的前面少有飞机。

这么喜欢高?干脆把你扔上去。马化讯冷眉一扬,对湾流发出指令:"上13 000米保持。"

小萱差点欢呼出声。一般的民航客机,最高上限为12 500米,即使飞欧洲、北美的远程航路，也顶多在 12 000 米的高度，如果再往高处，大客机载重大，受地心的吸力强，需要更大的动力才能摆脱地球的引力，耗能耗设备。而湾流不同，重量轻，发动机推力大，可以上到 15 000 米以上。她暗暗佩服马化讯的决定，将湾流上甩，可以腾出一块地方让给别的飞机，也不用它跟着添堵了。

下面这么拥堵，高空又没别的飞机，为什么不让湾流上去呢。湾流接令后，一阵欣喜，机头扬起，风一般上了 13 000 米的空域，优哉游哉，望西而去。

小萱看得眩晕，很快，为它兴奋起来。13 000 米，等于到了平流层。平流层内，气流稳定有序，空气阻力小，非常适合飞行。哪像 12 000 米以下的对流层，气流相互碰撞、挤压，容易颠簸，雨雪雷电都发生在这一层。

湾流在空旷无比的天路上，潇洒了不到两分钟，便觉高处不胜寒，机长握着的操纵杆略显迟钝，没原先灵敏了。来回使了两下，虽不影响飞行，还是觉得有些笨拙。几乎在同时，仪表器显示液压系统告警。

湾流呼通了管制中心。

"说。"马化讯猜也能猜到对方遇上了事，否则在属于一个人拥有的跑道上跑步，惬意得要死，还来叫唤指挥中心，真是吃饱了撑的。

"液压系统故障。"

"什么情况？"马化讯问。

"仪表显示某一套系统出现故障，手感操作有些迟钝。"对方烦躁地说。他也想不到飞得好好的会出状况。

"知道了。"马化讯也学过飞行，学习飞机的基本原理。这些是飞行和管制的基础课。他清楚，飞机上至少有几套液压系统，电传通过液压来轻松地操控飞机，一般情况下，一套系统故障，不用太紧张，两套或两套以上系统出现故障，后果才严重。但飞机在空中，不比汽车随时能停下来，对任何故障，都忽视不起。

"你想怎么办？"马化讯道，"要不要返航？"

机长嗫嚅着说："好像……影响并不大。"他也吃不定主意，又说，"这样飞过去应该可以。要么,降低点高度。"

小萱也跟着惋惜。杠杠的飞机,独一无二的路,别无干扰,怎么就故障了呢。真是不作不休,抬举不起的刘阿斗,糊不上墙的烂泥,没有飞平流层的命。

"合肥区域大面积拥堵,还是过了合肥再说。"马化讯挺直了脊背说。

说话的当儿,合肥已被抛在后面。湾流飘着往前飞,姿态不改,依然优雅。

过了合肥上空,空中顺畅起来。该让湾流下来了。马化讯细析了航路情况,发现8 900米高度层的飞机相对稀松,就发出让其下降至8 900米的高度。

湾流极不情愿地降下几千米,进到8 900米的高度,跟在一架波音747的后面,向北飞去。

"N518,联系华北区域,再见。"

湾流的屁股喷出一股青烟,向北穿入华北的领空。

马化讯常说,区域管制,基本是巡航阶段,尽管也有上下穿越,交叉避让,但更多的是平飞状态。这类似于接力赛跑,前面的人完成了一棒,交给第二个人,第二个人跑完一截,再将接力棒交给第三个人,依次类推,直到跑完全程。区域管制员,就像接力跑的运动员,一段一段地交接过去,最终完成一个航班的巡航周期。

3

一架加拿大Y航空公司的宽体客机进入华东区域。

飞机从安徽阜阳入口,进入马化讯的辖区。其航行路线经南京、无锡到达H市。

Y公司客机一进阜阳,就大声呼叫管制员:机上有突发心脏病人,请求直飞。

马化讯的眉头立马褶皱了起来,头皮阵阵发麻。阜阳以东,天上全是穿梭不停的飞机,即便穿过这片拥挤区都不容易,除非你是湾流,扶摇直上,从 15 000 米的高度畅飞。况且,周围还有其他飞行活动。

小萱敛起笑容,小指磕着桌面。她也纳闷,不知咋地,近些年运送活器官、机上突发病人忽地多了起来,原先几个月一次,现在每周好几起,高峰时每天都能摊上。记得大前天上班,分别遇到一次突发病人和运送活体器官,报的都是十万火急,要求直飞,要求优先降落。

许多病史者,总觉得没啥问题,也不会这么巧一乘飞机就犯病,而往往就出了问题,害得天上地下忙成一锅粥。

马化讯甚至怀疑,机上出现病人不假,但病情是否真的那么严重? 真实情况很难核实,但愿相信不会掺水。唉,既然机组申请,又是十万火急,就得按程序走。

"同意直飞。"马化讯立即开启特飞模式。

接下来是忙得不可开交的多方协调。他将情况报告了后面的值班主任。主任和小萱开始异常繁忙地协调相邻管制区,最后决定飞机的直飞方案。往往指挥一架飞机直飞需要准备好几个预案,要给机组绕开、转弯及退出的余地。马化讯发出的每个指令背后,都是三倍以上的电话协调量,而这类非正常情况的指挥指令又比平时呈几何级数增长。

为了绕过前方的堵区,马化讯在获取相关方面同意的情况下,指挥 Y公司航班向右侧偏出十公里,巧妙地躲过了合肥上空那一片令人生畏的拥挤区。

直飞,意味着截弯取直,飞机沿直线直扑目的地。

Y航班机长的嘴里又冒出叽里呱啦的一堆词语,说他的航班载油过多,超重,去降落机场前需抛掉部分燃油,才能安全落地。

小萱眸光一转,说,远程航班,已飞了这么久,油量还超? 难以置信。

马化讯想,真是碰着赤佬了,这应该不至于作假,也用不着作假吧。转而又想,一般远程机除加够常规油量外,会再加一个保险系数,即要考虑到备降等突发情况的额外油耗。今天这种情况,必定是顺风顺水,比原先时间早到了个把小时,又是直飞,能省下不少油量,这些超重油量,显然不符合着陆标准,只有在空中处理了。老外真是屁事多,让他直飞不错了,还来个空中抛油,狗血事!

既然油多,就到东海上去抛吧。

马化讯比谁都清楚,燃油有污染性,为保护环境,飞机放油不是在任何地方随便进行的,尤其不可以在城市、机场、森林上空放,也不能在接近地面的低空区排放,而需要在设定的区域,不低于3 000米的空中排放。放油时,通过一个特定的放油喷嘴,先将排出的燃油雾化,再向空中抛洒。

在华东区,放油区设在东海及福州以外的海面上,是预先对航空公司公布的。

不料,老外又嗷嗷叫了:人命关天,来不及了,等到海上放油,病人先要放倒了!

马化讯说,必须去规定的空域放油,东海上空。你们老外要绿水青山,中国更需要。

老外几乎开着哭腔:真有重病人,耽误了治疗,不、不好交代,来不及,真等不及了。

那也不能随地大小便。马化讯重复了一句,没有说你没有重病号,但随便放油就是破坏生态环境,也是杀人。

老外说,对不起,对不起……已在开启放油阀。

Y公司航班飘过南京,便开始放油,边飞边放,一路飞一路放。

"惩罚他们。"小萱站立起来,"已经为它开了绿色通道,不等不靠,直飞,还要怎么样?"

马化讯抽了抽嘴角,说:"通知机场方面,准备担架,救护车。"

小萱说:"老外的素质实在太恐怖了。"

马化讯忽然忆起,史上规模最大的空中抛油,当属2001年美国"9·11"事件的那次。当时,各国飞往美国作为目的地的航班统统被拒绝入境,许多飞机不知情,上天后不久就接到通知,需要返航,或者只能去附近的其他国家备降,由于是洲际飞行的远程航班,所带油量过多,大家降落前只好在空中大量放油。

"你还指望老外素质比咱们强?"马化讯正眼瞅了瞅她,"现在不是评头论足的时候,先救人。"

小萱打电话给机场方面,安排救护车等后一摊子事。

4

"兄弟,帮帮忙,能不能让我上升点高度?"

马化讯和小萱还没料理停当心脏病人那档子事,一个不伦不类的声音从波道里响起。

"请注意你的用词。"马化讯窝着的火还没消去,忽地冒出一个"兄弟"。

"兄弟,抬抬贵手,放我到9 000米以上吧?公司搞节油奖,飞高一些省油。"

马化讯苦笑。奇葩事见多了,今天怎么接二连三。他面色凝重,用标准英语说:"请规范称谓,规范用语。"

按规定,无论国内和国际航班,得用英语通话,而不规范用语害死人的先例不是没有。

1977年,西班牙属地特内里菲岛,由于荷兰KLM航空机组成员与泛美航空机组成员,以及地面西班牙裔的管制员之间的口音及不当的通话术语,导致两机相撞,五百多人丧生。1989年2月19日,在马来西亚吉隆坡梳邦国际机场,由于塔台管制员不规范的术语,导致飞虎航空的机组将下降高度至2 400英尺的指令误认为下降高度至400英尺,又没有严格要求飞行员复述,最终造成这架波音747飞机在距地面400英尺高度撞山。

马化讯深谙地空通话,字字千钧。每天,几万架飞机在同一天空下飞行,各国的飞行员和地面的管制员操持着不同的语言和口音,为了使空地双方准确理解对方的意图，规定英语为世界民航的工作语言。但即使同讲英语，英语中的许多词汇是一词多义的，为防止听错或会错意，又对通话中使用的词汇和常用语句的含义做了具体规定，尤其对高度等数字、字母、近声词等容易混淆的发声都做了严格规范，防止引起误会。刚才的飞行员，为了套近乎，竟用起了"兄弟"等市井称谓，极不严肃，也不严密、不严谨。

马化讯知道，这架飞机在 7 800 米的高度，空气阻力稍大，如果能爬高一些，省点油倒是实情。但管制员的指挥哪会这么随性？"7 800，保持。"他以不容置喙的语气命令道。

那机长说："周围飞机不多，怎么不让上？"

"听你的还是听我的！"

"不是，我是想……"对方黏黏糊糊地磨着。

马化讯生气地说："怎么，你怀疑我的指挥能力？"

马化讯真的生气了。你怎么知道周围飞机不多，难道是因为刚才波道声音不吵？声音不嘈杂，说明飞行有序，指挥得法。管制员指挥用语，不可能将事情说得仔细，只说该做什么，不该做什么。在波道资源日益匮乏的对话中，时间金贵，如果管制员发指令十秒，飞行人员复述十秒，一来一回半分钟，甚至一分钟。天上星星般的飞机，稍一耽搁，两机已接近了几十公里。你机长又不晓得哪个是堵点，哪里有交叉，凭什么怀疑？他狠戾地说："保持！"撂下对方，和其他飞机通话去了。

小萱意识到，这个飞行员肯定不舒服。虽然他的要求过分，甚至无理，但人是需要脸面的。转而一想，也是两难，按标准用语，管制员说话都用祈使句，是命令的口气，说话不拐弯，有时飞行员听了可能心里犯毛。

小萱唇角的弧度往上翘了翘，对马化讯说："马老师喊了大半天，嗓子一定喊疼了，休息会吧，我来发口令。"

被她一说，马化讯真的感觉嗓子既疼又哑，高冷地瞥一眼满天蝗虫般的飞机，将主位交给她，自己退至监控席。

小萱让那奇葩的机长保持。喊出口的也是命令,用的也是祈使句,但声音柔美,命令中带点温度。对方一听,愉快地答应了。

马化讯瞥了她一眼。嘿,飞行员大部分是男的,听到女管制员说话,心里当然暖和。见她笑吟吟的表情,马化讯忽发奇想,越标准的通话,机长听来越冷,越没感情;倘若做些改变,同样的句子,声音缓和点、缓冲点、亲切点,或者适当加一句简短的说明,飞行员说不定更能愉悦地接受。

哼,穷忙乎了一天,还不如小萱姑娘一张甜嘴。

马化讯瞅着屏上蜘蛛网状的航线图,似乎要从表象看穿它的本源。他是从专业角度看的,屏幕上的每一条航路,意味着上下有十三个高度层,每300米一个层级。飞机在十几个高度层中飞行,有南北对头,有东西穿越,复杂度不是一般人所能想象。

“对了,地面汽车有红绿灯,空中没有,驾驶员肯定苦恼。”一次,有业外刘同学问他。

马化讯指指自己的鼻子说:“空中的红灯绿灯在我们的眼中和心中。”

“这么多飞机在天上飞,还要穿上穿下,难道不会出现诸如汽车一样的抢道、追尾或碰擦事故?”刘同学又问。

“以为是汽车!飞机这么快的速度,如果发生碰擦和追尾,还得了?”马化讯直直身板。

“这就需要我们管制员了。我们要为每一架飞机设定一个特殊的‘安全气泡’,也叫飞行保护空间,这个空间是立体的,包括上下间隔、前后间隔和侧向间隔。一架飞机绝不允许侵入另一架飞机的‘安全气泡’。一般来说,垂直间隔(也称上下间隔)是确保安全的主要办法,两架飞机只要不在同一高度层,哪怕经纬度完全重叠,也是安全的。”

“那,对你们指挥员来说,什么时候最困难?”

马化讯说:“嘿,哪有什么最困难?每天都很艰难。”

下班了,小萱甜糯地对他说:“马哥,今天一直皱着眉,一脸的冷凝气息,要不要请你喝杯啤酒?”

马化讯沉声道:"下班。"

小萱一噘小嘴:"没劲。"

5

马化讯第二天没挨上休息,上单位参加业务培训。单位不会因为他技术过硬便可免于培训。按规定,每名管制员每年至少参加四十小时的雷达模拟机复训。嘴上的"活"不能生疏。

进入模拟机房,打开电脑,题目立马跳了出来。才知道,今天训练的是模拟大流量指挥。

他管辖的扇区,一下进入十五架飞机,有国航的、东航的、南航的,也有北欧航、美联航、汉莎及阿联酋航空的。十五架飞机从不同起飞地过来,要去往不同的机场降落。

模拟的情况比平时经常发生的情况多了一倍左右的量。剧情的设计者算是绞尽了脑汁。这样的设计就是要使训练的量远大于实际的量,训练的情况远复杂于实情的状况,将各种可能遇到的情况考虑周全了。只有管制员的能力远大于平时遇上的实情,才能在工作中游刃有余,遇到诸多特情才不慌不张。

马化讯走上工作台,内心一片火热。他喜欢这类真刀真枪的培训,这类教员当场判定对与错的训练。

他戴上话筒,对每架飞机发出不同的指令,指挥它们平飞的平飞,上升的上升,下降的下降,穿越的穿越。

隔壁的房间里,有"机长"和他对话。"机长"也是模拟的,由其他管制员扮演。他的身旁,则站立着一位管制教员,监视他发出的每一句话,每一个用词。

通过话筒,他听出今天的"机长"由小萱担任,她分别扮演十五架飞机的多名机长。因为是管制员复训,机长的角色相对简单,只是一些口令的复诵。但他从耳机上感受到,今天的小萱机长当得有鼻子有眼,眼里不容一粒沙子,除了复诵相关的指令外,还连珠炮似的提了好几个问题。哈,成心要出点难题考考俺?

旁边的教员眉头紧蹙,神色凝重,边听边给他打着分。如果培训不及格,就得延长培训时间,补考。

考试进行了一上午。

情况越复杂,他越过瘾。他觉得小萱"机长"是合格的,和平时换了张脸,问题刀刀见血,也许是她准备了许久的东西。他甚至臆想,她有几个问题,已经远远超出电脑题库的范围,或者是她和正式的航空公司机长商议研究过的。好,他下午当"机长",也同样会对她和其他管制员出难题。

这是管制员的必修课。每个新管制员都要经过这一关,先得经过模拟机培训考试,才能正式跟班、上岗。而像马化讯这样的成熟管制员,每年也要经过这样的训练。

除了高流量飞行模拟,还有飞机故障如何处置等几个题目。马化讯横眉冷对,兵来将挡,水来土掩,轻重有度地将一大拨飞机排放了出去。

培训结束了,一对一的现场教员拍拍他的肩膀说:"不错,小伙子。"

他相信,教员的话是真话,没有虚伪的成分。

他当然从容。淡定之后,还是觉得刚才的训练中有两句话太生硬,似乎带着情绪,飞行员听了会有抵触性反感。小萱提示得有道理,指令也可以有情感、有温度。

下课了,小萱问他,每年进行模拟机培训,除了练手之外,有更深层的意义么?他说,练手练脑固然重要,对管制员而言,这类培训,更重要的是压力测试。

下午是理论培训,全是需要熟知的术语、用语、英文标准词汇和句式,都是需要反复熟悉的功夫。他说,平时将功夫练到位了,真上场心底才不会发毛。

小萱说:冰冷的规章下,需要有滚烫的人心来操作。

马化讯停下脚步,正眼瞧着她,整整一分多钟。

6

第三天一早,马化讯赶去民航医院体检。查血查尿,查视力查耳朵,查内科查外科,一年一查,不达标的,不能继续做管制员。查下来,每年都有通不过的。

民航医院,是民航人的一道坎。

七点半,已有许多人在排队。空腹抽血、查 B 超的,早早在此排队。护士们还没有上班。马化讯迈着四方步进到室内,也溜达着排了上去。

戈晖背着双肩包,急匆匆地进来。瞧见前面的马化讯,说,马哥也来啦?他比马化讯低几届,叫马老师或马哥。虽然不在同一管制室工作,但都是民航大同专业的毕业生,自然有先后之分。

马化讯从鼻孔哼了声,笑笑:我难道能不来?一眼望去,队伍渐长,黑压压的全是人。也有不少机长、空乘等空勤人员。他暗忖:民航系统空中的和地面的,几十万人,就专业技术人员而论,民航大学、南京航空航天大学、广汉飞行学院及民航广州职业技术学院、民航上海职业技术学院的毕业生,占了大头,说起渊源,不是牵着瓜就是连着藤,都能称师兄师弟、师姐师妹。平时天各一方,各忙各的,细细一瞧,真有许多眼熟的。这就是民航系统。

进近室的葛尖来了,排在戈晖后面几个。马化讯的眼光和他对上,打了个哈哈,葛老师好!尽管马化讯是技术骨干、尖子,恃才傲物,但葛尖是前辈、劳模,也是业务大咖,不得不服。他以惯有的冷冽表情向葛尖颔首。葛尖举起右手,朝他晃了几晃,表示了回应。

马化讯想到前些天葛尖过生日,没请他,心中快快。打过招呼后,头垂下,装着翻看手机。世上少有不漏风的事,况且是十来个人聚的会,哪有不漏气透风的?那次生日聚会,沈梦纱在,却没人叫他,憋着一肚子酸屈。他却不知道,那次葛尖生日会,请的客人都是白雪梅她们几个女人策划的。

想到曹操,曹操就到。沈梦纱也今天来体检。

一眼瞄到她,马化讯当即冷眸放光。

沈梦纱排在队伍的后头。今天,她穿着一件普通的两用衫,下身牛仔裤,随意得不能再随意了,但在马化讯眼中,她有种与生俱来的雍容与俏丽。他甚至怀疑,她既不是富二代,祖上又不是贵族,哪会有这种情况?她一出现,马化讯不禁心旌摇曳。

他跟挨他后面的体检者打招呼:去方便一下,马上回来。后面的人笑笑说:去呀,没关系的。踅到沈梦纱跟前,说:好久不见。一股发自她身上的淡淡香味传来,他暗暗深呼吸一把。沈梦纱说:好久不见,你好。他往前一步,眼睛眯成一条缝,说:去前面吧,我排了位。她瞧瞧队伍前后,都是眼睛,亮晶晶的,摇头:没事,不急,慢慢排。他嘴角微微一颤,说了句闲话。她搭讪着,说话不紧不慢,表情不温不火。周围不停有人和她打招呼,开玩笑。没办法,出挑的女人就是惹人眼。他略显尴尬,不便在她旁边多待,只得走向自己的原位。前边忽然有人喊了句:护士上班了,开检!他快步向前,回到队伍里。

马化讯空有一身武功,却对沈梦纱望尘莫及。后来他得知,那次葛尖的家宴,去了八九个管制员,连兰晓天这个"外人"也在邀请之列,却没喊他,心中的郁结像针一样刺着他。

验血开始,队伍中的人群挨个往前挪动。他像许多人一样,边移动脚步,边埋头翻看手机屏。都说手机万能,互联网无所不能,内事不决问百度,外事不决问谷歌,这种事又能问哪个?哪个都靠不住。

查完了内科查外科,查完了眼睛查耳朵。

听力测试,说着很细的声音,比蚊子吟还轻,夹杂着吱溜吱溜的干扰音。医生问,是左耳还是右耳?他说右耳。正确。也有人分不清左、右耳,也有人听不清声音。麻烦了,听不出声音,怎么指挥飞机?下来要转岗。

体检后,等报告,等结果。血液、尿液都要等报告,等结果。

等待。人生用最合适的两个字来描述,就是等待。等长大,等上学,等毕业,等工作,等上班,等下班,等一架架飞机起飞,等一架架飞机降落。等买房,等创业,等股市涨,等收入升。从日落到日出,从冬天到春天,从花落到花开。潮落等潮涨,失望等转机,失败盼成功,从少年到白头。似乎一生都在等待,等清明,等端午,等中秋,等过年,孩子等爹娘,妻子等丈夫,父母等游子,股市等大涨,生意等发财,仕途等升迁,从摇篮等到坟墓……

时间,对于人最为公平。不管男人、女人、大人、小孩,达官、草民,富商、穷人,一天二十四小时,一月三十天,一年三百六十五天。从前日子不好过,有人食不果腹,度日如年。时下时光静好,四季一闪而过,还没来得及收起冬装,滚滚热浪扑面而来,还没来得及欣赏春光芳华,隆冬白雪已纷至沓来,十年二十年,一晃眼的事。人生如白驹过隙,忽然而已。

等待,一切都在等待。沈梦纱也需要等待。马化讯仔细观察过,她身边的人,有一群,漂亮的女人没人黏才怪。她的周围,男管制员看中她的有好几个,她有没有意不晓得。而论实力,机长兰晓天最有竞争性,既是学长,又是飞行专才,空地搭配,也是时尚。但这个女人的眼神不喜不悲,不冷不热,对兰晓天、对其他人、对他马化讯都是这个表情,永远罩着一层纱,也许她的名字有个纱字,跟这个有关。真琢不透她的心思。

底牌没有翻开,谁知道结果?

体检结果需要等,沈梦纱的花落谁家更需要等。断断续续练了几年书法的他,提起手头的狼毫,轻轻蘸了蘸墨汁,抄了首白居易的《长相思·汴水流》:

汴水流,泗水流,流到瓜州古渡头,吴山点点愁。　　思悠悠,恨悠悠,恨到归时方始休,月明人倚楼。

写了一遍,觉得字体不够润滑。第二遍,稍好,但是不够遒劲。再写一遍,左看看右瞧瞧,自我感觉像回事了。拍了图片,打算传给沈梦纱,跟她开句玩笑：俺练了五年的行书咋样？转而一想，现代人，爱书法么？更恐表白太直，红颜一怒，反而彻底玩完。

将字揉成了团，扔进废纸篓。

7

小萱在下班的路上截住马化讯："马哥，别愁眉冷脸，去跳场舞吧？"

"跳舞？芭蕾舞？"马化讯冷冽的脸上绽出了一丝笑容，"互联网时代了，倒是可以在手机上跳舞。"

"跟你说真的，去跳次交谊舞，调节调节心情。"她一本正经地说，"管制工作太苦，太封闭，需要放松。"

"哈哈，跳交谊舞，还国标，你以为在上个世纪？"他打个哈欠，慵懒地说。

小萱扯了下他的衣角："朋友觅到一家舞厅，跳的国际标准交谊舞，有不少名流名媛呢。"

刹那，他的表情又变得冷漠疏离："打住，打住。这种娱乐，我想你也不会去的。"

小萱连连摇头，说话还含着笑意。她天生就学不会生气："说话冷里冷气，缺少温度，难怪沈姐对你——"

马化讯圆睁双眼，吼道："这跟你有关系吗？"

即使她是小绵羊，也被激怒了。她差点崩溃，眼角已有泪花："人家关心你！——你们的事跟我有半毛钱的关系？热脸贴冷脸！"

忽然记起那天的反思，便是命令也该有温度。他勾勾嘴角，挤出一丝苦笑："对不起小萱，我以后对人说话热一点，得加点温度是不是？"

"这还差不多。"她闷声闷气地说，"爱去不去。告诉你，舞蹈不是娱乐，是艺术。"

马化讯愣住了。艺术？

过了些日子，马化讯竟鬼使神差地去了次舞厅，小萱说了多次的那个地方。

他性格有些孤僻，洁身自好，不太喜欢交际和应酬。跟着小萱来到这个位于市中心的舞场后，选了个偏僻的座位坐下。

跟他想象中的舞会大不一样。没有震天喧闹的音响，没有灯红酒绿的场景，没有高脚凳上喝得烂醉如泥的男女，没有痞子，很干净的场所。一切是那么优雅与复古。复古的建筑，复古的布置，复古的音乐，复古的服饰。男的唐装，女的旗袍。跳的也是上世纪风行的交谊舞。他以为时光倒转，回到了上世纪二三十年代。

没看出来，小萱姑娘是个舞蹈能手，步态轻盈，舞姿古雅摇曳。她在单位从未透露过舞蹈的特长。放眼望去，清一色85后、90后的年轻男女。现在时尚复古，难道连这些姑娘小伙也复古了？

不少是民航人士。其中有基地航空公司的许多飞行人员、空姐，有的还是活动中碰过面的。难道这是民航俱乐部？又显然不是。

两个蛮有名的高颜值空姐，罗兰和李语柔也来了。马化讯陡地吃了一惊，李语柔是基地公司形象代言人之一，金牌乘务长，1993年出生，他看过她的资料。怎么她也来复古？瞧她的舞姿，腰板笔直，上身微往后仰，双眸清亮，目光不视男伴，而是透过对方，直望向前方，脸上始终挂着一抹淡淡的笑容。

他不会跳舞，只是观众，双手环抱，后背闲靠着椅子，兀自喝着饮料，品味着眼前旋转的人群。他眼拙，不懂舞蹈，即使这样，也能瞧出李语柔、罗兰、小萱等人的舞姿非同一般，基本都有童子功打底。后来得知，李语柔师范大学毕业，音乐专业，普通话甲级，主持人标准。她从小习舞，除了飞行，业余爱好与舞蹈及火锅为伴。又了解到，气象中心的名花伊点点也是这儿的常客，基本每月来两次。

小萱笑靥如花，邀他舞一曲。他苦笑笑，无言以对。

他有些恍惚。这些优秀的年轻人不去瑜伽，不去高尔夫，不去旅游，来跳这古老的舞蹈？这又是另一个世界，工作外的世界。按小萱的话说，这是艺术，不光是娱乐。

可是，他最想见的那个人没来，也不知她来过没。

8

"怎么预报的气象？昨晚没报，今天一早忽然冒出个西南大雾！"马化讯气咻咻地说。

小萱泰然自若，嘘声道："别嚷嚷。蝴蝶效应，这个，蝴蝶效应，雅鲁藏布江一只蝴蝶扇一扇翅膀，有可能引发长江洪水泛滥。气象预报不可能回回准，有偏差是正常的。"

"这话听着起茧了。哼，成都大雾，全国吃药！"马化讯心里愤愤地说，气得想拍桌子。

牵一发动全身，成渝出状况，全国，甚至其他国家飞往那儿的航班都受影响。倘若飞往成都的是起始航班或上午班次，和这些航班相关联的后续航班全体波及，连锁反应下，全国要乱成一团麻了。

"天有难测风云。"小萱说，"按常规，成渝浓雾，不到十一点，难消散。"

马化讯凛冽的目光盯着卫星云图，似要从云图的表面看穿它后面的走向。其实，他又不懂气象。对她说："注意监控，将眼睛瞪大。"

小萱说："我已将眼睛圆成鼓了。"

成都方面已对外发出流控公告。大雾封城，不接收任何飞机降落。

马化讯说："我们也发，凡去成都的飞机不起飞，不飞越。流控时间听西南方面的。"

"没问题。"小萱说，"华东各机场去成都的，全体待命；外来经华东空域飞成都的，一律实行流控。"

立马通知葛尖所在的进近，通知戈晖他们的塔台，停止一切往成都航班的起飞。

一会儿，小萱盯着东海方向的屏幕，焦灼地说："咦，日本那边还在放，不受限?"马化讯说："难道福冈空管区不晓得流控吗?"

"晓得。他们装戆，往西南去的飞机还在按时刻表放过来。"

"既然这么想飞，就让他们在东海上多兜几圈。"他说，"实在不行，让他们转回日本去。"想想日本国带鱼一样的"身材"，飞来飞去也用不了多长时间。

小萱说："他们打的如意算盘，从日本经 A593 航路飞过来，到达我国境内，大约一两个小时，再往成都飞还得两三个小时，到时雾已散了，正好落地。"

"以为是如来佛，能掐会算?"马化讯说，"要是雾不消散，继续弥漫呢，是不是再调头飞回去? 不行，国内国外一视同仁，只要成都方面气象条件不允许，出于安全考虑，就要控制。对福冈方面加强限制!"

又发一次通告。这回，起作用了。

小萱点击着雷达屏幕，将比例调大："嘿嘿，缩回去了。福冈那边命令从日本飞往我国西南方的航班暂停放行。"

马化讯卷起衬衫袖子："撸起袖子加油干。大雾一结束，积压的航班都要飞起来，又是一个大流量考验。"

"你不是喜欢考验吗?"

他哼了声，瞧了瞧旁边这个甜美的小女人。

这天的雾又浓又长，像一个久久赖床的老人，直到十二点半才渐渐退去。

饭后，马化讯、小萱等区域管制员和进近室、塔台方面紧急协作，忙到傍晚，才将上午压下的大批飞机拨拉出去。就在他们喝了口水，将要交班的当儿，一个似曾相识的声音从耳机传来："马兄，咱回来了。"

马化讯一听，是兰晓天的声音，脸色变得凝重："请规范用语。"

兰晓天挠挠头皮："是。"

没办法，飞行员、管制员经常在波道里遇见，有的一天飞几个来回，许多机长听着听着就熟了，况且部分人本身就是校友，老相识。

第四章 空中险情

1

"喔喔……喔喔……"

听到公鸡的啼鸣，兰晓天如战士听见了冲锋号，一个鲤鱼打挺，从床上蹦起。

他住的公寓楼前面，有两幢排屋。三个月前，一户人家从乡下弄了只大公鸡回来，准备炖了吃肉。瞧着公鸡鸡冠酡红，羽毛溢彩欲滴，颜值至高，就留下了养在院子里。公鸡不忘初心，清楚自己的身份，清晨三点五十分准时叫早，头叫，二叫，三叫，从不懈怠。兰晓天和几位小区居民去提过意见。鸡主连声诺诺，将大公鸡关进笼子，晚上在笼子外又蒙上块厚黑布，但公鸡闭着双眼，照叫不误，尽管声音低沉了些，但前后居民依然听得清清爽爽。

几个月后，居民听习惯了，当作一场早音乐。有几个八十老人，觉得叫早好，鸡犬相闻，意趣盎然。连原来讨厌鸡鸣的兰晓天也默认了，倘若没有了清早的"喔喔"声，心里反倒空落落的，尤其是飞早班，闹钟不用调了，公鸡报时分时不差：头叫三点五十，二叫东方泛白，三叫天放亮。闻鸡起床错不了。他巴不得那家人将公鸡饲养下去，屹立不倒，让这惊艳决绝的啼鸣声永远回响在居民楼的上空。

外面下着雨,雨滴打落在窗台上,发出淅淅沥沥的响声。

他拉起行李,塞进汽车后备厢,开车去公司。今天飞早班机,他必须提前两个多小时到飞行部签到,做飞前准备,再集体乘车去候机楼,安检、登机,将前期事情料理停当,等候旅客上机。

雨天,旅客们忌惮塞车,早早赶到候机楼,值机、安检、登机、关舱门。接到塔台"开车"的指令,兰晓天驾驶的客机撤下轮挡,推出桥位,打开发动机,开始从滑行道上向前滑去。

中雨。水滴落在跑道上,溅出一个个水花,又跌落下来,默默地滑向两旁的草地。

波道里不停的声音,是管制员和机组的对话。听得出来,今天值班的管制员都生分,白雪梅、戈晖不当班,沈梦纱早就去了进近,无线电里传来的声音显得生冷硬腔。他知道,这是他的心理。

雨,继续下,没有减弱的迹象。能不能飞,决定权在兰晓天这些机长手上。航空公司有各自的飞行标准,即便在同一公司,同样天气下,机长的水平也不同,有的能起,有的不能起,自主权握在机长的手心里。

今天飞的时刻早,兰晓天前面有三架飞机在滑,他排在第四。发动机的旋转声此起彼伏,音波扩散到空旷的机坪上空。

塔台已经告诉他们了,是下雨还是下刀子,都告诉他们了,天路是敞开的,上去不上去,自己选择。哪一位也不会随意选择。

第一架机的机头对准跑道,引擎的轰鸣声陡地增强,开始滑跑。道上的积水在机轮的压力下,哗哗地向两旁溅出花来。随着机头的扬起,客机翅膀一晃,冲向朦胧的天空。

第二架机,在快到跑道端时,愣了下,忽然调转机头,返了回去。

第三架机,犹豫了下,步第二架的后尘,原地掉头,也不走了。

兰晓天瞥了眼窗外的雨滴,滑向跑道端。这类雨天,对他这个精尖的机长根本不算个啥。落地倒要小心,起飞不用担心。他简直怀疑,有些公司怎么定的标准,下点雨就不能起飞?但机与机相似,人与人不同,这种差别并不在技术,而在心理。

滑跑到每小时 300 公里时,兰晓天右手油门不松,左手轻带操纵杆,飞机前轮唰地抬起,而后主轮离地,全机腾空而起。一切是那么的自如轻松,水到渠成,仿佛他是在画画,轻轻一抹,线条流畅,浑然天成。

上升至进近范围,也没听到沈梦纱和葛尖的嗓声,也许他们今天休息,也许在其他扇区指挥其他航班。一个管制员一般同时指挥八架飞机。

进入巡航高度了,雨雪被甩在了翼下,跟他们无关。出来个女声,发出的指令严肃中带点暖意。可能是个新放单的女管,语速快,中间停顿时间短,但英语吐词清晰准确。她指挥他一直往南,进入中南空域。这三十年,中国民航井喷式发展,飞行员、管制员的培养,没能赶上行业的井喷,人员始终紧张。

兰晓天在中南空管的指挥下,往南,再往南。经过了三亚管制区,将和越南空管进行交接。

陆地和岛屿迅速向后退却,翼下全是蔚蓝色的海水,夹杂着飘忽不定的云团。他们飞行在南海的上空。今天,兰晓天的航程是飞越华东、中南,经南海,去新加坡。

飞了三个小时,兰晓天感觉下面胀胀的,对林副驾驶说:"去下洗手间。"副驾驶说:"你先去,我一会去。"

兰晓天将系统放在自动驾驶模式,打了个电话请头等舱的乘务长进来。乘务长敲敲门,驾驶舱门打开,待乘务长进来,兰晓天才出来。兰晓天走出舱门,里面又将驾驶舱门关死。这是规定,即便飞机在自动驾驶模式,驾驶室也得保持两人或两人以上。

两分钟后,兰晓天解完手,进入机长位,替下副驾驶去方便。乘务长留下,和他聊了几句闲话。他啜了口咖啡,说:"外界说我们开飞机比开啥都便当,智能机器,自动驾驶,机长只管喝咖啡,睡大觉。哈哈,真是天大的笑话!"

乘务长说："我们理解就行了,何必要旅客们晓得呢?哪能睡觉,即便在巡航的自动驾驶状态,你们的眼睛也要睁圆,也要一眨不眨地盯着各类仪表盘,观察它们是不是正常。"

兰晓天笑道："要是我们打瞌睡,地面管制员十分钟喊不到我们,以为飞机失联了,还得了?"

"外人哪里知道,驾驶舱必须有两人以上值守,就算其中一人临时半分钟上个厕所,如果没有其他机组人员在,也要我们安全员或乘务员来顶个缺。"

听到有人敲门,乘务长从猫眼及摄像头里瞧瞧,确定是林副驾驶,才将门打开,说:"副驾驶回来了,我该出去准备餐食了。"

刚打开门,一乘务员端着两份餐品进入,交给兰晓天和副驾驶人手一份,又轻轻地退了出去。副驾驶将舱门关闭。

兰晓天启开餐盒,主菜是牛排和鸡蛋,蔬菜是油麦菜和纳豆,面包是圆棍。这是地面食品公司预先配好,经机上烤箱加热的。瞧瞧副机长的食盒,主菜是煎鱼和猪肉,蔬菜是青菜西红柿,面包是一片一片的切片。连饮料都不一样,兰晓天是橙汁,林副驾驶是可乐。两人相视一笑,先后各吃各的,连一片菜叶都不会交换。这是从卫生出发,也是从安全出发,如果食用不同的东西,万一发生拉肚子或食物中毒,一人受影响,另一人照样开飞机;反过来,如果两人同时"倒下",几百号人在天上,事情就大了。

2

一不留心,兰晓天也变成了候鸟,跟着季节飞,跟着景色飞。更确切地说,航空公司变成了候鸟,夏天去北方游客多,安排的航班多,东北黑土地、蒙古草原、天山南北,是旅人们心中的圣地。一到冬天,那些景点大雪封山封路,旅人们转而向南涌,云贵、粤闽、三亚……航空公司见钱眼开,立马调整航线航班。机长、乘务员随着公司的指挥棒忽而向南,忽而北漂。

国际航线也一回事,春夏秋季,欧洲、北美是出境热点,秋冬季就转向了南半球,南非、南美和澳新。赤道附近的国家,一年四季热得要死,没有季节的变化,啥时都可以去,啥时去都一样,比如加蓬、肯尼亚、厄瓜多尔、哥伦比亚、马来西亚、印尼、新加坡。

兰晓天吃着,谈着国内的美食,人已到了云和远方。

前面出现大块云团,黑乎乎的,阴森恐怖,向天空伸出锋利的爪子。

天气雷达显示,这是一片积雨云,高度高,面积大,中间有雷暴区。雷达图上显示橙色预警。

"接近赤道了,雷暴、雷电这类危险性天气神出鬼没。"兰晓天忧虑地说。

林副驾驶瞧了瞧前方渐行渐近的乌黑云团,拿不定主意地问:"能过去吗?"

"已经由橙色改为红色预警了,说明云团中的雷暴程度。"兰晓天盯了眼云图,"必须绕开,否则会有巨大颠簸,也有可能遭雷击。凡有可能出现触霉头的事,咱要一概避开。"

向越方申请:向航路右侧偏出,绕过雷暴区。

兰晓天叫通了越南方面管制员,通报了情况,请求绕飞。越南方面也有相应的气象系统,也一定看到了航路上的天象。但兰晓天他们接近实地,掌握的情况更为具体。飞机上的气象雷达有150公里的探测距离。

哎,人在天上,身不由己,任由地面摆布了。林副驾驶叹口气,等着越南人回复。

兰晓天刚想再催一次越方时,地面就发来了同意的声音:"向航路右侧机动50至100公里。"

副驾驶拍拍大腿,眉开眼笑地说:"这回越南人大方,让咱偏这么多,而且可机动,说话也没有上回凶。"他第二次飞这条线,上次听越南区的管制员说英语有点凶巴巴。

兰晓天慢慢将机头向右转向,机动出去。他不屑地说:"凶?凭什么凶?管制部门也是服务单位,应该和颜悦色才对。"

兰晓天微扭了扭脖子,瞅着窗外从左侧远处飘过的大片乌云,说:"是咱家的南海,想怎么偏就怎么偏,如果有朝一日,我国在建的永暑岛、美济岛、渚碧岛、赤瓜岛上建起空管中心,说不定就不会麻烦别人指挥了。"

兰晓天驾机绕开大片的云区,一会,回归原航路。高度继续降低,渐渐接近终端区。

3

耳机里传来叽里咕噜的英语声,马来西亚管制员的声音。

马腔英语告诉他们,新加坡樟宜机场上空浓云密布,正下着雷雨,请他们原地等待,时间大约半小时至一小时。

旅客们不会知道,他们却感到眩晕。原地等待的意思,当然不能像汽车一样停在空中,得在一块指定的空域内盘旋,一边转圈一边等待,可能转三圈五圈,也可能转十圈。

"什么破地方,赤道区,不是雷暴,就是热带气旋,一年到头闷得要死,不是人待的。"林副驾驶内心发着牢骚。

"流控,动不动就流控。"兰晓天说,"还说我们国内流控,这里也不是一样?天气原因,樟宜机场流控,马来西亚流控,越南也流控,层层外推,一大片流控。"

"让咱们看海。"副驾驶说。

"能看见海吗?全是乌云。"兰晓天讪笑道,"让我们云中漫步。"

根据马方地面的指引,兰晓天驾机偏开航路,在留出的空域开始转悠。

他让飞机平稳地绕着圈,尽量不让客舱内睡觉的人惊醒,不打扰到翻看书本的旅客。

让乘客不知不觉地转好圈不容易,也不是在任何地方都能转圈的。空中的等待区是预先设定或者临时划出的,飞机在空中等待,不能像直升机那样悬停,而是要靠自身的升力来维持,只能一边飞一边等。临时的等待空域,可以是一个圆圈,可以是一块三角形,也可能是一条直线出来又一条直线进入,根据情况设定。

在兰晓天的前后,也有其他的飞机在等待飞行,在转着圈"散步"。

对兰晓天这样高尖的机长来说,还是觉得喷气式客机太慢,尤其跨大洋飞行,十几个小时、近二十个小时的飞行,无论驾机者还是乘机者,越到后来,越觉得枯燥,越觉得吃力;要是能像战斗机那样超音速飞,多过瘾呀。

忽然,他想起来曾经有过的超音速客机——"协和号"。他做梦都想开那样的飞机。协和客机,他无缘乘坐,但他师傅关山,曾经坐过一次,为此亢奋了几个月。

4

2000 年春,兰晓天的师傅关山,发誓做一次追星族,托了许多民航界的关系,花费 5 000 美元,购买了协和号飞机的票,从巴黎飞往纽约。

走近协和号,关山就被它冷酷的外表所陶醉:下垂的鹰钩鼻、修长的身材,天鹅般优雅的外表。

当地时间晚七点,太阳西沉,霞光散尽。关山乘坐的协和式客机载着一百名旅客,从戴高乐机场腾空而起。尖锐的轰鸣声惊得鸟群四飞,野兔乱窜。飞机拉升的惯性,使关山的身体沉甸甸地往下坠,他不禁忆起坐过山车的体验。

协和机很快拉至平飞状态。

环顾四周,在候机楼等了数小时、原本疲惫的旅客无一人闭目养神,个个睁圆双眼,盯着机上的速度显示器。加速,再加速,当飞机的速度超过 2 马赫时，关山的双手不由自主地拍了一下。想不到的是，在他的示范效应下，噼噼啪啪，噼噼啪啪，不断有乘客鼓掌，刹那间，从左右到前后，从前后到全体，掌声从各个角落响起，整个客舱一片欢腾。似乎这里的人群不是在机舱，而是在维也纳金色大厅，欣赏一场顶尖的艺术表演。

由于速度太快，机上竟无一人睡觉，乘客们都沉浸在超音速飞行的极度兴奋中。

令关山和旅客们叹为观止的现象出现了：一轮红日从地平线的西边冉冉升起，艳美绝伦。平时，诗文中的描写，都是太阳从东方升起，西方落下。协和机告诉大家，有时太阳也能从西边升起，东方落下。关山明白，超过两倍音速的协和客机，巡航速度比地球晨昏线的移动还快，已轻易追上了地球的自转，让客人们欣赏了一幕日出西边的奇葩景观。

令飞行者向往的平流层在 12 000 米以上，最高至 50 000 米，那儿的气流只做水平运动，平稳如静水，而且少有水蒸气和尘埃，自然也没有了雨雪、雷暴。客机飞在那样的高度，波澜不惊，人如坐在房间里。而协和式客机就飞行在平流层，高度 15 000 米。

在如此的高度和速度下，关山看到了大不一样的风景——地球的曲率。从舷窗外望去，远方的地平线呈现微细的弧度，缓缓向前展伸。这是航天员才有的专利，关山乘着协和机也有幸欣赏到了。

协和客机，身材修长，每排四座，全舱一百座。没有头等舱和经济舱之分，也可以认为所有的舱位都是头等舱，所有的乘客都享受优质、高贵的服务。除了按头等舱标准制度的豪华大餐外，全套餐具都是历史悠久的英国奢侈品牌。超音速巡航期间，室外温度为零下 60℃，但机身前部的表面与空气摩擦后的加热使机体的外温升到 120℃，连窗户也变得十分温暖。虽然高昂的票价令大多数普通旅客望而却步，但达官富商们却纷纷选择协和号出行，英国王太后曾在协和客机上庆祝 85 岁生日，首相布莱尔乘协和号前往华盛顿和小布什会晤。奔着协和号的名声，关山以当时 5 000 美元的高价，也当了一次显贵。

关山酷爱飞行，自然清楚协和号的兴盛和辛酸。

协和式客机是英法两国共研的飞机，法国总统戴高乐亲自命名。1976年1月，协和客机投入商业飞行，英国航空公司首飞从伦敦到巴黎，法国航空公司从巴黎经达喀尔抵达里约热内卢。同年5月24日，英航、法航一起推出跨大西洋计划，两架分别从伦敦、巴黎出发的飞机赛跑似的几乎同时到达华盛顿。两国雄心勃勃，计划制造1300架协和客机。

当时的协和号确实风光了一阵子，拥有最快速、最安全的客机纪录，被航空界引以为傲。但英法两国过于乐观的设想，被严峻的现实击得粉碎。协和号总共生产了二十架，英法各生产十架。协和梦的湮灭，归咎于它自身的几大弱点。首先是油耗过高、载客量小。协和号100人的载客，油耗却为波音747的两倍。油老虎特征，对于追求成本与收益的航空公司而言，经济性的差距立竿见影。二是续航力不足。5000公里的航程，只能勉强飞跃大西洋，却跨不过太平洋。三是噪声污染严重。由于音爆原因，协和机在起飞和降落时，发动机噪音巨大，让周围居民难以忍受。美国、欧洲一些国家从环保考虑，限制其在内陆飞行。不得在大陆上空进行超音速飞行的"紧箍咒"，成为协和机商业失败的重要因素，各航空公司纷纷终止了与英法签订的订货合同，"疾速天鹅"最终没能完成批量化生产。

乘过协和号，当过发烧友，关山激动了好几个月。兰晓天入职后，关山讲了多次给他听，可见飞者对速度的崇拜。

2001年"9·11"恐怖事件后，全球民航业蒙上阴影，最终没有形成量产、票价和维修费用昂贵的协和号首当其冲，不久便"生不逢时"地告别蓝天，走进博物馆。

魏晋时期，琴家嵇康被司马昭所害，临刑前，抚琴演奏一曲，《广陵散》从此绝唱。协和号后，可有来者？

兰晓天相信，必有来者。

5

梦里见过的地方,能开着飞机去。这是飞者的至高向往。

想到协和机英雄无用武之地,兰晓天腹部似有隐隐痉挛,连手上的动作都不太利索了。倘若有朝一日,中国能改道超车,研发出超音速客机,那去南非,去阿根廷,去秘鲁,也不用从迪拜或北美转机,油门一踩,直接就过去了。

他手上稍稍用劲,将方向扭正,继续转着圈。

马来西亚空管来指令,新加坡樟宜机场上的雷雨消退,开始接收飞机了。

至少有七八架飞机在这儿盘,上下好几层,立体的盘旋。听到指令,最下层的飞机先行离开盘旋区,降低高度,向樟宜机场方向飞去。依次,第二层、第三层盘旋的飞机一架接一架飞离等待区,向终端区进发。

兰晓天挺挺腰板,控制飞机向左转。

总感到有些迟缓,没有先前灵活。这类电传驱动的飞机,只要操纵杆或方向舵做个动作,就会轻松传导到所要操作的机械,从而完成飞机的转弯、上升、下降等动作。

他以为转圈多了,手脚有些麻木,手感差了些。让林副驾驶试试。副驾驶接过操纵权,按要求轻轻试了试,方向是对的,也觉得比平时沉重。

"是不是出毛病了? 液压系统出问题,基本就是这种状况,要是我们两人本身没有问题的话。"兰晓天说。

林副驾驶反复逡巡了仪表,仪表盘没有出现一个告警的迹象,摇着头:"仪表显示正常,难道我们两人手都麻了?"

兰晓天活动了五指筋骨,收放自如。他们的动作完成后,飞机稳稳地前去,没啥异常,就是在操纵时稍稍感觉有些差异。"难道是隐性故障?"兰晓天疑惑地说。林副驾驶看着前方散去的云团,说:"也许是我们心理作用。"

　　兰晓天加大油门,让飞机的速度提一点上去。这一动作非常细小,还是让他觉得系统有万分之一秒的延迟。这不会影响飞行,更造不成危害,但就像自行车的链条有些松垮一样,骑起来总觉着些许别扭。

　　不知咋地,近几个月机队总有状况。按理说,是机器总会有故障,就像人,从小到大,吃五谷杂粮,哪能不生一点毛病?有病就治。所以有机务,航前有检,航后有检,飞行途中出现故障,也有解决预案,而飞机本身对一般性故障也有抵抗能力,留有较大的安全余度,防止航行时不会出现灾难性后果。

　　"西方工业已趋疲敝,外国造真的成问题,太注重分包,不同的国家制造不同的部件,最后一拼装,成为一架飞机,一列火车。什么梦想飞机,波音公司只负责十分之一的总装合成,其他的零部件全球分包。哎,哪有中国厉害,几乎所有的工业门类齐全,造一艘船、一架机,一会儿的事,买洋货真不如中国造。"兰晓天想。

　　几个月前,他用国产的华为替代了原先的苹果,使起来顺手,拍出的照片比相机还清爽。瞧瞧周围,许多机长、乘务员也先后改成了华为、维沃。

　　"机长,会不会是错觉?"林副驾驶小心地问。忽然想到,马航 MH370就是在这一带失踪的,心头一震。

　　"已经试过了,不是错觉,是故障,液压系统故障。现在我开始相信,书上写的许多巧合是真的了,比如今天,液压出状况,碰巧,仪表显示又不灵了。"兰晓天说,"啥时能飞上咱们的 C919、C929,省得受人家洋气。"

　　林副驾驶扭了扭有些僵硬的脖子,说:"已到新加坡管制区了,要不要将情况通报给他们?"

　　"有情况,当然要告之。"

　　兰晓天将飞机的状况通告给了管制中心。新加坡管制员仔细询问了情况,问他们到底有什么不正常。

兰晓天说："液压出了状况,反应到哪方面目前不明确,在观察。"

管制员问："需要优先落地么?"

兰晓天不带考虑："正常落地,本次航班不想妨害大家的秩序。"

管制员说了句"保持联系、祝顺利"之类的话语,去应对其他航班的呼叫了。

半响,管制员发来指令,让他们"下降高度至101"。兰晓天明白,新加坡执行的是英尺标准,而我国是米制,中间有个换算,1米约等于3.28英尺。"101"的意思,就是10 100英尺。

兰晓天机械地跟着复诵一遍。林副驾驶听完确认一遍,刚想扭动旋钮调整高度,兰晓天急忙制止说:"不对,管制方可能有误,应该是'110'!"

"可是?"林副驾驶迟疑着。

"先别调,让我问问。"

兰晓天紧急呼叫管制中心,询问刚才的高度是否有误,是不是"110,11 000英尺"。

管制员一听,连说抱歉,抱歉,是"110"。抱歉过后,说了三声"对不起"。声音带着微微颤栗。

"听到一点状况,我们没紧张,他们倒先哆嗦了。"

林副驾驶愤愤不平地说:"什么水平!"

"别埋怨,人家也不想说抱歉。要原谅人家出点差错。"

兰晓天心如明镜,有几个数字比较容易搞错,比如英语中的"110"和"101",中文的"4 500"米和"5 400"米。空地对话波道繁忙,一名管制员对多名机长,语速快,容易将相似的数字咬错。凭经验,兰晓天觉得他手上的航班应该先到11 000英尺的高度,而不是直接去10 100英尺。

林副驾驶再复述一遍,无误后,小心翼翼地开动旋钮,调到11 000英尺,用力按下去。

兰晓天对副驾驶说:"不成仙,便是人。是人,只要不是神仙,都会犯错,都会有错、忘、漏,关键是要发现它,纠正它。"

"机器比人牢靠,执行力强,程序设定,难以犯错。"林副驾驶轻跺了跺脚。

"不,人比机器可靠。机器犯错不会纠正,那才要命;人犯错晓得纠错,就能避免进一步的后果。刚才我们发觉了高度的差错,进行了纠正;万一我们没发现,新加坡人稍后也一定会意识到,也会纠。眼下虽然万物互联,但人才是地球的主宰,机器是人创造的,人肯定比机器聪明。"

林副驾驶不吱声。

在管制员的引导下,航班继续下降,靠近樟宜机场。

不一会,机头已进入长五边,对准了跑道。他的前后,一条直线上,两架客机、一架货机张着翅膀,打开起落架,稳稳地靠近跑道。

兰晓天吩咐副驾驶按下起落架手柄。

"吱呀,吱呀",响了几声,起落架慢悠悠地从飞机的腹部伸出,但缺少了平时那种干净利落的响动与节奏。

下意识告诉他,起落架出了问题!刚才感觉到的液压系统故障的影响点,终于水落石出,落在了起落架的收放上。

"液压系统开了我们一个天大的玩笑,起落架没能完全放下,只放了一半,不动了。"兰晓天对林副驾驶说。

副驾驶浑身一颤。他想起 1998 年那次紧急迫降,不料这种情况落到了他这位才飞了两年的副驾驶身上。尽管平时培训时不只训练过一次,雷达模拟机上也反复演示过,但毕竟是理论上的事,离现实遥远,一旦真正遇上,犹如一盆冰水当头浇下,双脚还是不自觉地发了一阵抖。

兰晓天出奇的镇定,从发现液压系统不正常到现在,出奇的镇静。今天,他内心已做好了出状况的多手准备,既然知道了故障落点,接下来的重点是化解,而不是发颤。

"正因为不正常,才需要我们,需要机组成员,否则轮到我们下岗,自动驾驶就行了。"

"嗯……"林副驾驶嗓子干涩,喉结不停地滚动。

"从容，从容。"兰晓天瞧了瞧脸色苍白、眼波黯淡的副驾驶，为他鼓着气。

"兰机长，马上报告塔台吗？"副驾驶不停地擦拭额头的汗珠。

"必须的。"兰机长以淡定的眼神瞧着他。

"是不是要通知旅客？"林副驾驶不自觉地摁了摁太阳穴。

"干吗？"兰晓天说，"你是想让旅客知道了，引起机舱的慌乱？"

兰晓天眼光从容淡定，内心也是揪着的。毕竟在空中，飞机载着几百号人。那一年，起落架放不下，紧急迫降惊动了全民航。今天，他也遇到了起落架问题，飞久了，总会遇到点事。

"起落架出问题，操作教程上怎么说？"兰晓天问副驾驶，也在问自己。没等对方回答，他说："飞机发展至今，尤其是民航机已经相当成熟，对各种可能出现的不正常问题进行了反复试验，反复预估，形成了相应的解决方案。遇事，我们驾驶人员首先要冷静，千万不可乱了方寸。一般情况下，只要严格按手册操作，工具箱里可利用的工具足够化解出现的危情。"

兰晓天轻咳一下："我师傅关山飞过无数航班，遇过许多情况，我也飞过不少航班，处理过一些事情，一个切身的体会就是遇事从容，心如止水。一个优秀的飞行员，心理素质第一位，其次才是技术。不少事故不是由故障本身导致，而是飞行人员被自己的慌乱心理击败所致。"

见林副驾驶的心绪渐渐平复，兰晓天说："现在没工夫讨论其他，严格按起落架不正常程序操作。"

林副驾驶的心跳放慢，基本恢复在每分钟八十跳上下。既然干上了飞行，当然想做优秀的机长。兰晓天年纪轻轻，已经爬上了五星机长。

他马上想到，起落架故障的几种情况：虚警，几乎每年会出现，就是兰晓天所说的，机器并不可靠，明明没问题，掺假，装成有问题。操作手柄上有指示灯，绿色显示正常，红色表示不正常，有时显示红灯，而实际是放下的，为虚假报警。今天显然不是虚警，是实警。

除了手柄上方的指示灯，仪表盘上也有显示起落架是否放下的标示，那是两个三角形,只要其中一个显示绿色,代表起落架放下。起落架和发动机太重要了,以致有多处仪表显示。眼下,几处指示灯都显示红色,没有放下是板上钉钉的事了。

作为五星机长,兰晓天比谁都清楚该怎么做。今天,起落架并非打不开,而是打开了一半,或者说放下不彻底。一种办法,就是将起落架收起,重新放下,但这样做,有极大风险,万一收上去,最后不动了,岂不比现在更糟?

还有一种办法,就是重力放起落架。像战斗机那样,利用飞机的急转弯等手段,将起落架"甩"出来。但这种方法,要大角度转弯,大幅度震荡,大起大落,对旅客的影响比较大,心脏病患者容易受惊吓。

不过,兰晓天等部分精锐机长,在模拟机训练中,试验了一种"一点一抬"法,将起落架"引"出来,这是一种对飞机损伤比较小,对旅客干扰度也力争小的办法。

兰晓天征得塔台同意,将飞机低速往前开,旅客们以为要着陆了,将保险带扣紧系牢。林副驾驶极力保持镇定,但右腿还是不争气地哆嗦了一下,他暗中握握拳头,将脚稳住,可别让兰机长笑话。

兰晓天来不及对他过多辅导,也没时间关心他的脚是不是还颤,操纵机头往下一点。正当旅客们摸不清啥路子时,飞机的头像大海中的船舶,遇到船底巨浪又刷地弹了起来。

不明所以的旅客们蓦地感到刹那的失重,身体整个儿向座椅上沉落,终于"轰"的一声,惊出声音。随着这声惊呼落地,机上的起落架也不由自主地"抖"了出来。旅客们还没完全反应过来,兰晓天的动作已经完成,显示盘上那两个三角形已经变绿,手柄上方的指示灯也由红转绿,显示起落架已放落到位。哇,这下,兰晓天的功课从模拟机房搬到了蓝天。

林副驾驶一个深呼吸,抱拳向兰晓天行礼,前额满是虚汗。

接下来的活,副驾驶也会干,将飞机降落在跑道上,慢慢滑向属于自己的桥位。

事后,林副驾驶问:"如果这办法不灵,起落架还是放不下,怎么办?"

兰晓天眉毛微扬,说:"按照飞行手册上'重力放起落架'程序,将起落架'甩'下来。"

"如果还是甩不下呢?"副驾驶现场提问,印象至深。

"如果?如果那样,就紧急迫降,课程你学过的,中国、美国电影大片,大家看过的。"兰晓天自信地说,"这种事情,也许两百九十年才遇见一回,也许,随着飞行器性能的提升,不会再有,今天发生的,就当是案例了。"

6

兰晓天是飞者中的明星,微博粉丝超十万。新加坡那档事,又让他网红了一阵。

罗兰等几个女空乘,非要拉他去涮火锅。

为什么又是火锅?难道飞行人员对火锅有嗜好?总喜欢跑火锅店。后来想想,也有道理,机上的食物清淡,又在高空,吃得多了,容易反胃,用火锅这类重口味对冲,是一种自然调节。

兰晓天不想去,想赖在家里喝茶,写点东西,正想个不容易反驳的理由将她们挡回去,但还是顶不住罗兰、李语柔等几个美女的软磨硬拽。罗兰说,这次正确处置起落架异常,受了表彰,客就不用请了,由咱女生掏腰包,请你喝一杯,这个惊还是要压的。

被她们这么一说,不去倒是不行了,好像他是抠门鬼,不出去吃饭是怕埋单。男人么,这点派头还是要有的,忙说,我请,我请。李语柔嫣然一笑,你是明星,请得动就不错了,埋单这种小事体就不用大机长操心了。

有人趁机起哄,也有人扼腕叹息,说以后要多和兰机长共班,也想体验一把"点头抬头"的滋味,省得去迪士尼蹦极了。

几个美女围着他一个男人,小范围的聚餐。被她们众星捧月似的一围,兰晓天忽然觉得自己神气起来,连连招呼大家喝啤酒,吃大菜。他也是杯到酒干,摇头晃脑。

罗兰说,我们经常吃火锅,但有人说涮火锅喝啤酒不科学,对身体不好。李语柔说,食物搭配无所谓好与不好,全在个人身体感受,世上的事有多少说得清,又有多少说不清? 兰晓天说,这话有水平,来,走一个。两人喝完。李语柔说,我们还是大家敬你一杯吧。众人齐举杯,相碰,同饮。

压惊酒喝过,罗兰趁着酒意点题道:"晓天是星级机长,年轻的五星机长,论工作年限是不够的,比他年长、飞得多的多了去,但提前晋级了,所以遇事就多,飞行经历自然要比人家的崎岖。"

李语柔如芒在背,打断她:"罗姐——"

"知道你啥意思。"罗兰别了下头,仍往下续,"这好比唐僧、孙悟空去西天取经,九九八十一难,必须要经历的。"

"呸,罗同学,我宁愿不要这样的经历了。"兰晓天将含在嘴里的半口菜吐了出来,以手加额。

李语柔抢着说:"罗姐的意思,天将降大任于你也,必先苦其心智,磨其心理,锻其技能……"

罗兰露出一个坏笑:"现已过了七十多道坎,说不定后头还有考验呢。"

"呸,乌鸦嘴! 本来我请客,罗同学这么调侃,我不请了。"

"男子汉有点风度好不好?"罗兰眯着双眼道,"我们空乘是弱势群体,收入比起你们差远了,不过么,请一顿饭还是没有问题的。"

兰晓天说:"空乘啥时候成弱势群体啦?"

罗兰说:"2001 年前,飞行员和乘务员都按飞行小时数拿待遇,日子过得甜美,但那以后,两极分化,飞行人员不停地涨,早和国际接轨了,乘务员仍在原地踏步,踏着踏着,踏成了弱势群体。"

"管理层认为飞行人员技术含量高,我们含量低。关键在上头,跟晓天他们具体个人没啥关系。"李语柔挑了挑眉尖,莞尔道,"今天,我埋单了。"

罗兰乜斜了她一眼。小蹄子,还不知道你心思?她早知李语柔倾慕兰晓天,李语柔和兰晓天都是公司的业务骨干和"公众人物",李语柔美貌加才艺,兰晓天为年轻的星级机长,条件极为般配。但李语柔自恃身份,不便主动表露心迹。在几万人的大航空公司里,形象代言人之一的李语柔有多少人仰慕,本公司和外界追她的排成队,兰晓天这小子却浑不把她当回事。罗兰暗中观察,兰晓天的目光不在天上,而在地上,在那个女管制员沈梦纱身上。看那姓沈的——也是校友,到底有什么魅惑?对谁都不温不火,不阳不阴,对谁都表情自然,嘴角挂着一抹若有似无的笑,吃不准她心中的路子。兰晓天这个王老五,到底和谁更合拍?谁又是谁的毒药?底牌没翻开前,谁也不晓得谜底。

罗兰是过来人,想到年轻人这些破事,觉得烦,怎么也理不清头绪,还是大口喝啤酒吧,每人走一个。

兰晓天喝得有些恍惚。啤酒进胃胀鼓鼓,起身去解手。溜到账台,掏出手机,扫那一桌子的账单。服务员说,有位小姐,瘦瘦长长的漂亮小姐,已经付过了。他点点头,收了手机,离开。

回到座位,扫了眼李语柔,她正低头夹口菜,余光瞄着他,轻笑。

7

兰晓天休息了一天,来日飞短途。

兰晓天这些机长的飞行,飞行部自有排班,国际国内搭配,长途短途兼顾。

这天,他飞国内航班,天南地北转一圈,衔接四个航班。下午一段,先是武汉回飞,再飞山东青岛一个来回。

他飞的班机在天河机场一落地,地面工作人员奔上机来通知,有重要任务。来人是当地营业部的副经理,从他的谈话表情看,有些紧张,连说话都显得结结巴巴。副经理说,接到通知,你这架航班今天有个活体器官要运输,需提前准备,正点起飞,按时到达。原来是运送活器官,也不用那么大惊小怪、小题大做。

副经理说,经过比较,选择这个航班来完成运输任务,是公司对兰机长技术的信任和厚爱。兰晓天说,谢谢,怎么预先没收到计划?副经理说,是两地医院临时协商好的,这边手术取出,那边等着手术补换,我们接到通知的时候,你们还在从外地飞往武汉的途中。什么器官?兰晓天问。对方答,是心脏。

听到"心脏"二字,兰晓天原本平静的心脏突突跳了起来。说,知道了,几点起飞?正常走,在这儿的过场时间为一个半小时,务必要保证正点。可是,正点不正点我这机长说了不算,还有空管、机场、旅客等许多因素,主要听空管部门的。副经理说,各方面已协调过,机场方面组织提前上客,空管方面也答应优先放行,只要器官一到,马上起航,一路直飞。

兰晓天已经习惯了被信任,也不再客套。领受任务后,立马和乘务长、副驾驶等通报了情况,着手准备。从时间推断,当地医院已经在摘取器官,一会会装上医护车,"呜啦呜啦"地直接送来机场。

心脏是人体的发动机,从人体取下后,现代医学手段使心脏保持在特殊的"休眠状态",最大限度地减少器官细胞的衰退。尽管如此,低温保持时间只有六小时左右。因为在异地置换,两地从医院去机场各需一小时,前后刨去两小时,还要医学处理、装车、机场安检等步骤,留给空中运输的时间是掐死的。

医疗用车到达机场,安检开放绿色通道,登机口专门安排头等舱通道让护送人员通行,客舱空出第一排经济舱座位给活体器官和相关人员。乘机旅客已起先登机,分别在各自的位上坐好。舱门合上,客机即被推出滑行,开启发动机,登上跑道,拔地而起。

天地苍茫。

进近区的上升通道也似开了绿灯,兰晓天驾机只转了一次弯,就拉到了巡航高度。今天跟他飞行的是柳副驾驶。

"还好,虽然云有点厚,但基本不受影响。"柳副驾驶说。

"天气常使绊子。"兰晓天说,"当代客机发展到了今天,飞行,有时仍免不了看天吃饭。"

"是啊,今天应该不会使绊子,一路顺利。那边的病人正等着手术呢。"柳副驾驶说,"兰机长,最近运送活体器官的不少呀,每月好几次。"

兰晓天不接话茬。运送活体器官多,是医疗界的事,可能经济条件好了,更多的患者能花钱用上捐献者的活器官了。"时刻注意气象,一会就要下降高度了。"

"今天飞得真快。"副驾驶说,"器官移植,治病救人,老天应该帮忙。"

兰晓天说:"这话先别说,说了会不灵。"

迷信,说说就不灵了?副驾驶对兰晓天说:"江东子弟多才俊,每当重任需大将。兰机长,你就是公司的大将呀。"

"别给我戴高帽,会压垮人的。"

兰晓天压下操纵杆,降低高度,进入进近空域。

波道里听不见葛尖和沈梦纱的声音,都是新管制员的指令。他略感失落,驾机钻入云层,向五边转进。

才发现云里下着雨。雨滴挂在窗户玻璃外,留下一长条一长条的水丝,在风的压力下,紧紧贴着舷窗,不愿利索地下落。

兰晓天已经对准跑道,地面导航设备发出的无线电波引着飞机缓缓降落。跑道被雨水冲刷着,折射出粼粼波光。

柳副驾驶放下手柄,舱门打开,起落架从机腹伸出。兰晓天握着操纵杆,努力操控班机不受风雨的影响,稳健下降。

蓦地,一股强烈气流从上部击落,击向机头、机身、机翼,整架飞机像受到了地面强磁场的吸引,瞬间急剧下坠。

"糟糕,风切变!"兰晓天暗叫一声。

几乎在同时,仪表盘上显示出红色风切变字母,语音警告也急促地响了起来,如空袭警报声一般,嗡嗡地响个不停。

兰晓天不愧为五星机长,临危不惊,早有准备。每遇雷暴、风雨天,他会多一根弦,时刻准备发生低空风切变等异常,即使只有千万分之一的概率,他也有这种心理备份,一旦有情况,在最短的时间内做出反应。飞行生涯,上升、落地被称为"魔鬼 13 秒",哪怕争取多半秒时间的主动,结果可能完全不一样。

低空风切变的警告声响了 12 秒。实际上,这种声音响到第二秒时,兰晓天已经采取了措施,他紧握操纵杆,将油门加到底,先使飞机保持住高度,然后猛抬机头,全马力向前,硬生生顶住了暴击气流的打压,将飞机拉了出去。整个过程做完,飞机到达五边外的安全高度时,柳副驾驶还是惊出了一身冷汗。

8

今天上机前,柳副驾驶曾兴高采烈地说:"跟兰机长飞行,能学到更多的东西。"

兰晓天哈哈一笑:"没听说过我事多、难多?"

"听说过,前几天听林副驾驶说起'点抬头'的故事,有劲着呢。"

现在柳副驾驶开始后悔,刚才巡航阶段蛮好不开玩笑,开过玩笑,就遇见了大片乌云,遇上了风切变,自己真成了乌鸦嘴。心中忐忑,不敢多说话。眼下才相信,跟着兰晓天飞,事多。

风切变,就是在某一个区域,风的方向和速度的突然改变。这种突然变化对航空有极大的危害,尤其是 600 米以下的低空风切变,被认为是"机场瘟神"。1985 年 8 月 2 日,美国一架客机在达拉斯机场着陆过程中遇风切变坠毁,135 人死亡,23 人受伤。2000 年 6 月 22 日,武汉航空公司一架飞机在汉口王家墩机场下降过程中遭遇雷暴云,受下击暴流影响,坠地失事。1979 年至 1989 年的十年间,美国因低空风切变发生飞行事故十三起,死亡五百人。

许多天气背景都能产生风切变,雷暴、积雨云等强对流天气可产生风切变,冷锋、暖锋等锋面天气产生风切变,特殊的山地地形、水陆界面、高大建筑物、成片树林等自然或人为因素,也能引起风切变。低空风切变事故多发生在高度低于 500 米的起飞和着陆阶段,尤以着陆时最多,是航空的隐形杀手。

兰晓天将飞机拉出去后,很快上升高度,在空中盘旋。他复飞后,塔台管制员马上通知后续飞机,禁进五边,盘旋的盘旋,等待的等待。

兰晓天对柳副驾驶说:"跟我当副驾驶,可能会留下难忘的记忆,这下信了吧?"

柳副驾驶唯唯诺诺。想,兰机长可能长有异骨,真是多事之人。

管制员说,风切变何时结束不确定,问他要不要去附近备降。备降,心脏怎么办?手术可等着,而活器的存活时间只有六个小时,他有时间等么?即使去杭州备降,单程半小时,一去一回,心脏活体早变死体了,一个人的生命吹了。

气象图显示,云还在,雨还下,是不是风切变,到了里面才知道。兰晓天机上的油量足够多,他不想轻易浪费一颗心脏。他想再等等,任何天气现象,不是铁板一块。

"真的不去备降?"柳副驾驶心脏怦怦跳着。

"是不是很冒险?"兰晓天反问道,"这回看见了,跟我飞,风险这边独到。"

"还说呢,谁愿意摊上事?谁都愿意风平浪静。"柳副驾驶似蚊子吟的声音说。

兰晓天翘了下唇角,说:"我要落下去,想多救一个人。"

"可是,后面客舱有 180 人。"

"不错,180 人比 1 人多。"

"当然是 180 人数量大。"

"可是,鱼和熊掌,我两样都要。这世上的事,有时能两全。"

"可是,这风切变?"

"风切变可怕,也不可怕。当然,我绝不会拿180人的生命做赌注,也不会拿你和我的命开玩笑。"

兰晓天仔细观察了气象云图,转头向柳副驾驶:"你怕不怕?"

瞧着他泰然自若的笑容,柳副驾驶说:"跟着你兰机长,不怕!我愿做一名忠实的陪跑者。"

兰晓天朝他亮了亮大拇指。柳副机长更为淡然地说:"我信你的技术,更信你的德行。"

半晌,兰晓天驾机切入五边,对准前方的跑道。他叫通了塔台,准备再试一次。塔台叮嘱:安全第一,不行就复飞,千万不能勉强。他回答:明白。重新放下起落架。

柳副驾驶瞧了他一眼,兰晓天正全神贯注地执着操纵杆,缓缓下压,向跑道接近。从他的眼神中,柳副驾驶受到了鼓舞,心底泰然了许多。

飞机缓缓下降,雨继续下,风还在刮,不断有气流从上往下压。兰晓天顶着小油门,始终保持机头微昂,以防一旦不妙,随时轰大油门,通场复飞。

柳副驾驶想,这次兰机长会不会采用"一点一抬头"的特技?转而一想,不会,这次又不是起落架放不下,"点抬头"法不灵光。看上去,这下用的是"翘头法",飞机在下降,机头却比平时落地时上昂。

仪表盘上的风切变警告声消失了,文字告警还在,由红变成了橙色,说明风切变还在,却比先前小多了,只要操控得法,可以落地。

风向在变化,一会儿左翼大,一会儿右翼大,稍有不慎,飞机容易向一侧倾斜,造成着陆时翼尖刮地。这就要靠机长的技术了。兰晓天那双魔术师一般的手捏着驾驶杆,根据风向变化即时调整操纵杆的用力点,抗拒着风的变化压力对飞机平衡的影响。高度在下降,跑道在逼近,1秒,2秒,3秒……13秒,正好到了13秒时,主轮吱的一声擦地,发出尖厉浑闷的声音,震得附近草地上几只小雀嗖地一下窜走了。

主轮落地,紧跟着,前轮接地,重量压在地面,发出更为尖厉又像雷鸣的声音。

这种震耳欲聋的轰鸣声,无疑是巨大的噪音。但在兰晓天听来,仿佛听到了世界上最美妙的音乐,听到了渴望已久的天籁之音。

兰晓天的航班比正常时间早到了五分钟。

拐出跑道,滑出滑行道,停上廊桥时,领取心脏的医务车已在等候。又一个心脏衰竭病人复活了。

第五章　五星机长

1

基地公司飞行部。

兰晓天和华副驾驶签到,做飞前准备。

"兰机长成了名角,在飞行方面天赋异禀,跟着您飞,幸福满满。"华副驾驶说。

"打住,打住,别捧煞我。我不是经邦济世的大人物,就是开开飞机,做做这类指头大的小事情。"

被人夸奖,总是受用。兰晓天不禁有些得瑟。转头一忖,有些不对,觉得对方话中有话,说:"你是不是怕跟我飞,事多?"

"哪里哪里,跟着您飞,能学到书本上学不到的东西,在战争中学习战争,在天空中成长。"华副驾驶连连抱拳,"兰机长心中拥有雄兵十万呐。"

兰晓天乜了他一眼:"到底说实话了。是,公司一千多名机长,就我背,总遇上事,所以跟着我飞,你要倍加小心。"

"不可能的事,哪有这么巧?"华副驾驶说,"为了跟您飞,我可和人换了两次班,才争取到的。"他忽而想起乘务长罗兰开的玩笑,兰晓天有"九九八十一难"的笑话,也跟着苦笑起来。

"如果冥冥中真有天意，必须要经历的话，我情愿全公司所有的不正常都摊到我头上，我赤着脚来扛。"兰晓天嘴角勾出一抹自我讥笑，"也许我像猫，骨头软，经得起摔，多折腾几次没关系。"

"送活体器官，挑战风切变，'一点一抬头'放起落架，这些事迹已传遍飞行界，您的'猫'号名头更响了。"华副驾驶恭维着。

"臭名远播。"兰晓天说，"谁不怕异常？谁又愿意出现不正常？一出事，被查个底朝天，个人和公司都受不了。但只要飞机——包括汽车、火车、轮船，开起来，就有风险，这是生产运行规律，任何事情没有系数为零的可能性，不能因为怕事就不做事。走路也有风险，开车隐患更大，难道怕出事就把车停在车库里不上路，工厂怕失火就关停不生产？"

华副驾驶忽而想到隔壁邻居说过的话。那邻居说，本来怕坐飞机，但看看周围，那么多亲戚朋友，真也没啥人因坐飞机出过事的，倒是开车，五年内已有两人出车祸丧命，一人受伤。

兰晓天说："要知道，最怕有事、最不希望有事的，是我们自己，上有自己的生命，有旅客的生命和重大财产。我们不是神游天空，不是在天上浪荡，而是载人飞行，会加倍小心，将概率降到最低，归向于零。"

2

兰晓天和华副驾驶跨进驾驶舱，检查各类仪器仪表。

蓦然瞥见机头前刘皓的身影。刘皓是公司的机务员，在做飞机的航前检查。时间尚早，离乘客登机还有余裕，兰晓天步出驾驶舱，沿舷梯蹬蹬蹬走下地面，和刘皓打个招呼。每架飞机起飞前都要经过机务员的例行检查，平时遇见多了，兰晓天结识了刘皓这个精悍而憨厚的年轻人。

刘皓熬了大半个通宵，眼圈微红，仍双目炯炯，声音洪亮。到底是小伙子，精力旺，干个通宵没啥大影响。昨晚，延误航班多，大批积压航机都要做例行检查，一干就干到了头鸡叫。停机坪的边上，有几户世居的农户，家养大公鸡，每天叫早，机务员们已习惯了这种破晓的声音，这种带着生命气息的声音隐隐传来，冲破了发动机的巨大轰鸣声，为他们奏着特殊的催晓乐。

刘皓是许多机务员中的一员，藏在航空舞台的幕后，其工作不为旅客所熟知，却也举足轻重。飞机不同于汽车，一遇故障不可能随意在空中停下来，保险系数加了杠杆，护城河扩了又扩。每架航班的起飞前要做航前维护，落地后要做短停检查，停场不走的要做航后维修。

今天一早，刘皓就对兰晓天的航班进行飞前的维护：测量轮胎气压，取下起落架的安全销子（晚上用于停场，防止意外滑动），绕机检查，看是否有雷击、鸟击的痕迹，全机通电测试……细致地完成每一道工序，并在确认书上签字，同意放飞。

晨光满天，映得刘皓脸色猩红。

兰晓天拱手道："帮我好好查查起落架，最近吃过'药'了，在新加坡的那次差点横进沟里去。"

"仔细查过了。"刘皓嘿嘿一笑，"当时听说您在新加坡出了状况，起落架放下一半，嗨，成了半吊子工程！后查证是液压管破裂，液压油漏出，幸亏兰机长采取'点头抬头'法，化险为夷。"

"抬举我了。嗨，老外的飞机真不怎么样，小毛小病总有出来，最近么，不知怎么的，液压系统老冒泡。"兰晓天说。

"啥时候能开上自家的大飞机？一等就等了几十年，从黑头发等到白头发。"刘皓说，"省得我们换个零件，都要进口。咳，航空市场的大钱都给波音、空客这些航空寡头给撬走了。"

"可不是吗？"兰晓天愣了愣说，"假以时日，唉，假以时日，中国人这么聪明，怎么可能搞不出一个大客机？"

像刘皓这样精业的机务员，至少需要八年的培养周期。飞行安全首先得有机务安全。

给兰晓天一说，刘皓像得了健忘症一样，又重新绕飞机一周，看看外表是否正常,有没有遭飞鸟等外力撞击留下的伤痕。确认无误后,戴上耳机,对兰晓天说:"可以开车了。"

飞机缓缓推出滑行,刘皓目不转睛地继续观察,重点查看着轮子是否正常。

兰晓天驾机渐滑渐远。刘皓挥手送别,像送背着书包上学的孩子。

刘皓的身影渐渐小去,看得兰晓天的眼睛有些酸味。没有刘皓他们夜以继日的站台,哪来他们满世界的翱翔?

3

李语柔迎接旅客一一登机,帮助没找到行李空位的乘客放好行李,飞机早已推出了。

滑行途中,她和乘务员小姚她们还在过道不停地走动,检查乘客们安全带是否扣紧系牢,手机是否关闭,行李架是否合上,将一切再复查一遍,才坐到乘务员位置上,扣下安全带,等待塔台的起飞指令。

上机时,乘务员小姚瞧瞧兰机长,又瞧瞧李语柔,说:"今天是优秀机长搭优秀乘务长,优秀对优秀。"

李语柔的眼角勾起一丝浅笑:"少贫,干你的活去。"

李语柔终于和他搭机飞了。基地七千乘务员,一千名机长,按照电脑程序排班,组合在一起的概率小之又小。

她是公司的代言人,也算有点"身份",不会主动要求换班和兰晓天同飞,只能按班头随机倒,弄不好一年都挨不上一次。今天不知怎么,被洗牌似的洗到了一起。登机时,兰晓天眸光灼灼地扫了她一眼:"你好。""你好。"她和他对视一眼,首先移开目光,心中却咚咚地跑起了小鹿。两人打过招呼,各自埋头干活。兰晓天走进驾驶舱,和华副驾驶忙他们的仪器仪表。李语柔领着一帮乘务员马不停蹄地忙在客舱,直到忙得香汗淋漓,在座位上坐定,等候滑跑起飞,两人再也没说过一句话,更没时间对上一眼。

李语柔在心里惦记了他好几年,平时却从未给兰晓天打过私人电话,更谈不上约会。活动都是集体活动,或者小团体活动,别人参加,她也参加,别人不发起,她也不发起,从未单独约过他。他不提出约会,她怎么好提?她也不会找借口私下和他见个面吃个饭啥的。他有微博,作为他的粉丝之一,关注了几年。她对他的心意,他懂的,却又装着不懂。为此,罗兰帮她点过,也帮他点。罗兰说,你们好像还处在《红楼梦》时代,做事那么含蓄,能不能拥抱一下时代?李语柔说,时代怎么啦?不还在这个星球上么?

兰晓天不响,装戆。

一会儿接到塔台令,飞机起飞。上升途中,小姚坐在李语柔旁,悄悄说,兰机长经历超爽,超丰富,我们会不会也遇上一回惊心动魄呢?李语柔说,不晓得,真要遇上,怕有人要哭鼻子。

4

航班继续上升高度,转入巡航阶段。

兰晓天将驾驶转置自动模式,刚想喘口气,公司来了电话,卫星电话。

不好!只有在紧急状态下,公司才会启用卫星电话。他不及考虑其他,立马接通。

"喂,请问你们航班的发动机是否正常?"

兰晓天的脸阴沉下来,舌头开始打结,不知如何回答。迅速扫瞄仪表盘,没有一丁点的警示,包括文字和颜色。会不会仪表盘本身故障,没有反应发动机异常的情况?指示灯和指示器有时也有差错,也有虚警和不显示。是不是后面的航班看见什么了?比如发动机冒烟、遭鸟击等。他回应了公司的询问:"仪表显示正常,会马上派人再从外部观察。"

接到兰晓天的通知,机上安全员和空乘从舷窗的不同角度观察。两台发动机运转正常,外表也没有出现罩壳脱落、遭外物撞击等痕迹;引擎的声音隆隆响着,显得既清晰又有节奏。

"目前参数正常。"兰晓天试探性地说,"是不是有人看见了什么?"

"是罗·罗公司来的电话,说你们的航班起飞不久,他们监测到了航班的发动机有故障。电话通知我们查查,我们才电话通知你们的。"

"可是,从我们检查的情况看,似乎没有什么异常。"兰晓天肯定地说。

"罗·罗公司这么说。"

哈,罗·罗公司?万里之外的罗·罗公司,监测到这家航班的发动机不正常?可是,这里一切正常。

"我们只不过做个提示,也是核实,算是对罗·罗发动机公司的回应。"公司的值班人员挂了电话。

兰晓天十分震惊。老外真是厉鬼,对发动机的监控无所不在。只要发动机一运转,各项数据便源源不断地传送到制造商手中,实时传送,即时传送,即使飞机在东方,西半球的制造方照样掌握得清清楚楚。航班飞行过程,所有飞行数据都保留在飞行记录器(黑匣子)中。可是,飞机制造商和使用方数据并不共享。看来消除技术壁垒、知识共享,只是一厢情愿的良好愿望而已。

关了电话,兰晓天的心情变得沮丧而郁结,原本好天气引发的好心情荡然无存,连前方的大地,也氤氲着悲凉的气息。

兰晓天内心五味杂陈:老外的电话是搞错了,还是故意的?是一场仪表的虚警还是来测试什么?是不放心他们的飞机,还是不放心我们开他们的飞机?堂堂五星机长,开着外国造的飞机,飞在自己的国土上,心中太不是滋味。唉,咱卫星上天,火箭上天,大飞机尚在腹中,谁又能体味他兰晓天的感受?

当天阳光明媚,几个航程没有延误,飞行顺畅。在兰晓天的指导下,华副驾驶的落地显得平稳从容,不慌不忙,尤其是主轮接地摩擦恰到好处,前轮着地也没有带来大的震动,旅客们以为这是个老机长的娴熟操纵。

最后一个航班了,兰晓天机组驾机从北京返回基地。乘务员小姚咋呼道:"呀,又是大满员,去北京航班,满得连锥也插不进,来回都这样。"李语柔道:"别大惊小怪了,京广、京沪线,高铁满,航班满,已是常态。原先预估,2006年高铁开通后,空中客流量会削减,但高铁通后,丝毫不受影响。几条进京快线,飞的都是双通道宽体客机,平均不到半小时一个班次,双向对开,也不知为啥,班班爆满,每到周末,更是一票难求,常常超售,似乎又回到了八九十年代,购票荒了。"

"哈哈,难怪这几年公司一年净赚几十亿,咱们的奖金又有花头了。"小姚眉飞色舞地说。李语柔说:"跑题了,咱们飞行人员的奖金主要靠小时费,在空中工作的小时费。"

飞机平稳地向目的地飞去。趁个服务空档,小姚去洗手间暗暗补了妆,准备落地后去赴同学的约会。

斜阳西来,景色迷人。

5

"哇——"不知谁叫了一声。

"胸闷,喘不过气来。"又不知谁埋汰了句。

李语柔也觉得不适,以为是今天起得太早,昨晚又没睡饱带来的生理反应。听有人叫唤,忙来回走了一遍,忽觉机舱干燥闷热,呼吸不匀。一种不祥之感浮上心头。

"我呼吸困难,好像要窒息了!"一位中年妇女哀嚎道。

一名女孩哇哇哭了起来。

正当人们不知所措时,旅客上方的氧气面罩纷纷脱落。机舱内一片哗然。

广播里响起机长兰晓天的声音:"各位旅客请注意,仪表显示,本架航班的增压装置发生故障,短时无法恢复,座舱内已经失压,请大家不要惊慌,将氧气面罩戴上,听从乘务员指导,机组会采取措施,确保大家的安全。"

登机后,旅客们都观看过佩戴氧气面罩的宣传片,但那是在屏幕上观看,谁也不想成为凛然生寒的现实;一旦真正发生在自己身上,大部分人还是慌了神。

那中年妇女脸色苍白,失魂落魄地说:"啊,失压了,失压了!"

一老太太双手合十,不停地念经:"阿弥陀佛,阿弥陀佛,菩萨保佑,菩萨保佑。"

坐最后一排的一名男子神色大变,满头冒汗,颤抖着说:"啊,啊,本来不乘这趟班机,明天走的,临时有事,才改了期,还是后补补上的票,想不到遇上这种事,触霉头了。"

李语柔飞了这么多年,也是头一遭遇上座舱失压。虽然心脏不争气地扑腾扑腾乱跳,但马上想到演习中碰到的课题。她指挥乘务员分片维护秩序,将乘客劝阻在座位上,不能立起,更不能乱跑。

小姚差点懵圈,这"运气"也太好了吧。早上还在说,想跟兰机长惊心动魄一把过过瘾,这下好,耳光来得太快,立马扇得她晕头转向。

小姚暗中做了个祈祷的动作,还是被李语柔发现了,瞪了她一眼:干什么! 吓得她抱头鼠窜而去。李语柔用耳麦一遍又一遍地告诫大家:"请大家在座位上就座,戴好氧气罩,扣紧保险带。请旅客们放心,驾驶本机的是公司的五星机长兰晓天,他具有丰富的飞行经验,处置过多起突发险情,相信兰机长一定会带大家安全着陆的。"

小姚受到了鼓舞,运足中气说:"咱们的乘务长是公司的形象代言人,王牌乘务长,大家在电视上见过吧? 她就是刚才广播里说话的李语柔。有他们和我们在一起,什么困难都能克服。"

瞧着几位漂亮的空姐处变不惊,尤其是乘务长李语柔,看着眼熟,原来她就是公司的形象代言人,她那气定神闲的模样,本身就是一颗最好的定心丸。空乘们个个年轻貌美,也是爹娘生的,都上过大学,比在座的大部分乘客年轻,她们天天在飞,一天多个来回,她们都不担心,乘客们怕个啥呢？

还是有乘客不放心地问："机舱失压，相当于我们到了上万米的高空，一般人是难以长时间坚持的，也不能靠吸氧解决，接下来你们会采取什么措施？"

李语柔露出浅笑，说："兰机长已在采取措施，这是技术问题，我也不太在行，专业的事自有专业的人做。请大家放心坐好，保持体能，控制氧气消耗。"

"快想办法呀，到底怎么办啊？"还有人追问着。

"机长他们正在联系地面，会采取一切技术手段，保证安全，请大家放心、放心。"李语柔温柔而坚定地说。

华副驾驶真想打自己的脸。早上说什么不好，偏要开那个玩笑，引得兰晓天说自己是猫，不怕跌，这下真的跌了。活生生的一天，才一天，就给他上了重重的眼药。

真正气定神闲的当数兰晓天。他三十几岁，在空中经历的风浪，远超开了四十年飞机的老机长。许多机长一生中也难得遇上的特情、危情跟事先约好了似的，都集中汇聚到了他的身上。模拟机上飞过的特情科目他见识过，一些特情分析的案例还是他提供的；教科书上没有写上的案例他也经历过，他的处置反过来为教案充实了内容。

当危情袭来，他笑傲面对。他说，凭现代科技制造出的飞机，就算出现问题，只要机组临危不乱，冷静处理，不出现人为差错，都可以化险为夷。

为了稳定华副驾驶的心，兰晓天嘴角挤出一丝笑意，说："机舱失压这类特情，你在地面模拟机上飞过吗？"

"飞、飞过。"华副驾驶不料他会问这个，木讷地回答。

"飞过几次？"

"不下二十次。"

"应该怎么做？"

"按章操作。"

"不对，首先是冷静下来。"兰晓天现场教学，"要知道，我已在地面飞过不下两百次各类特情的课目，模拟机舱失压的处置方法已烂熟于胸，尽管如此，真正在空中遇到事发，还是不一样，这种不一样，首先体现在心理层面。我师傅关山机长曾说，在空中处理特情呀，如果能做到地面训练时的 60%，就是合格机长，能做到 75%，就是优秀机长，要是能完成 85%，就是完美机长。你跟我，力争做到 80%。"

华副驾驶做个深呼吸，呼出一口气，努力使自己的呼吸平复，心跳的频率缓下来，依兰机长的吩咐完成相关动作。但任凭他怎么命令自己淡定，心口还是扑通扑通狂跳，双手还是不同程度的哆嗦。终于明白，平时训练和实战尚有天壤之别。他是乒乓爱好者，幼小仿王皓的直拍横打，几届奥运会都为王皓未能登顶扼腕叫冤：凭王皓世界第一的球技，怎么就拿不下金牌呢？2004 年一败柳承敏，2008 年二败马琳，2012 年三败张继科。王皓平时训练顶呱呱，就差上阵一哆嗦。老天无意，英雄迟暮！今天终于脑子清爽了：自己的双手现在为什么会不停地抖豁，想怎么控都控不住。

为稳定人心，兰晓天通过机上广播，重复一遍："我是本次航班的机长兰晓天，今天本是一个阳光明媚的好天，但飞机不争气，反而泄了气——发生了失压的故障，请大家不用惊慌，更不用祷告，只是机舱失压而已，嗨，别说失压，即便是一个发动机歇气，也没什么大不了的；只要大家戴会儿氧气面罩，安全是不会有问题的。我们机组已在降低飞行高度，一定会将各位安全送达目的地。"

兰晓天磁性十足的声音回荡在机舱的每个角落，语气中充满了淡定和自信。

不知谁说了句："是兰晓天，兰机长。"

旁边有人附和道："兰晓天？那个金牌机长，王牌飞行员？上次在民航网上看过他的事迹。"

原先那边吼叫的中年妇女咳了声,说:"原来是他,好像专门会处理险情的……"

李语柔暗忖:我们乘务员叫唤半天,满机舱喊,有人嗓子都喊哑了,不如兰晓天发个声。毕竟他是掌舵人,满飞机人的命捏在他手上,人总是信任掌舵人。

她轻咳一声,温柔地说:"刚才兰机长说了,只是机舱失压,相当于我们上了高原,顶多有点高原反应,没啥大不了的,兰机长他们正和空管方面联络,也已采取了手段,请大家少安毋躁。"

许多旅客也清楚,现代客机使用增压座舱,飞机在万米高空飞行,但客舱内的气压始终维持在 2 400 米的高度,也就是说,不管飞机飞得多高,旅客坐在舱内,相当于待在海拔 2 400 米左右的地方,并没有高度带来的不适。通常,人习惯于生活在海平面附近,一旦超过三四千米,由于缺氧,会有不同的生理反应。

在兰晓天和李语柔他们的安抚下,旅客们的情绪渐渐安定下来。

兰晓天和区域室的管制员不停地对话,商量着某个妥善的解决方案。他比谁都清楚,由增压座舱故障引起的机舱失压,情况会越来越严重,而乘客依靠氧气面罩也维持不了多久,必须立即采取措施。

"可以就近降落。从飞行路线上看,你所在的航班离最近备降机场的航程为三十分钟。"区域管制员说。

"不过,还有另外一种选择。"兰晓天脑子飞转,"再下降高度,直接飞回去。"

"你是说不准备备降,直接飞过去?"

"是这个意思。"兰晓天语气恳切。

管制员当然明白,兰晓天不想备降,要利用他的水平,带着机舱失压的飞机直接抵达目的地。但这样做,有相应的风险。首先要继续将高度降下来,光靠吸氧,人员是无法坚持的;其次,飞机在低高度飞行,耗油比正常的巡航飞行高出三分之一,油料够不够? 其三,旅客的心态……

兰晓天自有他的细思量：去备降场需要半个多小时，如果旅客们能坚持一下，直飞目的地，也就是一小时左右的路程，只要将高度降得够低，乘客们的高海拔反应不至于太明显，这好比登山，爬上 4 000 米的山顶，待一会儿就下来了，身体反应不会太剧烈。

"有把握吗？"管制员问，"必须坚持安全为本。"

"没有问题，保证安全为魂。"兰晓天答，"我们自己也在上面呢。"

"油料够不够？"

"按电脑计算，即使增加 30％的油耗，也还有冗余。"

"你想降到哪个高度层？"

"越低越好。"

"4 500？"

"还要低。"

"4 200？"

"再低些，机上有老人和小孩，我不想让他们太难受。"

"不能再低了，再低，你的油耗会更厉害。"

"3 600 米怎么样？"兰晓天脱口而出。

"真会讨价还价。"管制员略一沉默，慷慨地说，"就给你 3 600 米！我们协调全路段空域，让你直飞。"

得到空管方面的允许，兰晓天全神贯注操作起来。在管制员的引导下，他减速下降，连跨多个高度层，将班机降到了 3 600 米，朝目的地飞去。

区域管制员说："你已进入进近高度范围，离目的地机场越来越近，请联系进近。"兰晓天驾着他的重型客机飞向目的地。

6

兰晓天不怕磨难，就怕不明白难在何处。平时，他苦修，不遗余力地苦修苦练，就为了在困难时派上用场，坦然应对。

后宫佳丽三五千,万千宠爱于一身。有时,他相信运。公司一千多飞行机长、副驾驶,但宿命的链条如魔咒般施加于他,许多急难险情似乎都"宠爱"到了他身上,想客气、推辞一回都难。他不将这些遭际当晦气,而是当作命运垂青于他,宠着他,将这些战斗机会留给了他。

他忆起一年前的澳洲兔子事件。

那天,他从南太平洋上的墨尔本起飞回国。天蓝云稀,一碧万顷。旅客们侧目窗外,欣赏着弯曲优美的海岸线。空乘们系着保险带,端坐在各自的座位上养神,脑中盘算着一会儿送饮料、送餐食的事。

澳洲人口稀少,空域辽阔,可以腾挪回旋的余地大。飞机起来后,按斜率拉升,很快爬到了5 000米以上。兰晓天保持着大油门状态,驾机继续向上,巡航高度遥遥在望。

忽然,广袤的天际线上出现一个细小黑影,在飞机的左上方一动不动。凭经验,应该是大型鸟类动物。细细一瞧,是只大鸢(老鹰的一种)。它身影灰黯,线条流畅,即使相隔较远,也能感受到它羽毛厚实,张大翅膀,形态凶武威猛。这时,鸢尽情伸展着它在痛苦的泪水中生长起来的双翅,几乎悬停在空中,俯瞰着翼下流光溢彩的大地。

常规,鹰、雁这些大型鸟类的飞高在2 000米左右,今天怎么到了7 000米?飞机在起降过程中,遇鸟类最多的,是在场站附近几百至上千米的高度层。这次在这么个高度遇见实属罕见,但罕见不代表不见。他在资料上读到,有的大鸟如鹰和雁之类的,能飞越喜马拉雅山,大雁、鸢、信天翁等,能利用上升气流越到万米以上翱翔,还有的棕头雁甚至能飞到几万米的高空。它们是动物界的超级战斗机。这些巨鸟每秒呼吸一次,心跳保持在每分钟400次,只有急速运动,才能保持身体不被高空的寒冷冻僵。在澳大利亚这些草多人少的荒蛮之地,多的是些凶恶的老鹰。

可以肯定,这只鸢也是被气流卷上来的,否则到这么高冷的地方来干吗?来旅游观光么?

从空间位置看,这只老鹰在航班的左上方,飞机从正常的航线中过,应该从它的右下方穿过，不至于发生冲突。

离得近了。兰晓天充满探究的眼睛发现，老鹰的利爪还抓着一件猎物，悬挂着，不知是什么可怜的动物，怕早已冻死了。

飞机继续向前向上运行，准备快速通过。

突然，老鹰像受到了"大铁鸟"的惊吓，从悬停状态迅速跃起，慌不择路，一头朝飞机的航线上方猛扑过来。如果任由它直蹿而来，有和飞机空中相撞的危险。

糟糕！

老鹰猝不及防的动作，骇得兰晓天一身冷汗。第一反应，立即带杆，停止上升，操纵飞机从鹰的下方穿插过去。

就在兰晓天的铁鹰向前方穿插的时候，那只肉鹰还是受到了进一步的恐骇。惊悚之下，利爪一松，被带上高空的那只兔子猎物从它锐利的趾爪中脱落，不偏不倚，落在了左侧发动机的前方，又匪夷所思地被引擎的巨大吸力卷了进去。咔嚓咔嚓几声，猎物绞碎的同时，左侧发动机发出巨响，呱呱叫了几声后，停止了转动。仪表显示，已不能工作。

别人看来瑟瑟发抖的事，兰晓天仿佛如履平地。他没有一秒钟的犹豫，当即启动单发程序。电脑设定的一连串动作已清晰地罗列出来：第一步，切断损毁的发动机主电源，切断对它的供油、供气、供电；第二步……第三步……

这时，人工智能代替了人脑智能，电脑以文字的形式，详细列出了单引擎工作的所有细节，人只要按章操作就是了。

兰晓天相信，空中遇险，需要战胜的不是故障本身，而是自己的内心，不少事故之所以发生，是因为操作人员惊慌失措，狂跳的心带动颤抖的手，误操作所致。但兰晓天不会，他有强大的心理支持，既然平时模拟训练中，已练习过不下百次单发运行的课目，真正遇上了，又有什么理由惊恐呢？

他按程序要求，关闭了那台发动机。显然，单发难以跨海越洋，无奈之下，请求返航。空管部门当即批准了他的请求。他驾机掉头返航。

单发模式下，兰晓天仿佛在完成平时的一份作业，心中有底，只不过比模拟机上更细巧，更到位，一套程序做下来，他自认为达到了平时80分以上的分数。按他师傅关山的评判，符合了"优秀机长"的要求。

二十分钟后，兰晓天驾机平稳降落在墨尔本机场。无一人轻伤，无一人受惊吓。

7

波道里传出一个熟悉的女声。兰晓天精神一振。

沈梦纱，今天她值班。"想不到她值班，又碰到这狗血事，驾着失压的飞机，带着几百号受惊的旅客，狼狈不堪地从低高度耗着油回来。"兰晓天想着，嘴上还是洪亮地应答。

沈梦纱的出现，意味着兰晓天的航班已进入离机场一百公里的范围内。沈梦纱手上的活，是安排从四面八方赶来的飞机在空中排好队，慢慢下降高度，最后对准跑道——长五边，再交给塔台管制员，由塔台管制员下达"可以落地"的指令，指挥他们降落，地面滑行，停至相应的桥位上。

沈梦纱早已从区域管制员那儿得到通报，兰晓天这架飞机带着故障而来，沿途直飞，没有空中等待与盘旋，享有一路绿灯、优先降落的权利。尽管这种权利谁也不愿要。

她在等他归来，像等一位漫长的泅渡归来的游子。虽然兰晓天不过飞了一个来小时，但她已是望眼欲穿。那毕竟是一架飞机，一架重型客机，机上有近三百人的生命。现在，那架受多方关注的飞机已进入她的视野，将指挥权一并交给了她。

她指挥他下降高度，沿捷径下降高度，向跑道方向接近。

一路3600米的低高度飞行，耗油，也耗飞行人员的心血。

李语柔嗓子基本喊哑。飞机失压后，她不顾低空颠簸，一直在机舱内跑动。一会广播，一会个别解说，安抚这个，安慰那个，终于把机舱内的人心收拾得安稳。毕竟是优秀乘务长，这块金字招牌不是靠脸蛋，而是靠能力拼出来的，是无数体力和脑力换来的。她忙得双眼发黑，几乎腰也直不起。她扶住过道的椅背，轻轻敲了敲自己的小蛮腰，默默对自己说：挺住了，快了，再坚持一会，就到了。她要招呼小姚一帮乘务员，再巡视一遍机舱，看看有哪位乘客的保险带没有系牢，有哪位的电子设备没有关闭，有哪位老人不舒服。

好不容易和兰晓天搭一次班，不料中了这么个大奖。上机时，小姚还说，今天是优秀机长配优秀乘务长。跟事先商量好似的，来这一幕。这难道是对优秀分子的奖励？想想都要大醉一场了。

小姚初历战阵，开始惶恐，说话都结巴，尔后是漠然，在李语柔的指挥棒下转，到现在已彻底缓和下来，主动找工作。她也是李语柔的徒弟，怎么也不能给名师丢脸。她发誓，涉过这趟险，本周末必定去换个好手机，追追风，过把瘾。

一小时前惊魂不定的旅客神情泰然。他们看见河流越来越清晰，地面的建筑物越来越大，公路上行驶的车辆一部接一部，知道离机场不远了，那个噩梦快要过去了。每个人都紧紧依在靠背上，闭着或张着双眼，在等待轮子接地的那一刻。除了机器本身发出的噪音，客舱内无一人言语。

飞机的翅膀开始倾斜，转一个弯，一会儿，又转一个弯。有人懂的，这是对准跑道的过程，反正，快了。

沈梦纱一双美眸骨碌碌地转，盯着兰晓天的飞行轨迹。自"插队门"事件后，沈梦纱对兰晓天的看法发生转变，认为他是一个有技术、有担当的机长，也翻看他的微博，除了说话有些随意与夸张外，的确是个心理素质极佳的飞行员。今天这码事，要换成别的机长，多数不敢担当，早去事发地附近备降了。

那次，她将他"拎"出去，是源于他想插队。今天，她指挥他转了两个弯,穿在人家前头,想再让他倾下翅膀,往前靠。这次,他符合插队的条件。可是,他宁可不插队。

"不用,我排着进场就可以了。"兰晓天风轻云淡地说,"已经走捷径了,再穿插,会影响后面一串航班的序列。"

"哼,学会谦虚了,真把自己当君子。"沈梦纱心里想。

"你符合特情待遇,现在可以直接切五边。"她说。

"谢谢,真的不用,也就差几分钟的事。"他坚持。

"随你。"她瞧瞧电脑屏上的降落队形,不再硬性要求。这货讲风格,就让他讲吧。他说得不错,也就两架飞机的前后,几分钟的事。前边两架,一架从拉萨来,另一架是从以色列来的国际航班。

待前两架机转入五边,沈梦纱对他说:"你紧跟,直切五边,进五边后,联系塔台。"

"是。"兰晓天答应一声,机头轻转,已切入五边,对准了前下方的跑道。

刚要放起落架,意外发生了:前面,出现鸟群,好像突然从海平面上飘过来的,差不多和他同高度。

"前方发现鸟群,我不能往前飞了,先绕出去。提请后面的飞机注意避让。"

兰晓天停止下降,右蹬方向舵,驾机向右偏出,又回到了进近管制区。

"哪来的鸟群?"沈梦纱嗓子眼揪紧。她在屏幕上只能看见飞机,看不见飞鸟。但从兰晓天的通话中,即使隔着屏幕,她也能闻到鸟群的气息。哎,真是的,屋漏偏逢连夜雨。

"不知,应该是从八段屿方向过来的候鸟。"

"是几只鸟,还是一大群?"

"不下数十只,一群。"他忽然怀疑,人的思维是不是有勾连?刚才还在想墨尔本上空遇鸟的怪事,怎么眼下就出现了鸟群?难道意识招惹了鸟?

"明白。"沈梦纱说着,指挥排在兰晓天后头的一溜航班暂时绕飞,不再进五边。

呃,早不来晚不来,轮到兰晓天降落了,横插这么一出,人家可是特情航班。而且来的不是几只鸟,是一群。两害相权取其轻,一群鸟显然比单只鸟可怕,万一受惊四散,有几只撞进发动机,弄不好就酿成了事故。

"你再兜一圈,油料够不够?"沈梦纱关切地问。他一路低空,空气阻力大,油耗自然大,现在躲避鸟群,又要再飞一圈,燃油可是个大问题。

"足够,兜两圈都没问题。"他响亮地回答。

真的有技术,低空飞,又将油耗拿捏得恰到好处,也只有他兰晓天了。

"尽量将圈子转小,里面的空间全给你。"

"明白。"兰晓天受到了感动,发现她的口令里含着一股暖流,直抵心窝。

鸟群飞远了。她指挥偏离的飞机重新排序,转入五边。但她始终关注兰晓天,因为这是一架故障机,必须重点保障,优先落地。

旅客们发现,自己乘坐的航班从跑道上空飞过,并没有降下去。李语柔也摸不透什么路子,猜想一定是遇到了其他情况,机长不说,她不便多问,免得打扰他们的操作。小姚扭了扭腚,不安地翕动着红唇,话到嘴边,欲言又止。

兰晓天既然错过了落地的机会,就要重新转一圈,沿着机场跑道的四边再飞一圈,回到原来那个位置再降落。南北向的跑道,今天吹的偏北风,只能从南头往北落地。这回他乖得很,选择内圈转着小圈,第一个右转,飞的二边;第二个转弯,和跑道平行,是三边;第三个转弯,四边;最后一个 90°转弯,来到了和跑道同一条线的远端,也就是刚才避开鸟群的五边。

沈梦纱说:"你已切入五边,注意间隔。听塔台指令,落地。"

广播里响起李语柔嘶哑而甜美的声音:"各位旅客,我们的飞机马上就要降落,请大家在座位上坐好,扣紧安全带,不要开启任何电子设备。"

听到这甜蜜的嗓音，有人想，这位空姐如果去唱歌，一不留心可能就成了歌星，出了大名也难说。

飞入五边，塔台管制员接替沈梦纱，指挥兰晓天降落。管制员告诫他：你和前机只有两分钟的间隔，前机一落地，你跟着落。

"嘎——嘎——"两声，兰晓天放下起落架，沿着地面导航设备发出的无线电波束，以3°的斜率渐渐降低高度。跑道近在眼前。

在他前面一架飞机的主轮开始接地。在晴好的天气下，灰白色的跑道被擦出一缕青烟。前轮落地后，飞机开始滑行。

兰晓天已接近跑道头。就在他继续收杆、松油门，准备接地的瞬间，蓦然发现已经落地的前机还在跑道的三分之二处，磨磨蹭蹭，并没有转上滑行道的意思。

塔台管制员发觉有异，脱口叫了起来："不好，有情况！"

兰晓天久历沙场，早有提防。前一架飞机落地，在没有脱出主跑道、转入滑行道之前，后机是绝不能降落的。如果抱着侥幸盲目降落，万一前机突发故障就地趴窝，就可能发生两机在地面相撞的悲剧。

沈梦纱虽然不在塔台管制岗位，但今天多长了只眼，格外留心。她在雷达屏上瞥见这一幕，心一下提到了嗓子眼，情不自禁地喊道："快拉起！"

兰晓天毕竟是飞行天才，艺高胆大，比他们的口令还早，已然拉起复飞，从跑道上那架飞机的头顶掠过。因为他当时已到了落与不落的决断高度，到了这个位置，一旦发现跑道上有问题，如车辆、人员或其他不该有的障碍物，必须做出决断——复飞还是落下。这个时间非常短暂，也就两秒钟，也许一秒，必须了断。兰晓天已做出抉择，轻轻地将庞大的机身拉了起来。

机舱里哗啦一片惊呼。有人说："怎么又起来啦，是不是起落架有毛病？"

另一人抱怨道："今天怎么尽出幺蛾子，落个地都不太平！"

兰晓天沉稳的声音响起："旅客们请别惊恐，不是本架飞机的问题，是跑道上有障碍物，我们的飞机正在通场复飞，马上会重新降落。"

舱内还是出现不小的唏嘘声，纷纷猜测到底是什么黑天鹅，害得这架本身就不正常的飞机又要复飞。

李语柔歌喉般的嗓子带着沙哑，却形成了一种特殊的音乐效果："旅客们请坐好，今天真是不巧，地面遇到点小麻烦，不过请放心，没什么大不了，只不过比原先落地晚五分钟而已。请大家在位置上坐好，等兰机长转个圈，马上又回来了。"

尽管她今天叫哑了嗓子，但旅客们听来，仍显沉着而美妙。被她暖心的声音感染，旅客们纷纷合上了嘴。五分钟，也就一眨眼的时间。有这么漂亮的空姐陪着，五分钟，过得太快了。

原来，前面落地那架飞机液压方面出现点故障，滑行转弯反应迟钝，原来半分钟以内就能撤出跑道，它慢吞吞地磨蹭了一分半钟。这阵子邪门，液压总冒泡。

一个成功的男人背后，必有了不起的女人，也许一个，也许几个。今天，兰晓天的背后，就有李语柔、沈梦纱等几个台柱子般的女人。

飞机落地停稳后，兰晓天走出驾驶舱门，向旅客深深一鞠躬："对不起，让大家受惊了。"

不知谁带头鼓了下掌。很快，噼噼啪啪的掌声响成一片，向他，也向乘务员们。

李语柔眼角湿润，对他说："你是公司的吉星，福将，虽有惊涛骇浪，总能履险如夷。"

小姚挤上前说："主要是兰哥的活过硬。"

8

三员交流活动如期举行。

为了空地几方更好地协调沟通，了解彼此的业务，飞行员、管制员、地面指挥员三大"员"组织业务交流。其中地面指挥员属于机场方面，主要负责牵引车、引导车、飞机停机位等工作。活动由三方共青团组织，参加的都是80后、90后年轻的飞行员、管制员和地面指挥员，共六十多人。

按活动流程，先是一场集体会议，三方代表介绍各自的工作情况，此后安排了两个现场活动。

航空公司、空管方面分别派出男女主持。

沈梦纱担任女主持，她曾是学生会文艺积极分子，上班后主持过系统内的多档文艺、体育节目，普通话不比李语柔逊色，上台亮相驾轻就熟，加上她清丽动人的脸，白皙细嫩的颈，杨柳一般的身材，还没开嗓便引发飞行员排炮似的掌声。男主持是位优秀的副驾驶，面孔冷峻，身形颀长，皮肤略黑，一双眸子灿若星河，语言幽默风趣。金童玉女，闪亮同台，不时引来阵阵唏嘘。

兰晓天和二十名飞行人员参加活动。今天，他穿着崭新的飞行装，头发也经精心修饰，正襟危坐在第一排，这样可以近距离欣赏沈梦纱的主持。其他二十位年轻机长和副驾驶也十分激动，台上台下的许多管制员时常在波道里接触，但大部分从未谋面，今天总算可以面对面交谈了。管制员和地面指挥员们也有同感，原先只通过无线电波交流的工作对象，现在坐在了一起，有些还可能是曾经斗过嘴、在互联网上对骂过的"冤家"。有什么事不能坐下来聊呢？天上地上兄弟在，相逢一笑泯"恩仇"。

兰晓天的眼中升起一簇火焰。沈梦纱的主持太出色了，不仅舞台形象好，而且有内涵，有知识内涵、文化内涵，这些内涵是她从无数书本中浸泡出来的。他甚至想，她做管制员有些屈才，也许可以去电视台当个名主持。

马化讯也坐在第一排，和兰晓天隔着几个座位。他被两位主持人的风采吸引，暗忖：难怪春晚越来越难搞，不是春晚水平下降，而是民间优秀人才、优秀节目太多，就像眼下，单位间随便搞个活动，两位主持人的水准似乎也不亚于春晚，而且更接地气和人气。他眼睛盯着沈梦纱转，她的一颦一笑对他都充满诱惑。

大会结束，下午参观两个现场。

首先来到西部绿林深处的管制中心。这里是沈梦纱、马化讯、葛尖等人工作的地方。

初次进入管制大厅，兰晓天等机长们还是大吃一惊。在以往的活动中，飞行人员曾上过塔台，那是空管人员指挥飞机起飞和降落的场所。即便在枢纽机场的塔台管制室，最多也是十几人一个班次。但这里不同，管制大厅有足球场那么大，区域、进近、流量管制室等几十个扇区的工作间都在这儿，齐刷刷的十几排座位，每排十人，一次上班有近百名管制员和值班主任。这里远离机场，看不见飞机，看不到跑道，但天空中飞来飞去的飞机都归这儿指挥。这里的自动化系统能接收、处理几十部雷达的信号，管制员们通过无线电可以和辖区内在空中的任何一架飞机通话。

作为管制单位的现场讲解，马化讯今天西装革履，头发光亮，表情刚毅。他指着航线结构图，对飞行员和地面指挥员讲解着管制的工作原理。讲完后，他甩了甩头，有点恃才傲物地扫了大家一眼。瞥见沈梦纱，问她有没有什么需要补充的。

沈梦纱本想补充几句，但不喜欢他眼中带点侵略性的目光，娇躯一扭，走开了。相比，她更喜欢葛尖、戈晖这些谦虚、和善的管制员。有几名机长围着她问些比较具体的问题，她一一进行了解答。

能来这保密的管制中心参观，对大部分飞行人员来说，用句"毕生难忘"的话都觉得勉强。

下一场去航空公司。

航空公司显出了极大诚意，对活动开放模拟机房。这些设备价格昂贵，是飞行员模拟飞行训练用的，飞一次，烧一把钱。但飞行技术就是从这儿提升的。好在这些年民航爆发式增长，航空公司家大业大财大，一年几百亿的流水，投点设备不动筋骨。

兰晓天神色恭敬，请马化讯等管制员"飞"一把。马化讯谦虚了一下，就跨进了驾驶舱,在机长们的辅导下滑出、加油、起飞、转弯、进航线……飞了几次,老偏航,最后一次才好些。他有飞行情结,来回飞了五次。走出驾驶舱,拍拍裤子,说,唉,不容易,不容易。

沈梦纱本不肯试,在兰晓天等几位飞行人员的强请硬拽下,跳进驾驶舱,开车、滑跑、起飞,也总偏出航线,也觉得难。当然难,才第一次,哪有这么简单? 兰晓天赔着笑脸问:"感觉怎么样?"她说:"隔行如隔山。""下次再来。"她美眸一勾,忽然问:"战斗机比客机快多了吧?""两倍以上。""哦,也飞模拟机么?""这个,隔行如隔山,应该有吧,具体不清楚。""哦,又是另一种景象。"

她凝眉抬腮,望着远方。兰晓天问:"想啥呢?"她脖子根微红,回过神来:"没什么。"

一天的活动丰富而多彩。按"八项规定"精神要求,集体不搞聚餐等节目,有些人就私人约。

兰晓天朝沈梦纱挤挤眉,拉着马化讯等几名管制员说:"马兄,我们校友,小范围聚一下?"马化讯想想自己单身汉,晚上也要吃饭,说:"还去茂名路吃火锅? 知道你们飞行的喜欢涮火锅。"兰晓天摇头:"火锅太咸,嘌呤多,不如去吃西餐。"马化讯不响,瞧着沈梦纱。

沈梦纱说:"吃饭没意思,不如去跳舞吧? 趁我穿着主持装,溜几圈,为咱民航显摆显摆。"

兰晓天和马化讯同时一愣。马化讯说:"你不是喜欢读书吗?"

"读书和舞蹈并不矛盾,静和动都可以是艺术,我还做瑜伽呢。"

兰晓天咬下唇瓣,说:"就按梦纱说的,先吃点简餐,然后去跳场舞,出出汗。不知道哪个场子比较好?"

沈梦纱指指马化讯说:"他晓得。""我?"马化讯指指自己。"别装糊涂。"沈梦纱说。"坊间传言,你徒弟小萱可是舞场高手,从小学舞蹈,童子功,底子一流。"兰晓天对马化讯说:"一定要请她去。"

马化讯说:"贵公司形象代言人李语柔,空姐罗兰、吕莎等都是顶呱呱的舞林高手,就看兰机长有没有面子了。"

兰晓天略一迟疑,说:"这个么,我来做做工作,看她们今天飞不飞航班。"

沈梦纱俏眉一勾,说:"气象中心的伊点点,可是貌艺双全,舞场仙子,我来打电话。兰机长邀请,我想她一定会给面子的。"

兰晓天挠挠头皮:"哎,这个,摊子有点大,越来越不好掌握了。"

马化讯叹口气,不甘落后地说:"有种被绑架的感觉。这个,就陪太子读书了。"

"这话应该我说。"兰晓天说,"精英尽出,舞厅应倒给我们钱,给他们做广告了。"

去的路上,马化讯对沈梦纱说:"最近读什么书?"

"《资治通鉴》。"沈梦纱说,"史书方面,我国有两部大书,一部《史记》,一部《资治通鉴》,都是司马家所著,前者司马迁,后者司马光。"马化讯"哦"了声。

兰晓天问她:"你喜欢跳什么舞?"

"华尔兹,你们也许不知道,我在学校得过奖的。"

"得交谊舞奖?"兰晓天问。

"怎么,不相信?"

她想呛他一句,话到嘴边,收了回去。

第六章　越洋专机

1

兰晓天进入舞厅时,眼珠子差点掉到地板上。他想不到在市中心,藏匿着这么一家国标舞厅。

来的人也是火星撞地球,钟灵毓秀都撞一起了。他们这一拨里,沈梦纱、李语柔、伊点点这些重量级美女齐出,小萱等几个因为值班,临时来不了。几位女宾年轻娇艳,衣着雍容华贵,美到令人窒息的程度。男宾方面,兰晓天、马化讯等几个也是高大英俊,气宇轩昂。人真是奇怪的动物,总愿意被美的东西吸引,美人帅爷一多,舞场子的档次自然就上去了。

沈梦纱平时不露声色,却是个舞林尖子。今天,她穿着主持人的盛装,长裙曳地,袅娜娉婷,转出的华尔兹舞如陀螺一般,将兰晓天旋得晕头转向。兰晓天暗叫:吃不消,吃不消了。她也是香汗淋漓,清洌的体香传进他的鼻翼,很是受用。

伊点点的舞艺非同一般,慢步、快步来者不拒。她在跳舞时始终维持着笑意,咯咯地笑,娇艳地笑,风情万种,受关注度超高。兰晓天本不会各种花步,在她的耐心教授下,竟也入了门,能跟上她缓慢的节奏。跳舞本身就是娱乐,在于参与,大可不必在乎别人的评判,实际上,大部分人的舞技脚碰脚,水平高与低也没多少旁人在意。

拔头彩的自然要数李语柔,有童子功打底,独舞、双人舞交相辉映。今晚,她被一位专业老师邀着,跳着她擅长的拉丁舞、摩登舞。专业的老师和专业的她,不是在娱乐,倒是在表演。等他们二位上场舞第二曲时,旁边的舞者自动让开空间,纷纷变成了观众,让他们尽情地游走飘逸。一曲舞毕,掌声连绵,绕梁不绝。

兰晓天今天很吃香,也很享受,几大美女轮流伴舞。开始陪沈梦纱转了曲快华尔兹,差点被转懵。接着伊点点拦着他不放,连拽带教的和他跳了两支慢四步。李语柔是今晚的皇后,始终被其他高手轮番邀着,连喘息的空档都留不出,又见他被伊点点等几个美女圈着插不上手,也就管自己尽情地舞着,只将眼光不时地往他这儿瞟上几眼。

马化讯不会跳舞,兀自喝着咖啡,做观众。好不容易等沈梦纱下场,递上去一杯饮料,想搭几句,紧跟着走过来一位风度翩翩的绅士,向她鞠一躬,伸手做个"请"的动作。沈梦纱无奈,被绅士牵着手,滑进了舞池。

兰晓天刚想喝口果汁,伊点点娇笑连连,弓着腰又来邀。他不好拒绝,长舒一口气,轻轻地伸出左手,将右掌搭上她的后背。未及滑出,他裤兜里的手机剧烈地震动起来。他放下手臂,掏出电话,见是师傅关山来电,当即敛起笑容,对伊点点说:"对不起,去接一下。"伊点点媚眼弯弯,粉舌轻吐:"请便。"

兰晓天来到走廊口,接起电话:"师傅。"

"在外头?"关山在电话那头问。

"在外面。"

"三员交流结束了?"

"结束了,约了几个熟人聚下会,都是难得碰面的忙人。"

"可以理解。"关山话锋一转,变得肃然,"但你不能再在那儿了,马上回公司,有任务。"说完,也不解释什么,啪地挂了,听筒里传出"嘟嘟"的断线忙音。

兰晓天不想惊扰众人，只和坐在椅子上当观众的马化讯咬了咬耳朵，就偷偷提起外套，从侧后方溜了出去。大厅音响发出的优美旋律即刻掩盖了他呱嚓呱嚓的皮鞋声。

2

"救赎，救赎行动。"

关山手指点着世界地图西半球的一个小点点说。

兰晓天气喘吁吁地跑进关师傅关山的办公室，连口水也没来得及喝。"什么状况?"他问。

"国人受困于沼泽地，需要把他们接回来。"关山低沉地说。

兰晓天的师傅关山是重型机的大队长，清一色的 A330，原来还有 A340，因四发的 A340 耗油量大，渐渐淡出，留下的全是 A330，飞远程。

关山指着中美洲那个旮旯里的小圆点："那儿遭飓风袭击，断电、断水、断气，整个国家已瘫痪，有我们几百个工作人员和旅游者。"

"什么野僻地方!"

兰晓天骂骂咧咧地说。在报纸和网络也了解到那边飓风肆虐的事，不料那个鬼地方还有这么多同胞。

"不会明天就出发吧?"见师傅专心查地图，他小心翼翼地说。

"要是等到明天，也不用火急火燎地把你叫进来。"关山用食指敲敲图纸，"那边的人等不了。已经决定了，五小时后出发。"

"可是，一切都没准备。"兰晓天耸耸肩。

"现在不就在准备吗?"关山说，"教员机长以上的，应时刻准备着，一有急事，随时拉得出。"

搞得像部队一样。兰晓天在心里嘀咕着。"民航本来就是部队转制的，现在也是半军事化。"关山曾经说。但在兰晓天这些年轻人心中，离部队还有点远。

至于人员方面,估计关大队长已有谱。这类包机、专机任务,属于急难险重类飞行,需要"大将"出马。将自己喊回来的那一刻起,兰晓天已做好了奔长途的打算。瞧着师傅专心看航图的模样,忍不住问:"您白天刚从斯里兰卡回来,难道还要带队去?"

"我这个年龄,没人会以为我想当英雄吧?"关山咧了咧嘴,双眼不瞅他,"这种临时性大难题,我不带头,派谁去更合适呢?"

"屁股大的地方出点事,还劳我们关大队长出马!"

关山半头白发,干两年就到点了。在飞行员七、八级梯队中,级别最高。按照排序,在责任机长上面,还有 A、B、C 类教员机长,这三类机长不但自己飞,还可以带别人飞,比如 C 类教员,可以分别在真飞机、模拟机、本场起落带飞。再往上,还有公司检查员、熟练检查员,这些飞行干部可以在各种航路航线中检查其他机长和副驾驶的飞行。顶尖的要数局方委托代表,他们能代表民航局现场处理飞行方面的紧急事态,是级别最高的飞行人员。关山就是这么一位局方委托代表。

"可是,您是大队长,还要坐镇。"兰晓天不忍地说。

"不是还有书记么。"关山拍拍他的肩膀,"我是个自愿的苦命人,没啥领导才能,最适合领头飞。"

关山继续说:"这次飞途远,人员疲劳,除我之外,再去两个机长,三个副驾驶,三套机组,轮番飞。抓紧准备,及时起飞。"

直接登机开飞,也就算了,现在飞行人员小时费高,收入和发达国家的同类人员接轨,但一想到繁琐的准备工作,兰晓天立马头皮发麻,背脊冰凉。要在几小时内完成飞行情报的收集、航行路线的确认、天气状况的了解等工作,尤其是飞行航路和航行情报方面的资料要求细之又细,包括航路的确定,机场、备降场、导航点的人工输入……一切需要准备了再准备,充分了再充分。

"还有手续呢?飞行开动,一路向西,需要经过多个国家的未知领空,涉及这些国家的飞越申请和批复。"忽然,兰晓天忧心地问。

"瞎替皇帝操心。"关山说,"运控中心已在全力催办。现在不比从前了,咱泱泱大国,又是去救急救难,相信没人会刁难,也不敢刁难。"

关山急切地叮嘱:"马上通知,机务去几个人,地服也去几个人。灾区没有配套的服务,人员都得自己带,随机走。"

"这个,还有乘务组?"兰晓天说。

"客舱部已布置,全是精兵悍将,听说,乘务经理是那个李语柔。"

兰晓天一怔:"可是,她还在外面,跟我们一起三员交流。"

"客舱部自会安排,估计这会也应该到单位了。"

兰晓天搓搓双手,不再言语,当即接手相关工作。凌晨四点,完成了飞越大西洋的"未知天空"路线图。

"呵,大西洋。"兰晓天喃喃地说。他飞了十多年,只飞过太平洋、印度洋,从未触及过大西洋,那似乎是欧洲和美洲人的海洋,整个中国民航都没有跨大西洋的航线,这回终于要飞一把了。想到这,也不觉得疲倦,涉足新领空带来的刺激使他莫名其妙地心潮激荡。其实,他也知道,飞在天上,看下去全是水,啥子大西洋、印度洋、太平洋都一个德行,但心理上不一样。

兰晓天数了数,往返3.3万公里,来回程在空中时间四十多个小时。

"除了在欧洲落地一次加油外,换人不换机,接上受灾人员立即回国。"关山说。

3

关山、兰晓天他们登机时,李语柔等十多名乘务员已候在登机口。望着一干苗条清丽、英姿飒爽的女孩,兰晓天不禁眼睛一亮,问:"都是小姑娘,好像不少是90后吧?"

"什么叫不少。"李语柔轻咬唇瓣,撇撇嘴,"全是90后,不是个别。"

"哦,英雄出少年,少年强则国家强,国家强则航空强。这回,想不到客舱部90后当主力军了。"

"还有想不到的。"李语柔浅笑道,"这次乘务组是两个全部。"

兰晓天停下脚步:"哦?"

"经客舱部领导批准,执行这次临时重大包机任务的娘子军,全部是90后,而且,全部是……"

"甭摆噱头,快说,马上……起飞了。"

"说了你也想不到。"李语柔抿嘴一乐,字正腔圆地说,"所有的乘务员,全部是共产党员。"

"哇,全明星阵容哪。"

一股热流涌上眼眶,兰晓天背过身去,快步走进驾驶舱,怕一激动涌出泪花。

救援包机准时起飞,一分钟也没有耽搁。这是有规矩的,专、包机享有优先权,优于其他航班和货机。航空法规定:一切飞行让战斗飞行,其他飞行让专、包机等特殊飞行。

塔台的声音是生疏的,进近范围也听不见葛尖和沈梦纱的嗓音,区域管制室也没有马化讯略带跋扈的腔调,包括小萱也没有出现。才想起他们昨天和自己在一起搞三员交流,今天清晨不可能这么早来接班。

去程,客舱内没有一名旅客,只有机务、地服等工作人员,空荡荡的。

进入巡航高度后,兰晓天对关山说:"师傅去后面歇息,我们几个先开到欧洲,后半段再考虑换班的事。"

关山的确感到脑门有些发胀,昨晚毕竟熬了一宿。快六十的人了,熬夜功夫比不得年轻人。来到客舱部,见李语柔等几个空乘,对她说:"现在没有客人,你们也抓紧时间休息,回程够你们忙乎的。"李语柔说:"虽然疲,因为去新地方,亢奋得睡不着。""总之,要保持体力。"

关山打个哈欠,在空旷的客舱内找个位置,调平座椅,躺了下去,一会就进入睡眠状态。

兰晓天和另一位机长及两位副驾驶轮流驾驶。经十多个小时的飞行,到达西班牙落地加油。在此期间,他们各自休息了数小时,恢复体力。

关山也醒了,重新进入驾驶舱,机组成员兴奋地跨上新征程。

"一直跑太平洋,脚都起泡了。这次终于挪挪地方,脚趾头搁在了大西洋上空。"兰晓天说。

关山感慨地说:"那年,我乘协和号跨大西洋,能看到太阳从西边升起的奇观,一眨眼,快二十年了。但这次自己飞着来,感觉不一般。"

兰晓天说:"忽然想起岳飞当年的话,八千里路云和月,驾长机踏在大西洋上。哈,谁不想在大西洋上浪几圈?"

罗副驾驶说:"人总是喜新厌旧,不知怎么回事,到了新航线,飞这么长时间,也不觉累,也不想睡,反而觉得新鲜、兴奋,心底风雷激荡。"

"还东风吹、战鼓擂呢。"关山说,"这话我听第三个人说了。"

五六个人在驾驶室里聊着闲话。飞机在大西洋的高空飞翔,自动驾驶,平稳有序。

忽然,年龄比兰晓天大的刘机长对兰晓天逗趣道:"晓天不去客舱和李语柔她们侃侃?后面全是大美人,小身板一个比一个灵,换在旧时代,参加选美不是一般的没问题。"

"侃什么?"兰晓天说,"哪有在这谈大西洋有劲?"

罗副驾驶趁机说:"李妹妹已进来送过两次咖啡了,兰机长难道不去回访一下?"

"要去你去。"兰晓天说,"这里只谈工作,不谈女色。"

刘机长轻笑道:"是美女,不是女色,两码事。美色可餐,正常心理,并不是情色。我是过来人,这个,晓天,我们飞行人员顶天瞰地,但也是男人,也有爱和欲。那位李美人,真的很优秀。"

"别嘲我了,刘兄。"兰晓天说,"至少今天,我只想多看看大西洋。"

"大西洋底来的人。"刘机长说,"可是,这里啥也看不见,只有云和月。"

兰晓天说:"在心里能看见。哎,飞行者,总想飞遍地球的每个角落,飞到世界的尽头。"

关山轻咳一声，说："大家别闲聊了，还有两小时，就到目的地了。最后的航程我来驾驶，你们几个先去准备，提前一小时进驾驶舱集合。"

兰晓天从驾驶室抽身，跨入客舱部一瞅，已是"天翻地覆"。

原来，飞机从马德里加完油起飞后，李语柔和乘务员们就一路忙开了。别看她们身材纤细，大部分都是独生女，但筋骨强健，干起活来雷厉风行，没有丁点儿拖泥带水。考虑到灾区已断水断电两天，超市的矿泉水被抢购一空，灾民们饥渴交迫，回到了解放前。根据预案，美女们在每个座位上铺了毛毯，放置了枕头和拖鞋，预先为饥寒交迫的同胞们准备了双份热食，还额外增加了泡面、八宝粥、面包、辣酱等食物，照顾到不同地域人员的口味。忙完三百个座位的活，李语柔穿在里面的小背心湿了一半。

这次救援飞行，她是客舱经理，对客舱的服务工作负全责。所有的准备工作结束时，离中美洲那个海边已经不远。李语柔和乘务长丁佳音两人再重新查验一遍，像部队的连长检查战士的军容风纪和内务卫生。她俩从过道走过，看每一排的毛毯叠得是否整齐，拖鞋是否在一条线上，枕头有没有放直靠在座椅上……一切要整齐划一，井井有条。

嘿嘿，要是刚才有人看见她们婀娜秀顺的姿态，一定以为是仙女下凡在机舱干活呢。

回到乘务工作区，李语柔拿出自己的杯子，轻轻喝了两口。这是她妈来之前给泡的参茶。妈妈担忧她长途奔波累倒，特地泡了参切片，让她带着路上喝。每当她出长途，母亲就会递给她这个杯子，轻轻地叮嘱："这个，别忘了。"她都会被迫接过。喝下几口参汤的当儿，一股暖流随着液体的热量，迅速传遍全身。

4

"这边果然没有雷达，还在程序管制阶段。"刘机长嘟哝了一句。

"导航台不是也没有吗？"关山不以为然地说，"一路都是靠卫星和飞机的惯导过来的。"

"估计盲降信号也不会好。"兰晓天说。

"鸟不拉屎的地方,可能连盲降都不会有。"刘机长说。

"所以才需要我们来,而不是一般的飞行员。"关山说。

"关大队长飞过的专机和包机数不清了吧?"刘机长好奇地问。

"108次。"关山脱口而出。

"这么多次?"刘机长一怔。本想问"记得这么清楚",临时改成了"这么多次"。刘机长也飞过好多次专机、包机,但只知道个大概数,没有精确到具体数字。相信关大队长是记日记账的。

"确定了,机场没有盲降。"兰晓天说,"国家小,资金缺,能有机场就不错了。"

"没有盲降设备,就用我们的眼睛降落。"关山说。

后面的罗副驾驶忍不住插话:"这么偏僻的地方也有人来观光,也有公司来揽工程活?"

刘机长哈哈一笑:"这些活难度高、利润低,美国人干不了,欧洲人不愿干,自然落到了勤做苦扒的中国人身上。谁让咱们是基建魔王呢。"

关山瞧了瞧航线图,朗声说:"马上降低高度,大家不说闲话了。"

"是。"几人齐声应答。

兰晓天凑上前去,细声说:"您歇会吧,需不需要我来操作?"

关山扭头瞥了一眼兰晓天、刘机长和几位副驾驶,怅然地说:"还是我来吧。不是信不过你们,而是这种活我做一次少一次了,你们留点机会给我吧。"

关山的话中透着一种苍凉,兰晓天听了鼻子发酸。暗忖:上一代人已无可奈何地风吹花落去,咱们这辈……哎,救援危机,可不能有丝毫的闪失。

关山毕竟是飞了几十年的老机长,飞过无数次的专机要客和普通航班,手上的活如庖丁手中的刀,道法自然,浑然天成。凭着一双肉眼转进五边,对准跑道,轻飘飘地落下去,犹如一只归巢的鸟,悠闲地落向巢穴。他没有一丁点示范的成分,没有一丁点卖弄的意思,像是自顾自在完成一道普通的数学题目。

虽然没有盲降设备,没有电波,但关山的心里有波束,目中有指引。想想海军,茫茫大海,航母上的飞行甲板才 300 米长,要降落,当然不能全靠设备,除了电波,还有眼睛,还有手和脚。飞航母的困难比他大多了。

关山在下降。他的双目紧紧盯住前方的跑道,按精确的斜率降落。盲降电波发出的斜率为 3°,他目光下的斜率也和 3°相差无几。这就是技术。他的目光,犹如当年王府井百货张秉贵的魔手,手上有杆秤,心中想着一斤,举手一把抓下去的糖果就是一斤,不多一粒,也不少一粒。

关山驾机凭目视轻飘飘地落在地面。

凝神屏息的晚辈们暗自叹服。飞行技能既是技术活,又是熟练活。刘机长飞行经历比兰晓天长了十年,也是五星机长,从大型机到重型机,飞过多次高难度任务,观看关山大队长落地的同时,也在比照自己的技术。毫无疑问,刘机长也不可能横到草上去,也能凭目视降落,也能估算精准,但差别在于主轮接地的瞬间,关山的接地摩擦又薄又轻,于不知不觉中悄然完成,如果换成他刘机长降落,可能会稍微重那么一点,刹那间的触地碰撞力会稍大一些,尽管在外行看来几乎无法区别。这仿佛乒乓球运动员打摩擦球,高手拉球摩擦系数小,又薄又转,而一般运动员则显得笨拙厚重。

兰晓天心里同样有一杆秤,他是心理素质天成的飞行员,当然也能精密估算,也能平稳落地,但他的接地点可能会比关山迟 50 米,也就是说飞机在适合降落的跑道范围内迟 50 米接地,也推迟 50 米脱离。别小瞧这50 米,这也许是机长们穷十年之功也无法企及的目标。而关山大队长能做到提前 50 米接地,又技巧般地提前 70 米脱离。

这就是差距。

5

飓风扫过，遍地狼藉。

望洋兴叹的灾民，盼来了来自天空的"诺亚方舟"。关山大队长的救灾包机一落地，受难者如敦刻尔克大撤退般地涌了上来。唯一不同的，那次有德国追兵在后，这里没有；那次是坐船撤退，包括破败的木船，这次是豪华的宽体客机。

空落落的停机坪上，除了他们这架救援的 A330 重型机外，还有两架短途的支线客机，也有旅客准备登机。

乘务长丁佳音打开舱门，往下一瞧，黑压压的全是人，争先恐后地向舱门口逼近，包括乘坐支线飞机的部分客人，也往这边挪动。李语柔等一班乘务员暗暗心惊：这么早放人进场，乱哄哄的这么多人，怕要出岔子。

关山皱皱眉头：管理真乱。转而又想：灾区，这是灾区，还能指望按常理做事？刘机长轻咳一声，瞧着人群发愣。兰晓天前后望了望，回身从后舱里取出那面大国旗，蹭蹭蹭奔到地面，往人群中站定，将旗子稳稳一立。崭新的五星红旗在人头上方伸展开来，迎风招展。人们纷纷仰视。

兰晓天高声说："这是中国的撤侨包机，不是航班，凡是中国公民请上前，其他国家人员一律不能登机。"

一个清秀女孩，在他身边已等了几分钟，犹豫地张开了小嘴。兰晓天以为她是中国人，要询问点什么，不料对方用英语说："我是日本人，和中国挨得近，能不能麻烦你们带我走？到贵国后我保证不出机场，直接在候机楼转机回国。"兰晓天道："你有中国护照吗？"对方嗫嚅着说："没……没有。"兰晓天指指国旗上的红五星，说："我们的包机只接本国公民，没有中国护照的一律不准入内。"

兰晓天举起国旗，用力挥了几挥，运足中气说："本架飞机是中国民航的救援包机，有中国护照的人请上前，一切外国人请靠边，免得引起机场管理方面的麻烦。"他用中文讲一遍,又用英文重复一遍,来来回回讲了五六遍。

随机而来的地服工作者,迅即在现场办起手续,保证有中国护照的每一位同胞都能登上飞机,包括他们手提肩扛的每一件行李。行李中有旅游者的照相机和双肩背包,也有建筑工人没来得及清洗、带着脏土的被褥和塑料拎袋。几名地服员满头大汗地将近千件行李清点、捆扎,送进行李舱,对超重部分闭起一只眼,一律放行,毕竟这是救灾救人,不是一般的客运。

衣着光鲜的90后空姐,面带微笑地迎候每一位登机的乘客,包括许多几天没有洗脸、穿着带有建筑污渍衣服的工人。她们将他们引导到各自的座位上,顺手递上一块热纸巾。

宽敞的客舱华丽温暖,受灾同胞的脸上露出幸福的笑容,美得一塌糊涂。一名建筑工人悄悄问乘务员小王:"怎么只有中国飞机?还有许多老外,怎么没有飞机来接?"小王说:"我们也不晓得,只有去问他们的大使馆了。"

见一位穿着泥泞未干裤子的男人直接坐上了淡雅清洁的航空座椅,乘务员小王浑身肉痛,眉头一皱刚想提醒一句:请注意公共卫生,座椅比较难清洗。马上想到他们是灾区来的同胞,将溢到嘴边的话语咽了下去。无奈之下,又递上毛巾让他们擦擦。

一中年男子用她递上的纸巾擦一把嘴,又丢还给她,忙不迭地开启座位上的八宝粥,由于用力过度,一半打翻在地。小王过去擦地,那人木讷地望着,也不言语,忙着喝剩下的一半。后排位上另一男子则将座上的枕头扔往邻座,开始用毛毯擦拭身上的泥渍,小王忍不住制止了他。那人不开心地瞪她一眼,打开矿泉水,咕咚咕咚喝了起来。

装上行李,加满油,关山大队长立即发动引擎,升空回飞。地广人稀,空域辽阔,除了中国民航的救援客机,再无其他飞机的轰鸣声。关山驾机直上,很快上升到巡航高度,进入平飞。

琐碎的乘务工作全方位铺开。

李语柔招呼一干乘务员，马上开餐，先让这些特殊的乘客饱餐一顿。每人先送上一份热食，二十分钟后再送一份。双份餐食、一道饮料后，已过去了三个小时。客舱里暂时安定下来。对此，乘务员们早有心理准备，去的路上就做过动员，倘若自己处在其中，说不定也是这番模样呢。特殊的飞行，特殊的旅客，和一般的航班大不一样。

收回的餐盒和水杯堆积如山，将工作区占得满满的，乘务员们连转个身都困难。

客服三小时，乘客们要吃要喝的高峰中，李语柔没喝过一口水，更没时间去喝自己杯中的那口汤。

乘务长丁佳音还在不停地走动。大部分吃饱喝足的乘客已在座位上开睡，如雷的鼾声不绝于耳。他们在这旮旯里饥困交迫了好几天，上了自家的飞机，等于回家了，真该美美睡一觉了。

倒数第三排中间的旅客，将脚高高翘起，搁在前排的靠背上。丁佳音走过去，想说句："请把脚放下，别影响前面人休息。"突然间闻到一股恶臭，几天没洗脚的恶臭，熏得她差点眩晕，赶忙跑开，一把拖住李语柔："语柔，我都快要吐了，他还不以为然。"李语柔说："死丫头，今天你不是在检查卫生，是工作。记得电影里的许多血淋淋的镜头吗？这好比在战场上，不管人身上是血、是汗、是臭味，我们的身份是工作人员，是天使，救人的使者，这样一想，就见怪不怪了。"

一会，她们来到乘务员的工作间。丁佳音拽着她，一定要说件八卦事给她听："刚才，一位近五十岁的男人叫住我，让我给他拿份饮料，我尿憋了近四小时，要上卫生间，就让乘务员小王去送。小王去了，前前后后被他喊了多次，一会要茶，一会要果汁，一会又要咖啡，来来回回跑了七八趟，竟然还没个谢字。"

李语柔说："难道一个谢字那么重要？别拧巴了，要习惯。"

丁佳音说："小王半小时内为他一个人跑了八次，他连一个谢字都那么吝啬？美眉的劳动还换不来一个廉价的谢字，想想都要酩酊一场了。"

李语柔说："别这么说，也许他们太累太渴了，以至于忘了谢谢两个字。再说，人与人也不一样，哪像你，是受过高等教育的优秀乘务员。我们应该有点耐心，等一等，给那些人一点时间，给他们一点自我提高的时间。"

"这话，我好像在哪听过。"

两人正说话，那个乘务员小王跑过来说："一位六十来岁的农民模样的人发话了，把我刚才送饮料的那个男的骂了一顿，说别给咱务工人员丢脸了，有点出息好不好？人家小姑娘冒着颠簸的风险，辛辛苦苦为你送这送那，你难道不会说句像样的人话吗？"李语柔说："听见了吗？还是明事理的人多。"小王说："其实，我多跑几趟不嫌烦，不为他送也要为别人送，也不在乎谢不谢。"丁佳音粉拳就要捶过去："臭丫头，就你会说话。"

又有乘务员进来弄热食，还有乘客要水。丁佳音说："和正常航班不同，工作量太大，烤箱连续加热，已爆了两个。"李语柔说："高峰供应已过去，适当放慢点节奏，也让设备歇歇脚。"

忽然，乘务员小闵急匆匆跑过来："不好了，乘务长，有人被虫咬，快中毒了。"

"中毒？"丁佳音瞪圆了眼睛。

李语柔放下手中活："走，快去瞧瞧。"

边走边问小闵："什么虫咬的？"

"蜈蚣。"

"飞机上怎么会有蜈蚣？"李语柔狐疑地问，"确定吗？"

小闵说："已经找到了，又粗又黄，外表亮晶晶，像蛇一样。"

丁佳音听了，浑身起鸡皮疙瘩，吐了吐舌头："怎么会上来的？"

"估计是随行李包裹夹上来的。"小闵郑重地说。

"太可怕了。"丁佳音不自然地说，身上像被虫爬了一般。

"已经被工人们打死了。再钻到人的大腿上、身上，可不得了。"

"没有给被咬的那人上消炎药吗?"李语柔问。

"上过了,我们机上备的消炎药。但好像不管用,那人又痛又痒,嗷嗷狂叫。"小闵紧张得连汗水都渗了出来。

"看了再做计较。"

李语柔等几人焉焉地来到患者处。被咬的是个三十岁左右的小伙子,人高马大,这时卷起一只裤脚,小腿上,有被蜈蚣咬的伤口,由此扩散开来,周围一大片又红又肿,小腿肚几乎变粗了四分之一。

李语柔神色凝重。这不是一般的虫咬,而是一定意义的中毒!这类蜈蚣毒性厉害,如果不及时处理,小伙子可能会发热,并诱发其他危险症状。飞机在大西洋上空,不可能将他送去医院,而用点酒精之类的消炎药似乎难以消除毒患。

她转身回到乘务区,翻开她的小包,从中摸出一粒片仔癀药丸,掂了掂,暗叹一声,用小榔头当当当敲了几下,取出药的三分之一,装在一个温水杯里,搅拌,搅匀,端了过去。来到患者处,她用棉球蘸了药汁,轻轻涂在患者的肿痛区。

一股清凉、带腥味的药水敷上小伙子的伤口,通过毛孔浸入他的血液。

几个90后乘务员没见过该药,被咬的小伙子更是没听说过"片仔癀"三个字。丁佳音和李语柔是密友,晓得她有片仔癀备身,但具体作用也一知半解。只有李语柔深知其妙,而她,也是从中医世家的母亲处批发来的。

李语柔的外祖父是老中医,她母亲也是读的中医,按她母亲的话说,片仔癀具有广谱消炎的神奇功效,无论是肝、胃、肠等内部器官,还是耳、喉、鼻、牙及皮肤表层,只要有炎症的,片仔癀都有治愈和修复作用。她妈妈半生行医,对片仔癀情有独钟。

片仔癀是一种中成药,诞生于明朝宫廷。它的主要成分是三七、牛黄、蛇胆、麝香等药材,关键是配比精密,恰到好处,无副作用。列入国家绝密等级的药仅此一家,截至目前,全国只有三人知道这一配方(各管三分之一),而云南白药等只是保密配方,比片仔癀差了好几个级别。

李语柔母亲深知老祖宗的东西非同寻常,是以塞了两粒在她的包里,以备不时之需。开始,李语柔也不觉得什么,后来一次飞洛杉矶,有同事全身过敏,发疹,高烧40℃,去当地医院治了两天,吊水吃药,不见效。李语柔犹犹豫豫地拿出一粒药丸,敲碎,一天分三次喂服。当晚,同事高烧退去,皮疹渐渐消失。神奇功效,方才认知。

片仔癀这药,由于材料天然,产量有限,价格昂贵,又不进医保,国内知名度不大,但墙内开花墙外香,生活在国外的富商、老华侨都知道此国宝,回国时总要带上几盒。

这次在撤侨行动中,在大西洋上空,李语柔拿出私人配备的药丸给人敷上,不到半小时,疼痛立减,红肿区也开始慢慢消退。不等小伙子说"谢谢",李语柔已转身离开,忙其他去了。小伙子可能至今也不知道给他用的是啥药,当然也不知道这种药的来历和价格了。

他更不知道这不含糊的姑娘是自摸的腰包。

6

大西洋夹在欧洲和北美之间,但不是哪家的洋,是世界的海洋。

欧洲空管的声音出现了,带着欧式英语的缠夹和不爽。

当班的管制员问关山:"这是哪来的航班?"

关山铿锵地说:"这是航班,又不是航班,这是包机。"

"你们从哪里来? 往哪里去?"

"这里是中国民航的客机,准备飞回国去。"

管制员疑惑地问:"怎么从来没见过这家航空公司的代码,你们是第一次飞大西洋?"

关山几乎要嗤笑,但还是耐着性子说:"的确是初次飞,所以对你们来说,航班代码比较陌生。告诉你们吧,这是中国民航的撤侨包机。"

那管制员打个哈欠:"难怪从未见过。"

实际上,二十小时前已来过,可能当时的管制员已下班,这个是新上来接班的,所以对发生的一切感到生疏与疑惑。

"有问题吗?"关山问。

"好像没有问题了。"对方说。

当然没问题,我们是中国民航的救侨飞机,又不是从宇宙来的飞船,是有所有飞经国家正式飞行批文的。

关山暗忖:面对欧洲管制员质疑的口吻,有必要开通跨大西洋的航线。但转而一想,我们的地理位置不对,偏重于太平洋这一头,从国内去纽约或温哥华,难道从大西洋兜圈子?似乎用不着。以后的专机、包机多来几趟,这些欧洲的管大西洋片区的管制员们,就熟悉了。

到西班牙降落,飞机加油。李语柔她们趁机卸下一批用过的餐盒及垃圾,将乘务区腾出一点位置。加满油,关山半分钟也不想停留,马上起飞,踏上回国的航程。同胞们归心似箭。

关山飞过 108 次专机、包机,飞遍五大洲、各大洋。他飞过政府首脑专机,飞过撤侨、维和、朝觐等特殊需要的包机。飞专、包机的共同之处,机组和乘务员需政治上可靠、技术上拔尖、作风上过硬。而不同的专、包机有不同的要求。专、包机似乎为各级飞行干部和骨干机长量身定做的,除了急、难、险、重,还有各方面的风险。

每一次专机、包机后,关山都要写下一篇体会,和大队的飞行人员分享。那些没有飞过专、包机的机长和副驾驶,从众多的案例中学到许多学校无法学到的真知。这么多年下来,关山已经写了一百多篇体会,可以编一本厚厚的案例集了。

从欧洲升空后,真的觉得有些疲惫。来回已飞了四十多小时,加上出发前的通宵准备,说不累那是假话。虽然中间断断续续休息过几小时,但人在空中,总归睡不踏实,脑子里有这么多事,睡在梦里也在想。尽管飞行人员身体相对结实，但毕竟不是钢铸的，连续熬夜肯定熬不过兰晓天这些年轻机长。

欧洲回国的途中，让给刘机长、兰晓天他们掌舵，他离开驾驶舱，来到前舱乘务工作区。丁佳音给他端了杯新调的浓咖啡。他喝过一口，和李语柔她们说了几句闲话，又掏出他自带的那个厚厚的本子，在上面写着这次飞行的经历。有空，他就写几笔，想到什么，也记几笔。写了十几分钟，随手一翻，又翻到了上次去非洲的经历。

7

几年前，飞行部选派骨干机长执行运送医疗队去非洲的包机任务。中国的医疗队正在非洲帮助当地治疗埃博拉病人。这次包机的任务是将新的医护人员送过去，将在那儿工作到期的老医疗队员接回来。

在飞行部的动员大会上，关山第一个举手报名。埃博拉病毒和SARS一样，烈性传染，恶名远扬，闻之胆寒。执行疫区的飞行任务，带有生命的风险，所以采取自愿报名的方式。

关山等人被候选后，部队方面专门来了位大校，介绍病毒的危害、防护措施，以及当地疫情的现状。大校是陆军系统的细菌战、生化战专家，讲起来头头是道，专业性强，重点突出。

埃博拉是一种十分罕见的病毒，1976年在苏丹南部和刚果的埃博拉河地区发现，一旦感染，能引起人类和灵长类动物产生出血热，死亡率高达50%至90%。病毒致死的主要原因为中风、心肌梗死或多发性器官衰竭等，发病的主要症状为发热、呕吐、腹泻……通常潜伏期为五至十天。

大校讲完，飞行人员和乘务员们面面相觑，神色严峻。既然报名的人比较多，飞行部决定再举一次手。如果有人家里有事，或害怕不敢去的，现在还来得及"后悔"。

关山还是头一个举手。

飞行是关山唯一的梦想。他从小就仰望蓝天,梦想飞翔。人世间,并不是每一个人的梦都能实现,有的人由于种种原因,一生无法圆梦。从螺旋桨到喷气机,从大型机到重型机,他希望一直飞下去。

他是飞者,不是旅行者,飞行并不轻松,有时惊涛骇浪,有时风起云涌,所以才有趣,才有滋有味。他最大的乐趣在飞行。

送医疗队去非洲疫区,就是惊涛骇浪之旅。按规定,人人都要穿戴防护服,包括机组、乘务员。

当从头到脚套上白色的防护服、戴上防毒面具、踏下飞机舷梯时,他除了有一种与世隔绝的孤独,忽然间突发异想:人的一生就像树上的果子,等熟透了,不去采摘,也会自动掉落下来,腐朽,消亡;飞了这么多班机,飞了这么多专机和包机,要是这一次往返非洲疫区,真的被病毒逮个正着,救不过来,生命从此湮没,这一辈子就这么收官,倒也算完美,堪比征战沙场的将士马革裹尸,也是生命之花绽放在巅峰,生命之火熄灭后的光芒或许一直熠熠生辉。

但阎王爷似乎还没点到他名,去非洲的医疗队员先后有牺牲的,而关山机组凯旋。回国后,所有人隔离一周,观察人员中有没有呕吐、发烧、腹泻等不正常。关山等一切如常,倒是有一名医生出现异常,继续住院隔离治疗。

关山过了年,五十九了,意味着他挚爱一生的飞行生涯将走到尽头。他是个浮士德式的人物,也是邓稼先式的人,生命和飞行捆绑在一起。他不会主动提出,但如果单位执意挽留,他卸下大队长的职务后,潜心当一名飞行员,还想坚持飞五年,飞到六十五岁,类似于欧美退休人员的年龄。他的身体状况,不要说六十五岁,即使飞到七十岁,也没啥问题。美国总统竞选,特朗普和希拉里都是七十岁的人了,才刚刚上岗,他六十岁有什么理由偷懒呢?要真这么戛然而止,说实在话,真有点浪费技术,浪费生命,浪费国家的退休金。但这件事他说了不算,体制内的事,还得上面政策定。

民营公司倒是有几家来谈过的,私下约见,希望他退下后去他们那儿再飞五年。他们珍惜他的技术与经历,只要他愿意,身体允许,不但飞五年,还可以飞更久。就飞行而言,民营公司的待遇更有诱惑力,同样是责任机长,年收入差不多高三分之一。也难怪,有少数年轻人干脆辞职,投入了民企的腰包。同样是飞,价格是双轨制,也不怪人家年轻人的选择。但他不会,现在不会考虑这些事,更不会收民企的大红包,一切等退休后公司的决定再说。

关山性格内向,这些想法憋在心里,从未向底下或旁人透露过,也许永远都不会透露。一个人的心里是需要些秘密的,心底世界是生命的一部分。

8

兰晓天、刘机长等人驾着救援包机向国内目的地飞近。

刘机长说:"晓天经历丰富,在飞行圈名头响,有几件事影响比你师傅还大。"

兰晓天说:"又不是啥好事,尽是这个故障那个特情的,谁都巴不得避开。"

罗副驾驶凑上来说:"九头猫的称号就是这么传开的。"

"我情愿不要这个臭名。"

罗副驾驶双手摁摁太阳穴,说:"这次跟着兰机长飞,会不会又有什么巧事发生?"

刘机长翻他一个白眼:"闭上你的臭嘴,咱是救援包机,重点保障的。"

兰晓天撇嘴一笑:"这次绝对不会。"

"世界上哪有绝对的事。"刘机长说,"这次为什么不会?"

兰晓天说:"不为什么,就因为关大队长在,他的名头更响,压住了妖魔鬼怪,镇住了所有的不正常,而且,这包机不能出现太多的离奇。"

"你也信迷信?"

"不是迷信,是道理,道理有它内在的逻辑关系。这种逻辑关系可能比较怪,不被常人理解,但确实存在,也有人称之为运。"兰晓天说。

刘机长说:"这个我真的不懂,可能宇宙中有许多离奇的窍门,只不过我们没有破译而已。"

外面有人叩门。兰晓天抬头往侧上一瞧,是关山大队长的影像。驾驶舱门口有摄像头,舱内成员只要抬头就能看见门口情况。罗副驾驶打开驾驶舱门,关山和另二位机组成员进入室内,按规定,包机下降前,几套机组成员都得进驾驶舱,协助操作和提醒。

"大队长。"几人同声说。

关山慈善地点点头,示意大家各就各位。兰晓天抬眼望了望他,请示他要不要亲自驾驶落地。关山微笑笑,意思是不需要。回到国内了,弟子和属下们可放心操纵。兰晓天跟关山学艺多年,技术和心理深得其师真传,就连平时沟通,一个眼神,一个表情,有时根本不需要言语,也能领会对方的意图。闻弦音而知雅意。

人员齐集驾驶舱,意味着飞机将结束巡航,渐渐降低高度,然后进近。

下降高度了,驾驶室沉寂下来,机组成员的话题归回操纵,归回到和管制员的对话。

区域的管制员开始呼他。兰晓天回答,按指挥的高度下降。管制员的口音似曾相识,肯定是经常来来回回在波道里遇见过的。对方带着浓重的翘舌音,虽然想竭力掩饰,但兰晓天一听便知。

降到 6 000 米以下,进近管制员开始呼他。兰晓天急忙应答。他在下降排序过程中,还是带着一丝淡淡的失望。今天在进近当班的,既不是沈梦纱,也不是葛尖,而是相当陌生的一个男管制员。这个管制员指挥得当,口令精准,几乎无可挑剔,但在兰晓天心里,多么希望那个女声能够在无线电里响起。他已连续飞了四十多个小时,从遥远天空的另一边飞来,人困马乏,要是传来沈梦纱那清亮标准的口令,即使嘴角不含笑意,语言不带温度,他一定也会如同喝了人参汤一样,营养满满,心花怒放。

指挥落地的塔台管制员也不是戈晖，不是白雪梅大姐，不是熟悉的声音。由此推断，近期航班量又增，管制部门进来不少新嗓子。

有关山大队长在后面掠阵，有刘机长等几个业务尖子在旁观战，兰晓天落地的动作反而没有平时的潇洒，就差了那么一点点的自如，尽管也是平稳落地，也是及时滑离，也是精准靠桥。

李语柔站在舷梯口，送走最后一名乘客。

外面的风吹过，将她的秀发往两旁飘起。她顺手将一捋柔美的青丝。白腻润泽的脸颊和脖颈，陪衬着她精致漂亮的五官，高挑苗条的身材在风口显露无遗，不可避免地明媚了他人和周遭世界。有几个走下舱门的乘客，特意回过头来，无限留恋地和她那张名片般的俏脸道别。

乘务员们已陆续离开机舱，带着她们的疲惫，也带着她们熬不败的青春气息。李语柔无意间瞥了眼腕表，本想移动的脚步捱迟了一会，又捱迟了一会。后面丁佳音上来，扯了扯她的袖角："走吧，等谁呢？"李语柔嗔怪道："那么大声干吗！走你的，我再看会风景。""你再听会风声吧。"丁佳音说着，跨出舱门。

李语柔脖颈轻扬，朝后望去。关山等一干机长、副驾驶拎着飞行箱，从驾驶舱鱼贯而出，准备下机。关山见她还立在舱门口，说："辛苦了语柔，还等会？"她说："关大队长辛苦！我再看下机舱。"

最后一个出来的是兰晓天。来回飞了两天多，他的眼神中闪过几抹不易察觉的倦色，但仍头发笔挺，气宇轩昂。李语柔适才已在化妆间补过妆，虽连熬两宿，依然神采飘逸，容光不减。年轻是宝。

她冲他笑笑，不言语，莞尔一笑，很嫣然。他也笑笑，没说话。她请他走前面，他走着，她跟着，一前一后步出舱门。

丁佳音在前面等她，大呼小叫地对她说："客舱部打电话给你，可能没接，找我了。"

"是吗？"

李语柔从包里摸出手机，一瞧，是有两个未接来电，客舱部来的。她立马拨回去,对方说,客舱部领导希望她先回下单位,有事商量。

天哪,飞了几十小时,连觉都没好好睡过,不让回家,又叫开会,真以为年轻人是铁打的?想归想,还是坐车去了单位。

经理已泡好一杯咖啡在等她,一进门,香喷喷的咖啡递了过来。

她苦笑笑:"领导,谢谢啊。上午在机上喝过一杯,下午想回去补会觉,现在一喝……"

"理解,理解,怕晚上睡不着。"经理将杯子往自己身边挪了挪,"我喝,我喝,别浪费了。"

她抬起美眸仰望他,等他的下文。

"是这样,语柔。"经理带着笑意,"这次救援包机任务完成得体面,外面媒体也进行了渲染报道,你们十四个空乘连续两天两夜没有好好休息了,为客舱部、为公司争了光。"

"我们还有不足。"她说的是实话。整个过程,从乘务服务来看,还有提升的空间。

"这个事情,公司会表彰的。"经理很忙,很快转到重点,"晓得你们很累,需要休息,可是呢,你也能理解,又有新的任务,这个,最近专、包机明显多,你是金牌乘务长,飞过不同类型的特殊航班,先征求你的意见,如果连续出勤,你接得下吗?"

"什么时候出发?"她似乎没有谈斤头的爱好。

"也不问问什么差?"

"不用这么细,要说的领导总会说。"她轻轻抖了抖长睫毛。

经理说:"是的,目前还保密。你先准备着,带一个大乘务组去,人由你选。不过么,现在马上回家,晚上好好睡一觉,明天上午出发。"

明天上午出发?

又是火烧眉毛的事。首先得和分部领导商量抽调人员,这些人马也得准备。等这些事情做完,估计已到晚上了,不过,留给睡眠的时间应该够七小时。

第七章　中国空姐

1

跨进屋门,换上拖鞋,妈妈已将煲好的营养汤端了上来,心疼地说:"阿囡,先喝碗汤,再吃饭,妈给你准备了几只好小菜。"

李语柔闪闪长睫毛,婉和地说:"妈,我可能没时间欣赏您的大餐,随便吃一口,就想睡觉,闷头睡一觉。"

瞧着女儿微红的眼丝,妈妈心疼地说:"慢慢吃,不急。"

"急得很。"李语柔说,"妈,我要睡觉,缺一大觉,现在第一重要是倒在床上,狂睡到天亮。"一手接过汤料,另一手用勺子舀,大口喝了起来。吱溜吱溜的声音,已然不是淑女的形象。

做娘的心又提起:"怎么,刚刚落地,又要飞? 你们公司有没有规矩,把我女儿当士兵使?"知女莫若母,从女儿的言谈举止,看出她第二天的休息是没指望了。

"任务就是规矩,我就是士兵。妈,不跟你多说了,我马上去睡了。"她匆匆扒了几口饭,扔下筷子,娇声道:"记得呵,明早六点准时喊我。"

刷牙的当儿,想起客舱部经理的谈话:"培养一个优秀的乘务长、乘务经理不容易,往后,90后要慢慢挑起大梁。"

"领导还是请 70 后、80 后带队吧，她们才是主力呢。"

"她们是主力，但 90 后更要历练。这次还是你当客舱经理，其他人，从云燕示范组里挑，你建议。"没辙，她点了 80 后罗兰做乘务长，还点了两名 96 年出生的新乘。

"挑大梁。"她抿了抿嘴，喃喃地说，"谁让咱是先锋队呢……"

眼皮直打架，换上宽松的睡衣，往她自己那张软床上一躺，不到五分钟便已进入旖旎的梦乡。

翌日六时，妈妈不忍的叫早声准时响起，柔和而悠扬。

她打仗似的一番洗漱，坐上餐桌。妈妈已准备了煎蛋、牛奶和面包。煎蛋金黄细嫩，面包脆香。在妈的眼里她还是孩子。李语柔抓起香喷喷的烤面包大口送往嘴里，一缕黑发垂在耳侧，粉黛柔美惊鸿，脂玉香馨艳艳。

瞧着娇美无比的女儿，妈妈的嘴唇微微翕动，想开口说点什么，李语柔先声夺人封住了她的口："知道你要说什么，妈，找男朋友的事，对吧？"

"死丫头。"妈妈无限溺爱地说。

"芳华虽美，也有花期，便是仙女，也熬不过光阴。对不对？"李语柔扮个怪脸。"求你，别说了，妈，重要的事，已说过十几遍了。有机会，我会留心的。"

她何尝不留心，留心人家两年了，可人家留心她吗？想想都鼻酸。她请妈啥也别说了。

妈妈不再多言语，默默地将包递给她。

李语柔驾着她的小奔驰来到客舱部。

车满为患。找了十多分钟，终于在保安的协助下找到个位置，还堵住了别人的后屁股。她乖乖地将车钥匙交给保安，如果前面的人要移动，麻烦保安将她的车先挪开。八九千飞行员、乘务员，才两千多个车位。公司规定，只有当班飞行的才有资格停车，至于其他的，管不了这么多了，停外面、搭车、坐地铁，自己想办法。

人到齐后,部里领导做了简短动员。才晓得是执行维和部队的包机任务。先从基地去西南某地接上部队,再从那儿飞向那个媒体曝光率极高的地区——贝鲁特。因为参加的都是飞过专、包机任务的"精兵",大家既不感到太突然,也不多问,解散以后,分头准备。

包机飞去西南的途中是空机。李语柔感触良多,半年前飞专机的情景历历在目。

2

四月上旬,挪威索尔贝格首相访华。临时租公司一架 A321 为专机,航程从 H 市至北京再去杭州。

李语柔被选为专机乘务长。

接受任务后,机组、乘务员提前一天进公司开会,研究保障方案。机组主要研究航线。乘务组的工作比较琐碎,服务环节无小事,需要一件一件摆平。

李语柔详细研究了挪威的人文风俗、礼仪禁忌、食物要求,研究了索尔贝格首相的生活特点,将各类资料找了又找。早上开会,下午去航空食品公司组织餐源。根据首相秘书提供的单子,首相餐食私人定制,包括主菜副菜、主食副食及餐具的摆放位置。乘坐经济舱的随行人员,餐饮按公务舱标准配备。准备了挪威人爱喝的红酒、白酒和香槟。

女首相海鲜过敏,已提前一天进行了确认,避免在她的配餐中出现海鲜类食品。

乘务员统一制服,一律连衣裙装,戴藏青色帽子,配黑红相间手套。头发向上向后盘起,白珍珠耳环,规格 0.5×0.5cm,指甲全部涂成大红色……

提前预录自己制作的挪威语广播词。嗨,挪威语像俄语,舌头打转,可难学了。李语柔和几个乘务员照着金山词典一句一句学,一个词一个词念,练到舌头转筋,学会了几句简单用语,如"尊敬的首相","您好","再见"。其他复杂一点的对话,全部用英语。

采取一对一的服务法。首相和主要内阁成员共十多人,全部一对一。乘务领队位置和其他人员位置提前固定,李语柔对应首相。代表团的一般随行人员按公务舱标准提供服务。

这是她第一次单独对应一国领导人。虽然首相比较随和,但李语柔的神经一直紧绷着。空中毕竟有几小时的路程,餐饮后,让她包厢室休息,保留领导人的个人私密空间。但马王爷始终睁着第三只眼,首相上完洗手间,递块热毛巾;打盹醒来,送上一杯柠檬水。首相看东西或休息时,离得远远的,让对方感觉不到旁边有人,但高度关注,一有动静,马上出现,哪怕一声咳嗽,也要注意,看看是不是有什么需要。

专机和包机有所区别,专机服务的一般是政府首脑和高官,对应的乘务员更多,需要了解和掌握服务对象国和服务对象的礼仪规矩,弄不好会牵涉国与国之间的关系。几次专机飞下来,李语柔这棵青苗迅速成长。

到了夏天,她又接了一趟包机的活,伦敦阿森纳足球队的包机,从悉尼接来本市,参加比赛。

运动员对饮食的要求很苛刻,球队专门带有营养师,为他们随机配餐。运动员不喝任何含酒精的饮料。正常可乐含糖量高,被剔除,随飞机配带了许多健怡可乐。即便是牛奶,对含脂量也有明确的限制。运动员饮食的热量比较高,上饮料时加冰块,用来对冲。经过提前沟通,运动员的吃饭时间、送餐流程都进行了严格规定。

飞专、包机,人如同不停运转的陀螺,不用鞭抽,会自动旋转,不是在前台服务,就是在后台准备,手脚和脑袋始终处在高速旋转中,一趟飞下来,小腿肚直打转,健身房和舞场是不用去了。

那趟包机,阿森纳球队对云燕组的服务非常满意,几个明星还专门为空乘们签了名。

3

飞机到达西南某机场,集训完毕的维和部队已列好了队,整整齐齐。

年轻的士兵头戴蓝色贝雷帽,身着绿色迷彩服,臂章上缀有"地球与橄榄枝"图案。都是二十岁左右的小伙子,高高的个头,挺拔的身材,脸上洋溢着藏不住的青春朝气。

登机时间到了,指挥官喊出"稍息""立正""向右转""齐步走"的口令,二百多人的队伍一人接着一人走上舷梯,迈入舱门。仅十分钟,官兵们登机完毕,在自己的座位上坐定。

在当地塔台的指挥下,飞机准时滑跑、起飞,进入云上世界。

贝鲁特,战火纷飞之地,食品供应、卫生条件都有缺欠。这次维和包机,将新一批维和官兵送过去,把去年去的部队接回来,停场时间两小时。为了安全可靠,来回餐食,包括牛奶和饮用水,全从国内随机带。考虑到维和部队基本是年轻体壮的小伙子——上了机才知道还有两名女兵,餐盒和配置比平时大,保证每个战士能吃饱。如此一来,食物配置占用了大量空间,所有衣帽间都放满了餐盒和饮料,以致起飞时,重载的飞机比平常多滑跑了两百米。

中国的维和部队,是联合国维和部队的分支部分,这次去贝鲁特的部队,主要承担建筑与医疗任务,二百多号男兵,夹带了两名女兵医生。上机时,李语柔请几名指挥官坐头等舱,几名军官死活不肯,说是官兵平等,坚持要让女兵和士兵们坐。士兵们都是二十岁的小伙,自然不答应。女兵也不愿享受特殊化。A330有好几排头等舱座位,空着也是浪费,后面又太满甚至坐不下。李语柔说,没办法,按年龄排,选年龄最长的坐前面。当然是军官服役时间长,年龄大,从校官到尉官、士官依次往下排,军官们无话可说,只好就范。但还是留了几名连、排级干部坐经济舱,照顾队伍。

载着几百名维和部队的包机向西飞去。

李语柔一眼望去，二百多名士兵背脊笔挺，双手搁在膝盖上，端端正正坐在各人的位置上。经过野外训练，他们的皮肤略显黝黑，但稚气未脱，挂满学生味。由于习惯了比较统一的坐姿，说话的人又少，客舱内的气氛显得有些沉闷。

不行，得让他们放松些。到了中东，有的是紧张，路途尽量让他们松弛下来，尽管机舱里难以载歌载舞，但一定要让他们度过一段轻松的旅程。李语柔思忖着。

李语柔让小雷打开音响。客舱内顿时响起《青花瓷》的音乐，轻松而欢快，周杰伦主唱。机上的音乐都是乘务组预先选定的。她要用优美的旋律洗掉战士眉宇间的沉闷。这次包机，在乘务工作上，李语柔和罗兰做了分工，乘务长罗兰主要负责后台的食品制作、分发，而李语柔她们更多的和官兵们面对面接触。

广播里第二次响起广播词："亲爱的维和部队官兵们……"是乘务员小雷的语音，显得热情奔放，中气十足。按原先约定，今天小雷负责主广播。虽然是国际航程，但运载的是维和部队官兵，都是中国人，李语柔决定取消全部英文，一律用中文原声广播。在轻快悠扬的歌曲和小雷的广播声中，士兵们的脸上渐渐脱去肃穆的表情，露出怡悦的神采。

小雷第二次广播时，李语柔还是感到了一丝别扭，对小雷普通话的别扭。小雷的发音，有两个词咬得不太准。此时的李语柔，仿佛一位高明的指挥家听见了庞大的乐队中有位大提琴手稍稍走了调，外人不可能听出，而这个指挥家的耳朵精灵古怪，却能辨析得出。现在，她就是这么一位指挥家。

这些参加维和部队的士兵，和她是同龄人，大部分是 96、97 年出生的，比她还小好几岁，去维和，不是去旅游，带有生命风险，出去二百个，不一定回来二百名。据介绍，去年去维和的士兵，就有两名战士的生命永远留在了那片陌生的土地上。他们是新时代的中国士兵，在当前的人文生态下，也许多数人对他们的尊崇远比不上对艺人、对商人的崇拜，但在李语柔心中,他们是国家太需要的人。今天他们乘坐飞机,她要求对他们的服务不留一丝的遗憾,不能让官兵们有丁点的不满,她要对他们的服务水准超过对阿森纳球队的服务。

想到这,她从小雷手中接过话筒,自己做起了广播员:"亲爱的维和部队官兵们,我是云燕组的李语柔……"

她是公司的形象代言人,大学里的普通话考试达到播音员的水准,如果不当空姐,去广播电台、电视台做个主持也不是没有可能。她的广播吐词清晰,咬字精准,抑扬顿挫恰到好处,更重要的,她比小雷动心,同样的意思,经她的口腔吐出,更显柔情、亲情,也更有热度。

她的声音和情感征服了所有的官兵。

她奔波在客舱的每个角落,士兵们从她的胸牌上知道她叫李语柔。她的美艳足以代表中国空姐的形象,而她的语音委婉动听,送入士兵们的耳膜,其感染力已远胜周杰伦的歌喉。

经过空中几个小时的交集,一些战士已经叫她"语柔姐",部分士兵兄弟出于好奇,主动到服务台来询问空乘行业的工作和生活,和她们近距离掰扯。在士兵们眼中,李语柔已不是一位普通的空姐,而是行业的名片,是一道绝美风景,是中国年轻女性美丽友善的化身。

不知怎么的,今天的时间过得飞快,近十小时的航程好比飞了两小时。李语柔、罗兰、小雷等一帮乘务员不得不和士兵们说"再见"了。

李语柔对着话筒,说了句"亲爱的维和部队官兵们——"开头,顿觉胸口涩酸,不舍之情涌上心间,一时无法继续,只得轻咳几声,加以掩饰。

士兵们一愣:语柔姐感冒了!一路说,嗓子都哑了,快,别说了。

李语柔眼睛红润,无法控制的泪花盈在眶内。她抬起下颏,将美丽的双眸上扬,抑制住了泪水的滑落,狠狠心,关掉了耳麦,放出一首昂扬嘹亮的《国歌》:"起来,不愿做奴隶的人们,把我们的血肉……"

雄壮的《国歌》回荡在机舱内,士兵们随即跟着轻轻哼了起来……飞机的轮子也在歌声中轻轻触地,落在这块充满杀伐决斗的土地上。

李语柔第一次在自己的岗位上送客，将自己送哭了，哭掉一张餐巾纸。

她和十几个乘务员分两列站在舱门口，和下机的士兵道别。她们的嘴里不停地说着："再见，再见。"

一名比她小四五岁的士兵说："语柔姐，明年，当我们完成了维和任务，你们还来接我们吗？"

"一定！"李语柔握住了是士兵的手，"明年，希望你们部队完完整整地回来，所有人一个不少地回来，语柔姐和这里的姐妹们一定来接你们……"

话未说完，眶中的眼泪不争气地哗哗滚了下来。

当最后一名士兵跨出舱门时，哽咽的不止她一个，身后的姐妹们都是梨花带雨，泣成一片。一向性格坚毅的李语柔，想不到竟会如此。

等官兵们走远了，李语柔轻轻拭去脸上的泪痕。机长和副驾驶等多名机组成员已列在身后，默默注视着她们。

李语柔将头发往后一挽，对乘务组的姑娘们说："我们没有时间伤感了，去年来的维和部队已在机坪集合，半小时后登机。飞机将在上完客后直接返航。"

随即而来的地面商务一应俱全。有着良好外语能力的工作人员和贝鲁特机场方面进行对接。机组和乘务员不下飞机，脚不着地，待在机舱准备，等候回飞。

地面工人上来打扫卫生。部队乘客坐有坐姿，站有站相，没有乱扔一张废纸。工人们转了一圈，发现无活可干，很快下去了。

4

岁岁年年机相似，一去一回人不同。登上返程飞机的士兵，比去年过来时少了两名。

一年前，这些官兵来从事维和工作，一年以后轮换，但归国的总人数减了两名。几个月前，两名战士在巡逻时被横飞的流弹击中要害，英灵永远留在了这块土地上。

去年来这里时，战士们在座位上不停地翻看自己的照片，家人的照片。如今回去了，表情愉悦轻松。登机时，许多官兵手中高举着国旗、军旗，充满了复兴大国的自豪感。

回程的音乐也不一样。乘务组将登机乐换成了萨克斯管的《回家》。听着《回家》的音乐，进入温暖如春的客舱，官兵们热血沸腾，恍如隔世。

战士们的表情亲切而轻松，那种完成任务的轻松，回家的轻松，发自内心的轻松。

李语柔将一切看在眼里，来到服务区和罗兰姐商量。罗兰瞧她抿嘴乐的表情，说："一定想到什么奇点子了。"李语柔说："兰姐有什么想法？"罗兰眉毛一抬："回去的官兵相对放松，没有太多心理负担，机会难得，你们小姑娘和小伙子不趁机互动一下？""就等你这句话了。"李语柔朝她扮个鬼脸。

李语柔转而一想，又犯愁："如果客舱对歌，他们只会军旅歌曲，'雄赳赳，气昂昂，跨过鸭绿江'什么的，我们会的，他们不会，他们会的，我们不会。"

不料旁边的小雷、小王异口同声地说："进行曲我们也会，大学军训时练过，公司合唱团也排过，像《打靶归来》《解放军进行曲》……"

李语柔一拍前额："对，怎么把这茬忘了。"

罗兰媚笑道："再说，现在的士兵，不是以前的士兵了，打底高中毕业以上，还有部分是大学毕业生和在校的大学生。"

"我这就和他们领队的商量去。"李语柔兴冲冲地说。

来到带队的东少校旁。东少校往里边让了让，请她在空位上坐下。她说："少校，我们云燕组有个蓝天党小组，也择机在远程机上开展一些活动。今天，正巧为维和官兵服务，能不能两家一起，搞个军民共建空中党日活动?"

东少校环顾年轻的空姐们,惊讶地问:"你们,空乘,年轻女孩中,有几名党员?"

"看不起人了是不是?"李语柔自得地说,"两套机组,十多名乘务员,除了一人是优秀团员外,其余的清一色共产党员。"

"真的吗?"少校瞧着来来往往一群漂亮的莺莺燕燕,疑窦地问。

"军中无戏言。"李语柔说,"少校,今天,我们云燕蓝天党小组和维和部队党组织联合开展一次空中党日活动,主题是'铭记初心'声乐党课,不知军方是不是愿意'屈尊'下嫁,助我们完成心愿?"

接下来,李语柔详细介绍了蓝天党小组的情况,介绍了这次军民融合党建活动的初步设想。东少校三十六七岁,高大英挺,很有中国军人儒雅英武的特质,听了李语柔的建议,当即觉得是个奇思妙想,如果在完成任务归国的飞机上,和航空公司搞一次蓝天党建活动,的确是难得的创意。继而又想,"铭记初心"主题不错,但声乐党课,实际上是歌咏党课,这些歌的内容必须同党和军队的建设相关,她们这帮小丫头片子能唱那些老歌?会那些进行曲子?

"可是,我们部队齐唱的都是队列歌曲,行进曲,你们——"东少校为难地说。

"这个,少校就不用操心了。"李语柔粉舌轻吐,微弯着脑袋说。

少校哈哈了两声,道:"这个,那好,试试。"

征得东少校同意,李语柔和对方商定了歌唱的曲目。开始两曲《长征组歌》和《黄河大合唱》,由机上广播播放,乘务组准备的唱碟上就有现成。其他的曲目由部队官兵和乘务组合作。

《长征组歌》《黄河大合唱》起到了暖场的效果。播放过程中,许多战士已跟着轻轻哼唱,姑娘们也在一旁低咏,润着嗓子。两首名曲播完,舱内的年轻人已然心潮澎湃,豪迈激昂。

下面一首《英雄赞歌》,颂扬人民军队的,女声领唱,集体和声。

女方狂推罗兰出场。因这首歌被郭兰英等名家唱得太响，罗兰不敢应战："不行，太高，上不去。"小王说："没事的兰姐，只有你的音量高，顶一把就上去了。至于歌词么，我已查到，写在纸上了。"李语柔说："只有罗姐姐，才能压得住。"罗兰略作沉吟，只得说："你们这是赶鸭子上架！如果唱砸了，你们别恨我。""不恨，不怪。"

　　专、包机人员都从云燕示范组里选，除了工作技能、服务态度优良外，个人的颜值、才艺都要综合考虑，几乎每个人都有多把刷子，拉得出，打得响。罗兰嘴上说着"怕唱砸"，一旦开腔亮嗓，刚唱完"烽烟滚滚唱英雄"第一句，已博得官兵的阵阵掌声。罗兰倍受鼓舞，字正腔圆，举重若轻地一路将高音转了上去。跟着的是官兵们潮水般的和声："为什么战旗美如画，英雄的鲜血染红了它……"尽管没有专业合唱演员的嗓音和技巧，但声音齐整，充满激情，将一首赞歌演绎得淋漓尽致。罗兰容颜娇美，歌声脆亮，面带微笑，以三十出头的少妇形象，将一首《英雄赞歌》唱进了维和官兵的心田。

　　接下来为拉歌环节，男女队各出一歌。

　　女方十几名小空乘亮出一首《团结就是力量》。这是一首进行曲歌，要求步调一致，整齐有力。由空姐们唱来，不但铿金锵玉，还加入了特有的柔美之音，刚柔并济，别有一番韵味。少女如水，柔能克刚，水虽无形，但无孔不入，无坚不摧，水滴石穿。少女合唱的《团结》之歌，似一股无形的力量，将方方面面、角角落落的因素都囊括全了，收归到团结这个主题里。这次的空乘组合唱，小王、小雷、罗兰等人都参加过公司的业余合唱团，很多剧目都请市合唱团的专业张老师辅导过，唱出来的歌声果然不同凡响。一曲唱毕，连李语柔都怀疑，是不是预先排练过？

　　部队方面选出的是《长江之歌》。空姐们料不到对方会选这一首来唱。这歌不同于《打靶归来》《解放军进行曲》等队列歌曲，是一首长音多、拖音多、转弯多的抒情类歌曲。但当官兵们唱到一半时，罗兰、小雷等一帮参加过合唱团训练的女生已大跌眼镜，明白自己小瞧对方了。他们的歌声如长江之水，威猛雄壮，气势磅礴，又绵绵不绝，刚中有柔，柔中带刚，充满遐思与向往，将长江和祖国唱得大大方方，情真意切，爱意绵绵。罗兰她们有一点可能不了解，空乘们都受过高等教育，但现在的部队已不是小米加步枪的时代，现在的军人也不是只会扛枪冲锋的农民兄弟，大部分是有文化有情怀的年轻人。还有一点想不到的是，这首《长江之歌》，是这批维和官兵驻黎巴嫩期间专门排唱过的。

男、女队的拉歌互有千秋，伯仲之间，无有输家。

合唱之后换独唱。女方由小雷清唱《映山红》，男方由大学三年级入伍的战士唱老歌《血染的风采》，都是90后，唱上世纪七八十年代的老歌。小雷是江西瑞金人，唱起红军时期的《映山红》得心应手，她在小学、中学就学唱。

学生兵经过中东战火的洗礼，稚嫩中见成熟，一曲《血染的风采》更是身临其境，声情并茂，哀而不伤，沁人心脾。二人轮番上前，先后登台，唱得千回百折，荡气回肠，余音袅袅，回旋不绝。掌声响了又响，赞声不止。

接下来是罗兰提议的男女对唱《十五的月亮》，规定双方的领队出场。东少校练过七年武术，高大威猛，和娇柔的李语柔并排一站，气场早将她笼罩。

李语柔忙于飞行，业余生活除了每月去一二次舞场外，少有其他活动，男女对唱已是大学时代的回忆了。今天，在东少校强大气场的包围下，拿出浑身解数挥歌清唱。好在她天生一副好嗓子，朗诵、歌唱先天充足，歌喉一响，如莺舌百转，珠圆玉润，如泣如诉。作为领队，东少校被推上场已属不易，歌唱功夫欠缺，没啥技巧，硬是凭着强大的中气、顶真的态度，将一首本是男高音的歌硬生生顶了上去，倒也热烈奔放。

官兵们更多的注意力在李语柔这边。眼下，她是作为一个歌者，而不是一个表演节目的演员在歌唱，她是带着真挚的情和爱，从内心深处吐出的每一个音节，诵出的每一句歌词，整个曲子喉清韵雅，温柔缠绵，洋洋盈耳。一曲未终，已爆出雷鸣般的掌声。

气氛推向高潮。

罗兰沉醉不已,说:"军民合唱,如闻天籁。二位是不是牵一牵手,让我们拍个军民鱼水情深的剧照呀。"

"不。"李语柔眼圈微红,"这次飞行,是我和兰姐等姐妹入职以来最有意义的一次,如果少校不介意的话,让我和新时代最可爱的人拥抱一下,以示纪念,愿意拍照的不谢。"

"不介意。"士兵中有七八个人齐声代少校同意。

李语柔张开双臂,和少校轻轻一拥,做了个极优雅柔美的舞蹈动作,谢幕。

闪光灯闪了又闪。

李语柔说:"最后,压台戏,合唱《五星红旗迎风飘扬》。"

哗啦一下,士兵们全从座位上立起,双手垂立两侧。

"不可以,请坐下。"小雷叫着。

"没关系,刚才少校和语柔姐唱歌也站着。"一名战士恳切地说,"回国了,就让我们违反几分钟的规定,站着唱支《五星红旗》吧。"

"就开一次例。"李语柔拍板道。

罗兰起了个音,几百张嘴齐唱《五星红旗迎风飘扬》。十几个女生音量娇小,不管她们多么高亢清亮,很快淹没在二百多名战士巨浪般的男声合围中。这些从混乱中东的炮火中归来的官兵,对五星红旗又多了几分认识,歌声的每个音、每句话已深深扎进他们的心底。

最后,李语柔代表客舱部,向维和归来的官兵们赠送八套书籍《信仰的力量》。官兵们集体敬礼致谢。

东少校宣布"军民共建、蓝天歌声党日活动"到此结束。

忽一名战士轻轻说:"太有意思了,今天正好是我和小李的生日。"

"是吗?"罗兰问着,带头鼓掌,引爆众姐妹和官兵们的阵阵掌声。

小雷和小王以最快的速度制作了一个水果拼盘,并送上"云燕公仔"卡通作为礼物。

李语柔说:"两位兄弟,对不住,事先不晓得,飞机上没有蛋糕,我们云燕组以水果代蛋糕,为二位庆生,但一首《生日快乐》,是不会缺的。"

在罗兰的起音下,十几个空姐为两位生日的士兵开唱《生日快乐》,柔扬而真切。陆续有官兵跟着唱,后来加入的人越来越多,女声小合唱汇聚成了男女声混合唱。两位小战士心潮起伏,抑制不住内心的感动,泪流满面。

罗兰轻轻抹一把眼角的泪花,说:"今天,眼睛里总是辣……"

其中一战士说:"这是我最开心的一个生日,没有之一,就是唯一。语柔姐,你们的帽子很好看,能不能借我拍张照?"

李语柔说:"这个太没有问题了。你们的贝雷帽才神气呢,不如咱们互换一下,拍张集体照?"

小雷、小王几个纷纷将帽子摘下,和前排几位士兵交换蓝色的贝雷帽,咔嚓咔嚓拍了一组照片。

小雷问身旁一个士兵:"你们回国后会退役吗?"士兵说:"不同,有的会退役,有的还将继续服役,像我,还将服役。"小雷说:"还会有这种任务吗?""这类维和任务,虽然有风险,但不是所有战士都有这种荣幸的。如果需要,我会再次报名。"小雷跷起大拇指:"如果我当兵,也报名。"

飞机马上要下降高度,空乘们请大家回原位坐好,再逐个检查一遍,方在属于自己的位上坐下。小雷、小王等几位,想想和官兵相处的十个小时,马上就要分别了,这一别,有的也许有缘再见,有的可能一辈子也遇不上了。想到这,眼眶又不自觉地涌上滚烫的泪花,差点润湿拿在手心的那张纸巾。

5

贝鲁特回程后,李语柔能休两天,但她老说自己是个不能休息的命,总有事横出来找她。

"李语柔,明天有空么?"人力资源部秦副部长找她。

"有空,有空。"她没空,要休息,办点私事,但只能说有空。

人力资源部门找她帮忙,招聘空乘,请她做面试考官。她不能推,也无法推。唉,当个形象代言人还真麻烦,虚名累人。

在发达国家,民航运输已趋稳定,一些地区甚至出现萎缩。空中服务人员,除卡塔尔、阿联酋等土豪航空公司全球招聘、清一色的挑选绝色佳丽外,大部分发达国家的空乘年龄偏大,以空嫂或空婶为主体。国内则不同,有机队规模每年增长10%打底,衬托出航空人员相对紧缺。空乘行业激荡人心,除民航系几大院校外,部分非民航类院校也设有空乘专业,旅游类院校有,连某些妇女干部学校也招空乘学生,加上地方各大学的毕业生,可以直接参加社会招聘,三十年来,空乘似乎成了常青藤、香饽饽,成为持久不衰的朝阳行业。蓝天梦,成为许多少女心中的梦。

要求参加面试的人数众多,航空公司的面试标准提了又提,几乎到了苛刻刁难的地步。除了提供毕业证等必备硬件外,女性身高在1.62至1.72,男性身高在1.72至1.82间,矮不要,高也不收;手上和四肢没有较大伤疤,没有灰指甲,不带罗圈腿……

网络报名,淘汰相当比例后,开始面试。参加面试的人在外面排成长队,考官没有多少时间和耐心听每个人的详细介绍,只是几人一排的例行性集体面试,面上粗粗瞄一下,看看脸和条。

李语柔和其他几位面试官一起,几分钟草草看一排学生,几分钟面完一组学生,挑部分模样俏、表达能力优的学生留下,参加进一步的复试。她是过来人,参加面试是苦活,有的人会被试哭。

走。让你走几步,往前走几步,往后走几步,原地走几个圈,形体要协调,动作要舒展,不能拖手拖脚,不能高低不平。

李语柔和人力部的面试官看法有一定距离。她多年工作的体验,除了长相不能太差外,主要还是敬业肯干、反应灵活、善于吃苦。选空乘不是选美,不是选花朵,不能唯美,尽管她自己是个美人。

语言表达,每个人自我介绍两分钟。李语柔觉得也不能反映当事人真正的表达水平,因为每个人的自我介绍早就写好背熟了。

才艺表演。朗诵,舞蹈,唱歌。美声唱法、民族唱法。这倒能看出差异,在艺术细胞上的差异。

还有体现服务态度的行为。笑,要求笑两分钟。这更是要命,实在意义不大,这种装出来的笑,有用吗?航空服务中的笑得出自内心,并不是职业滋生出来的笑。但面试就这样,让你笑,连续笑下去,笑几分钟。笑着笑着,有人笑僵了,笑着笑着,有人笑到哭。

一天工作结束时,她的心口平添了几分塞。她对秦副部长说,面试面试,只能看个表面,是不是能做优秀乘务员,还得从工作中验证筛选。那位出了校门就进人力部、没有在基层待过一天的副部长嘿嘿干笑了几声,一脸的不以为然。

快到年底了,她这一段飞专、包机,一茬接一茬,人累得慌,开始掉头发,90后的都开始掉头发了。一年过得实在太快,左手才执春暖花开,右手已握寒风猎猎。她想申请休几天年假。她是优秀乘务长,这么多年来从没休过年假,今年真的想休几天,找个山水好点的静谧处懒上几天。

可是,这个想法有点奢侈,还得参加年度的乘务员复训,每年重复的资格培训,完了以后考试:机考和实操。

机考主要考理论,60分钟100题,包括机型设备、通用设备、应急措施、救生等等,数字方面要求零误差,其他方面不能有0.01的误差。

实际操作考试,心理素质弱一点的乘务员,紧张得手抽筋。内容主要是和工作息息相关的客舱准备和应急撤离。客舱准备的项目包罗万象,有舱内失火、失压、发动机遭鸟击中断起飞、机组失联等各类特殊情况。应急撤离,包括降在水上、陆上的有限时间和有准备的撤离。

李语柔完成了三天复训,最后一天竟被培训中心聘为临时空乘教员,对参加复训的其他空乘实操考核。她说实在没空,事多,人又累,但培训中心显得人手更紧,无论如何请她帮一天忙,又说了"你能力强,实际经验丰富"等一大堆戴高帽的话。她喟叹一声,不同意也得同意,只得又留一天。

对别人的考试全是闹心的活。乘务员考试标准高,严酷,类似铁面判官。一个应急撤离的题目出来,乘务员回答的每句话、每个字要和手册上完全一致,即使意思一样,文字不一致,也算错。这是做手册员工所要求的。

一个入职两年的小姑娘在说"穿救生衣、取下尖锐物品、防冲击姿势"时,由于紧张,咬错了两个字,意思是对的,被判为不合格。

小空乘快要哭了:"姐,如果考试不合格,我就得再参加一周的重复资格培训,和新乘一样,每门课都要重新来一遍。"

"我知道。"李语柔平静地说,"如果再不合格,更麻烦了。"

"姐,我绝不是捣糨糊的人,请求再来一遍,你要帮帮我。"说着,唰地流下两行清泪。

"我也想帮你,但这里有录音、录像,还有培训中心和人力部的其他人在,我帮你,谁帮我呢。"李语柔虽有恻隐之心,但只得爱莫能助地说,"妹妹,努力吧,加油!"

下班回到家,晚饭也没胃口,眼前还是那个小空乘满是哀求的表情,那张扭曲的娃娃脸上泪眼婆娑。

那个小空乘说:如果复试再不过,就得停飞,一停飞,月基本收入才两千多,咱是外地人,和人合租的房,过了年,机场新村的租金又要涨了,咋办?

我怎么知道咋办?那么多人想做空姐,当上了又怎样?光培训考试就考死你。复训,考核,每年的岗位大练兵、技能大赛、职业技能鉴定等级考试、应急设备考试、不定期的实训考试……人就像战车上的一个部件,战车在动,人就跟着高速运转,不停地滚。

趁着妈不注意,她往碗里狠狠地加了一勺辣。今天,口味吃重点。

6

隆冬腊月，北雁南飞。

李语柔终于得到机会，去远方休个年假。

近期，人像散架了一般，差不多到了得病的边缘，必须要休息几天了。她是空乘，该去的地方都去过了，休假，就想找个人少的地方，享个清静，发几天呆。

马累，她想到了马累。不如去马尔代夫看几天海，吃吃海鲜，晒晒太阳，看一本书。

"别去了。"客舱部的齐书记找她，"去奥克兰吧，那儿暖和，人也少。你去歇几天，一周后有个航班过去，你当乘务经理，顺便当班回来。"

齐书记是照顾她。去新西兰看看海、看看山，可以在那梦幻般的山水间多待几天，回程相当于工作了。

"领导照顾我。"她真的感激。

"这样，你可以少跑一趟，也省点费用。"

公私兼顾了，省下的那张机票，留给妈旅游用。

去奥克兰的航班，她难得当回旅客，享受别人的服务。不过，是本公司的航班，许多姐妹是认识的，有的即使没有搭过班，开会、培训、搞活动也可能照过面。现在，她坐在位上，享受姐妹们的端茶送水，太不习惯。才坐了一个多小时，她就来到服务台，和乘务组聊着，并帮她们准备餐食和饮料。几个姐妹连推带搡地将她归位，说："你难得当一回乘客，又没穿制服，怎么能干活？赶紧回座位去，也留点机会给咱们，为你暖心一次。"说得她不好意思，眼巴巴地回归乘客席。

到了新西兰，她还是发觉自己的想法错了，太天真。计划待六天，当住到第三天时，就憋得慌，一种身处异国他乡的孤寂。好山好水好凄凉。人是一种群聚类动物，在一起才温暖，才心安，即使相互不认识，人一多，看看也暖和。新西兰、澳大利亚这种地方，一共没几个人，不等天黑商店关门，鸟归笼，如果像她这样的年轻人在这里长期待下去，不是变傻子，就是得抑郁症。据资料介绍，生活在北欧、北美、英国、澳新等地的老年人，得抑郁症的概率特别高。

突然，丁佳音从天而降。

当同学、同事兼闺蜜的丁佳音出现在宾馆时，她瞪圆了眼珠，以为是在梦游。

"你不是飞欧洲了吗？怎么出现在奥克兰？"她一记粉拳打在对方的胸前。

"还不是怕你寂寞、落单，得孤独症，就飞过来了。"丁佳音风风火火地说，"先进房间，慢慢说。"

"快请进，请进，我只在这待了三天，快傻了呢。"

进到房间，丁佳音告诉她，正好有人调班，剩有几天假期，再不用，过元旦作废了，就赶紧过来，和她一起跨个阳历年。

"咱们单身对单身，一起跨年，有劲。唉，那个，可紧张了，没有位，还是候补的票。"丁佳音衣着鲜亮，神气活现。

李语柔开心地说："你不来，我都快闷死了。这个破地方，来旅游几天，拍拍风景照还马马虎虎，真要生活在这儿，不疯才怪。"

"还有，这里女人多，男人少，阴盛阳衰。"丁佳音得意地说，"所以么，我才不顾一切地飞来陪你这个小清新。"

"感谢死你了，佳音。"心中却想：可惜你也是个女的，不更阴盛阳衰啦？

"客气话少来！搞得咱俩跟同性恋似的。"丁佳音说，"今日元旦，晚上我请你吃饭。"

"当然是我请，你不远万里来陪我，当然得我请。而且，我先到，先入为主，就是主人，也算尽地主之谊。"

"说不过你，谁请都一样。晚上咱俩吃辣，喝红酒，举杯齐眉，难得一醉。"离开工作岗位的丁佳音浑身轻松，手舞足蹈地说。

"太同意了。"

当晚，两人点了牛排、海鲜，打开一瓶红酒，对半分。

谈到维和部队的那次包机，丁佳音艳羡地说："去贝鲁特那单活，客舱部说要表彰你和乘务组。"

"用不着。"和她轻轻碰杯，"我是工作，不是求表彰。"

"可上面要表扬。谁让你是领队，又是形象代言人呢。"

"真的不用，我恐惧表扬。"李语柔浅抿一口，"我找领导说去。"

丁佳音翻了几下微信，找出一张照片："蓝天党日活动很有创意，有颜值，有情怀，有文化。瞧，你和东少校款款拥抱，惊艳四方。"

"军民情深。"李语柔说，"只有拥，没有抱，接触一下衣服而已。"

丁佳音左看右看："照片还是蛮帅的，美女，军人。"

丁佳音忽然说："这么多迷彩服、贝雷帽，太神气了。嗳，有对方的联系方式吗？"

"有少校的微信，也有几个战士加我，我都同意了。"

"不愧是公司形象代言人。"

"不过，说真的。"李语柔放下杯子，表情变得肃然，"我国太需要强军了，如果没有一支和国力相般配的军队，国内国外这一大摊子，谁来照顾？当年宋朝和清朝富甲天下，但是军备废弛，最后怎么样？"

"国灭家崩！"丁佳音替她回答。

"如果有一天真的开战，空军运输机之类需要招聘工作人员，我肯定报名。"

"想当花木兰？"

"特想当。"

"那你不如找个军官嫁了，像那少校。"

"说什么呢，人家孩子都能打酱油了。"

丁佳音忽然想到，她的心可能在兰晓天那儿，赶忙住嘴，但不知兰晓天那小子怎么想的。这种事，一头不热。

李语柔给自己和对方添上酒，端起酒杯说："这次来度假，发呆，不谈男人。"

丁佳音一口干完。"今晚难得放下，共求一醉。"

李语柔和丁佳音在南岛和北岛晃悠了几天，显得松弛又开心。这是李语柔从业以来最为"奢靡"的一次休息。三天以后，又将重新回到飞人的岗位。

7

公司的航班已落地了，国内的机组和乘务员在此休息。李语柔、丁佳音作为工作人员，登上班机，开始回程的工作。

"语柔姐，又遇见你，太高兴了。"上次去贝鲁特的小雷也在机上，很突然。

"怎么有你？太巧了。"李语柔两眼发光。

"也不知道，是电脑排的班，摇号抽奖似的，有缘的就会在一起。"小雷蹦蹦跳跳地说。

"可是，你有任务了。"李语柔指着单子上的名字说，"一个印度盲人，去中国，需要我们特殊服务。语柔姐想请你去。"

小雷说："这活我干过，登机的时候我会去候机厅桥口，先将那人引导过来。"

"还有一位轮椅旅客，也安排他们第一批登机。"李语柔说。

"我去吧。"丁佳音主动说，"我负责轮椅客，小雷负责引导盲人，特殊客人安排优先登机。"

忽然，一向甜美活泼的小雷脸色阴黯了下来："那个……"

李语柔以为她不太愿意去牵引印度盲人。实在不想去，可以调换别人么。不料小雷说："前天刚去看过小王，情况不乐观。"

李语柔的脑子"嗡"地一响。这周她在新西兰休假,但通过手机微信也晓得,上次和她一块运送维和部队、往返贝鲁特的乘务员小王生病住院。因为离得远,不了解具体情况。

小雷说:小王在前几天飞国内航班时,突发脑溢血,送去医院救治。经过医生会诊,情况蛮严重,飞是肯定不能飞了,可能,可能得瘫在床上。丁佳音悲怆地说:小王年纪这么轻,怎么会得这种病?小雷说:现在天气变了,世界变了,啥都变了,应该是七八十岁老人得的病,二十多岁的小姑娘也……小王是陕北人,家在县城,条件不太好,客舱部正准备捐款,七八千空乘,每人二十元,也不少。

李语柔的心刹那间被掏空了一般。人生无常,物是人非,柔肠一寸愁千缕。半个月前还一起飞中东,还在机上军民对歌,怎么一下就……她沮丧地说:"我上个月飞得多,就将全月的飞行小时费全部捐给她。虽然钱不能解决问题,只能表表心意,当作安慰安慰我自己了。"

"语柔姐,那也是你的辛苦钱。"小雷说。

离旅客登机的时间近了,李语柔对小雷说:"你心情不好,那个印度盲人,我去引导。"

"不,我去。"小雷已抢着走到了前面。

小雷来到登机口,工作人员将盲人交给她。小雷将印度盲人的手搭在自己的手上,带着他一步一步往客舱里走,帮他找到座位,坐好,又帮他确认了随身携带的行李数目,放在他座位上方的行李架上。

小雷从业以来做过多次特种服务。盲人上机后,并未就此结束,更多的工作得配套跟上。餐食要优先发放——印度人还得印度餐——有些东西他们不吃。餐盒送上后,先让他用手摸一下,说明包装完整,没有打开过。盲人乘客,自己看不见,得喂他吃,将本身就不大的面包,一条一条撕下来塞进他的嘴里。等他用完餐,还得派一名男性工作人员,每半小时询问他一次,需不需要去卫生间?如果需要,陪他去陪他回。

半小时后,所有乘客都登上了飞机,舱门已关闭,马上要推出滑行了。

小雷将这位盲人旅客头上的顶灯关灭。离开时,跟旁边的两位客人打过招呼:"先生,如果这位旅客有需要,麻烦帮他按个铃,马上会有乘务员过来,多谢。"

小雷不会忘记,对这位旅客,她将一条龙服务,头一个上机,最后一个送下机,千万不能走散了。

8

飞机升空平飞后,到了餐点。

小雷服侍这位盲人吃饭。他今天不吃面包,小雷只好端来米饭,蹲着,用勺子一口一口喂他,吃完餐,用餐巾纸帮他擦嘴。一顿饭,差不多花了她半个钟头。

"喝水。"印度人用不太利索的英文说。小雷拿了矿泉水和橙汁。"要可乐。"他说。又去换可乐。前后跑了四趟。她从过道走过,也有其他旅客请她送茶送咖啡,她都逐一响应。累到小腿肚转筋,不得不去服务台,悄悄做了几个压腿的动作,不管用,又让乘务员小齐帮着压。两人弯着脑袋,相互做了个怪脸。

供完餐,李语柔和丁佳音巡视前舱后舱,巡视完毕该点个逗号,歇歇脚了。她们真的也腰酸背痛,旅客们可能以为她们年轻,不会。

一位旅客叫住了她,仔细地瞧了瞧她的胸牌说:"李小姐。""您好,请问先生有什么需要?"李语柔微笑道。

这位旅客用典型的广东话夸了一番她的笑容,然后,慢悠悠地说:"刚才,向你们另一位小姐要了杯咖啡,她端来咖啡时可没你这样的笑容。"

李语柔恍然,这位客人说的可能是小雷。她向客人道过歉,来到服务台。对小雷说:"刚才给过道口的旅客送过一杯咖啡?"

"是的。"

"晓得你累,印度盲人全靠你张罗,尾椎骨都疼了,让小齐帮你压腿,可我不能对人说这些,对不?"李语柔说。

"怎么啦,语柔姐?"

"小雷你累得无笑容,我理解,可这位客人的服务是你做的,就因为差个笑容,人家将表扬送给了我。"

"语柔姐一笑,当然是六宫粉黛无颜色了。"

李语柔五指握拢:"少给我贫!给那位客人再送杯咖啡过去,记得,露个笑脸哦。"

小雷重新端杯咖啡,送到那位客人面前,嫣然一笑。果然,那客人受到了感动,弓起身来,回个鞠躬,连说:"好,好,谢谢。"

突然,商务舱工作区的小齐慌慌张张跑过来,仓皇地说:"一位七十多岁的老人发了急病,好像……不行了。"

"什么叫不行了?"李语柔一怔,迫不及待地说,"快,去看看。"

是位中国老人,从国外旅游回国,因身体不好,儿子帮他买了商务舱机票。坐着坐着,老人心口堵得慌,自己服了保心丸,不管用,头上一个劲地冒汗,气喘不畅,慢慢躺了下去,说不出话来。

李语柔满世界地飞,遇到空中突发疾病的多了,根据经验,断定老人得了急病。她弯下腰去,凑近老人的耳根说:"老伯,我问一下,您有没有病史?不用回答,只要点头或摇头就可以。"老人痛苦地点点头。一瞧架势,她已估计了个七八分,乘务员培训,对易发的主要病症的症状都讲过,考过。她问:"哪里不舒服,是心脏吗?"老人点头。"还有什么地方,肝部?"对方摇头。"胃部?"又摇头。"肺部?"对方点头。她说:"您不用担心,先躺着,我们马上想办法。"

她先让小齐照顾着,快步来到广播处,大声广播道:"请问乘客中有没有医生?有位老先生突发急病,胸部呼吸困难,情况严重,需要帮助。"广播了三遍,无人应答。根据以往经历,航班上大部分时间有医护人员,医生或护士,但也有没有的,不一定回回有。如果机上有医务工作者,绝大多数人愿意站出来帮助诊断,提出建议。可是,今天例外,没有。

乘务员们脸上阴云密布,惴惴不安。李语柔立马和机长商议。贾机长进退维谷,着难地说:"路上还有一个多小时路程,但我们在海上,附近没有备降场,不可能降落,只能往目的地赶了。"

贾机长说的是唯一的选项,海上难以备降,路上要靠乘务组想办法,保证老人挺过去。

回到病人处,仔细察看病况。老人呼吸越来越困难,气若游丝,虽然平躺着,但只有出的气,少有进的气了。

"不好,如果不上手段,情况会恶化,极有可能熬不到医院。"

李语柔想着,将几个乘务员紧急召集在一起,再细微观察。更糟了,她的纤手还没触到对方的脉搏,老人头一斜,已晕了过去。顿时,几个姑娘花容失色。

李语柔连喊两声:"老伯,老伯。"对方浑然不觉,没有半点反应。她右手把他脉搏,感觉不出有节奏的跳跃。又用手在他瞳孔上方晃了几晃,对方亦无反应。再用耳朵贴在他嘴边,听他呼吸,这次,连游丝一般的气息都捕捉不到了。

李语柔对身后一排乘务员说:"老先生已休克,情况万分危急。"

小齐颤声道:"语柔姐……"

小雷惴惴地说:"这个,我们也得管?"

"一切皆服务。"李语柔果断地说,"大家已经清楚发生了什么事,贾机长也将实情说了,我们在海上,没有可以紧急备降的地方,只有华山一条路,飞回国内去。但路上还有一个来小时,人命关天,必须进行人工救助。应急抢救,我们干乘务的,在学校、在每年的复训中都学过,想不到真要派上用场了。"

旁边一旅客嘀咕了一句:"这么个年纪,晓得自己有病,还出来。"

另一旅客埋汰道:"自己不识相,害得这帮姑娘们……麻烦!"

李语柔对他们说:"请别说了,他自己也不想那样子。"

李语柔转过头来,满脸肃穆地对她们说:"情况比我们想象的要严重,根据老人的情况，这一个来小时，我们必须为他进行补气，也就是说人工呼吸，也就是说，要进行……嘴和嘴的吹气。"

李语柔平时笑靥如花，今天变脸，陡地严厉起来，有点吓人。她说："我要说，现在，我们不是空乘，也不是女人，而是医务工作者，我们面前的老人也不是男人，是病人，是垂危病人，医务人员和病人之间是不分男女的。"

说完，她的目光朝丁佳音扫了过去。丁佳音神情飘忽，不自然地垂下眼帘。

又扫到小齐，这个舱位是她的辖区。小齐瞧瞧老人嘴边吐出的白沫，不由自主地往后退了小半步。

又扫到小雷。小雷紧张地将双手环到背后："我……我……"说不下去了。对方毕竟是年过七旬的老头，自己还是黄花大闺女。

"眼下，客舱中没有医生和护士，一般旅客没有经过训练，帮不上忙。现在，没有男女'授受不亲'之类的讲头了，我们都成了白衣使者，要救人，但是有一点可以放心，老人得的是心脏病，不是传染病。"李语柔顿了一顿，低沉地说，"是的，我是乘务长，是乘务经理，也是公司形象代言人之一，去过世界许多地方，可以说是走南闯北，和各种人打过交道，但我坦白地说，至今没有男朋友，更没有和男的有过什么、耳鬓厮磨……大家都懂的。这人工补气，培训课中训练过，各位应该门清路熟，现在，我领头，为老人补气，但我一个人坚持不了那么久，需要团队合作，多人接力，姐妹们一起帮他渡过难关。"

说完，她用餐巾纸擦去涂在嘴上的口红，又在老人的嘴边轻轻一抹，放上张小小的工作纸，嘴巴便紧紧地贴上了老人的嘴，"噗噗"地向老人的嘴中吹气。她吹几口气，让另一名乘务员在他的胸口按几下，吹几口气，按几下，一共进行了五个循环。

李语柔气喘吁吁地立起，往后退一步，瞅了丁佳音一眼。

有李语柔示范，丁佳音咬咬牙关，暗下决心：老娘今天不是女人，是医生！她将老人的下颔轻轻往上抬了抬，双眼一闭，朝他的嘴唇吻了下去,使出浑身解数,呼啦呼啦地往里补气。等她吹了两个循环后,老人的肠胃"咕噜"响了几声。忽然,一股刺鼻的酸味,恶上心来,她实在憋不住,哗啦一下呕吐了出来。事到如今,她不便认输,用纸巾擦擦满嘴的唾沫,再次将嘴对了上去,又呼呼地吹了三个循环。

在丁佳音看来,这几分钟的干活,既紧张又不安,比一天的客舱服务还耗神耗力,几个循环下来,后背尽湿,额头沁满汗珠。

见李语柔、丁佳音等大美人都上去了,小齐"我……我……"了两声,也上去吹了五个循环。

小雷先是悄悄跺了跺脚,又来回搓了搓手,脸色煞白,内心斗争不已,终于想明白了:人工吹气,今天就当牺牲一回,又怎么样?用湿纸巾将老人的唇和舌轻轻擦拭,突然扑了上去,一口气用力吹下去,放松,吸气,又一口气吹进去。她停了停,将自己口中的唾沫轻轻吐在旁边的垃圾袋里,接着再吹,如此反复了多次。

忽然,老人轻轻咳了一声,呼吸微弱恢复。众人如释重负,欣喜不已。功夫终于没有白费。

"补气还得继续,直到安全降落,送上地面救护车。"李语柔说。

众姑娘齐齐点头。

李语柔说毕,又俯下身去,开始她新一轮的补气。她吹完,依次是丁佳音、小齐、小雷……十多个姑娘轮番上阵,接力着为老人补气,基本维持到航班平稳落地。

等地面的救护车将人接走,丁佳音在洗手间将脸洗了又洗,牙刷了又刷。步出机舱时,对李语柔说:"看,这新年过的,这假期休的……"

李语柔挽住她的手臂,温柔地说:"不是特有意思么?人人当了回白衣天使。"

"嘿嘿,太有意思了。"丁佳音揶揄道。

"救人一命,胜造七级浮屠。"她白了她一眼,拖着软绵绵的脚步说,"阿拉积德了,不是吗?"

第八章　生死通道

1

　　快过年了，罗兰、葛尖、戈晖等几个管制员相约去沈梦纱处串个门。

　　白雪梅提出也拉上兰晓天吧，毕竟是校友。葛尖不接口，戈晖年轻，不便说什么。罗兰蛮坚持。葛尖说，不如喊马化讯，都是管制员。在葛尖眼里，马化讯是区管英才，要多联络，上次生日家宴没喊他有些愧疚。白雪梅摇头，当然兰晓天去好，马化讯有点拽，沈梦纱未必会喜欢。葛尖问，你是不是想撮合梦纱和兰晓天？这小子老大不小了，后面这么多空姐空妹，有的还是国际级的，何必单恋空管一枝花？又说，老是拖着不结婚，是不是要熬到四十岁？白雪梅说，我哪晓得？反正我喊兰晓天，晓天脾气好，在一起闹猛。葛尖好男不跟女争，就由她叫上了兰晓天。

　　去的时候，兰晓天抱了一大把鲜花。戈晖说："鲜花攻势，想收买梦姐？"兰晓天说："不是玫瑰花，是一般的花。"白雪梅朝他笑笑。葛尖表情淡然，耸耸肩膀，最后一个进门。

　　尽管是出租屋，照样被沈梦纱拾掇得清清爽爽。地板光可鉴人，连一块头皮屑都找不出。

　　"不用换鞋，各位请进。"沈梦纱招呼道。

谁也不忍踩踏下去。沈梦纱只得拿出拖鞋或鞋套，大家分别穿上。

瞥见书架上的《资治通鉴》和《史记》。戈晖说："梦姐真有学问，司马光、司马迁的两部大书，对我来说就是天书。"

兰晓天说："至少比当代的许多作品好许多。"

戈晖哈哈一笑："梦姐放个屁，你兰机长闻着也是香的。"

葛尖说："不过，现在有的书的确让人厌，既无娱乐性，更无激励性。"

兰晓天说："葛老师境界就是高。现代有的文学作品自命清高，实际是阴沟里找读者，写给死人看的，满是无病呻吟，读过以后脑子一片糨糊，这可能就是某些人要追求的效果。"

戈晖抬杠道："这就是艺术，一般人不懂。"

兰晓天说："真不如微信文学，虽然内容不咋地，但至少可以娱乐。"

白雪梅说："还是晓天领市面。"

"嘿，读网络书，层次不高。"戈晖说。

沈梦纱说："这可能是大众市场和小众市场的区别，纯文学显得固执，不理会时代的变迁，似乎在走去大众化的路子，正好给网络小子有机可乘。是传播媒介改变了行业，现在大部分人的日常行为都移往互联网，方便的网络倒是在恢复人们的阅读梦和写作梦。"

"消停点，别跟他们谈什么书的事了，反正现在我不看书也不读报，觉得没啥好看。"白雪梅把沈梦纱拉到跟前，端详道，"梦美人，你这张近乎魅惑的脸，连我都要嫉妒了。"

"白姐，几个大男人在，说得我脸红。"

兰晓天说："马上要过年了，回老家吗？"

"哪能呢？人手这么紧，不是上班，就是加班。管制员外地人多，都想回家，春运又是交通业最忙的季节，有名额也让那些拖家带口的先回了。"沈梦纱说。

葛尖道："能回就回去下，哪怕一两天，毕竟父母在。你的班，我顶。"

白雪梅说："你们两口子，双民航，一个天上，一个地面，本身就够忙乎的。"

沈梦纱接口道:"要替班也不请师傅了。"

"不是我客气,跟我真不用客气。"葛尖说,"我值班,她飞,也挺好,每周见两次面是没有问题的。但春节、国庆不一样,她加班,我加班,估计十天能见上一回。有时我下班,她刚出门。干管制的,有一个好处,至少我能看到她的飞机飞出去和飞回来。"

兰晓天说:"比我们有些双飞家庭幸福,忙起来夫妻两个礼拜不碰头,有时在候机楼隔着玻璃照面,一个拖着行李箱下机,另一个拉着行李箱出发,相互挥下手,不带走一片云彩。"

沈梦纱说:"这样子,倒也蛮有诗意的。"

聊了些其他话题,兰晓天说:"晚上我请大家吃饭,也算年前小聚。"

白雪梅举手道:"同意,唯有美食与爱,不可辜负。还有,这个,莫负流年莫负今朝。"

沈梦纱说:"不成,来我家,要吃饭也由我做东。"

"成。空、地血火情谊,你请,我付单,否则会被人说飞行员太没腔调,我也会更加瞧不起自己。"兰晓天说。

戈晖大声道:"严重同意,没半毛钱的意见!"

2

前天,满鬓风霜的葛尖参加本市的马拉松长跑,完成全程 42 公里的赛程,跨入前一千名,兴奋得手舞足蹈,上班进入管制大厅,还觉得神清气爽,对谁都笑着点头。席位上的许多年轻管制员,受到感染,也清新自然,精气神十足。

"眨眼,雷达眨眼!"有管制员叫道。

好心情陡地荡然无存。葛尖一瞧,屏幕上无数小圆点一闪一闪,有时消失一秒,有时消失三秒。这种情况以前也出现过,怎么历史又重现? 管制员就是靠雷达显示屏上的目标指挥的,如果目标消失,相当于管制员的眼睛瞎了,看不见目标,怎么指挥? 虽然这次雷达"眨眼"只持续了几秒钟,但如果再出现,或一直出现,丢失的目标不再恢复了,那就是"失联"。马航 MH370 就是失联,最后不见了。

"马上打电话给技术保障部门,怎么回事?"葛尖冷着脸对沈梦纱说。

"我还是过去一下吧。"她说。

"要去快去。"他催着。

沈梦纱摘下耳麦,跟旁边另一管制员交代了几句,蹬蹬蹬来到大厅边上的设备监控席。这么多设备在,技术保障中心专门有人在大厅值守。

"咋回事,张工,又出现掉点了。"

设备工程师张先贵满头大汗,穿着衬衣在检查设备。空调打太足了?大家都在大厅工作,也不至于热成这样。是急出的汗。

"是的,共出现三次掉点,目标信号消失,出现,再消失,再恢复,最长一次掉点 39 秒。"张先贵擦把脸上的汗珠,喘息着说。

"咱可是靠设备吃饭,天上这么多飞机,万一自动化设备系统瘫了,怕要彻底玩完。"沈梦纱美眉微蹙,满脸严肃地说,"大年已过,接下来要保障首脑峰会、全国'两会',设备出现这种情况,和当前的气氛太不和谐了。"

"不会,不会,设备不可能瘫,除了主用设备,还有备份,还有应急系统,一旦遇紧急情况,会自动切换。"

"那今天的掉点,是啥原因?"她紧追不舍。

"这个,据初步查证,应该是无线干扰,有某个无线电信号的频率和雷达的频率一致,或者非常接近,就产生了干扰。"

"打算怎么办?"

"查证起来比较复杂。"张先贵像受到审讯的犯人,一个劲地擦汗,"已和地方无线电管委会联系了,查证信号源,立即取缔。"

沈梦纱杏眼微眯:"最近邪门,设备故障多起来了,每个月都有次把,有时假目标,有时丢点,有时目标分裂,有时候参数不全,是不是'欧洲猫'

系统老化了,不中用了?"

欧洲猫是自动化处理系统,能将几十部雷达的信号收集起来,统一处理。这套系统本世纪初从澳大利亚进口,是有些年头了。

"这个,人,有时会生病。机器也一个道理,使用时间一长,不出故障才怪。"张先贵使劲往上推了推眼镜。

"谁让你们迷信外国货?现在吃苦头了吧。"

"不过,二十年前,国内空管设备技术还不过关,都买外面的。"

"买外国货,可以借机公款出国,谁不知道你们那点心思?"沈梦纱嘿嘿一笑,"此一时彼一时,现在情况不同了,咱民航二所,十四所、二十八所的设备不都上来了吗?"

"是,是,现在可以替代了。"

管制员沈梦纱走远了,张先贵还立着发呆。管制员在一线指挥,好像飞出去的子弹,安全责任自然大,但"二线"的设备部门也越来越难干了,收入没管制员高,出了故障,还要受他们白眼,受他们责难。适才,自己一个堂堂交大研究生毕业的高工,被一个小十几岁的民航大出来的小姑娘奚落、挤兑了一顿。嘿,搞设备的技术含量不比管制高?你们南航大、民航大、飞行学院毕业,咱交大、复旦、南大、浙大毕业,哪几块牌子更响亮?

刚才沈梦纱的话言犹在耳:"上个月值班,还出现过假目标、假信号。在航线以外,一个不可能出现飞机的地方出现了目标,平白无故多了一架飞机出来,我认为不可能,是军机也不可能,经核实,才知道是雷达造出来的假飞机。"

张先贵赶忙解释:"有利就有弊。为了防止今天'丢点'等情况的出现,采用大规模雷达的多重覆盖来纠错;也就是说,一架飞机在天上飞,至少有两部或两部以上的雷达能同时看见,相互纠正差错,将最优的信号提供上来。"

张先贵说:"现在用的二次雷达,采用应答的方式,地面发出一个信号,飞机收到后,回过来一个信号。但同一个信号有时直线传播,有时经过山脉等地形的折射、反射,会有多个信号出现,有的信号真,有的信号假,真真假假混在一起,好在雷达本身具有判别真假的能力,不过这种能力不是百分之百的,智能也会出错。多雷达部署后,'掉点'等目标丢失的可能性减少,但出现假目标的概率增加了。"

"难道就没辙了?"

"有矛就有盾,办法总是有的。"他说,"根据数据累积,在自动化系统里,将固定位置出现的假目标屏蔽掉。"

"有盾就有矛,但上次还是出现了。"她无可奈何地说。

"这还得依靠人工调查、核实,才能处理掉。"

"嘿嘿,你们搞设备的呀……"

3

张先贵昨晚做了个梦,梦见自己掉进冰窟窿里。今天上班,果然设备就故障,还被沈梦纱有意无意地"剋"了一番。转头一思量,人家说的也有道理,进口设备渐渐老化,最近故障真的有点多,该升级换代了。

去年下半年,还出现过目标(回波)分裂故障。

自动化系统是大集成,为了多加保险,同一部雷达收到的数据通过四条路径传过来,三条地面链路,一条空中路线,多通道备份。此外,系统还引接了飞行计划、场压信息、气象雷达云图等数据。由于集成的信息过多,某一个关键节点出现问题,比如几路雷达信号传输过程中,一路正常,一路慢了,就会出现目标分裂,信息重影——一架飞机看上去变成了两架。这种现象有时出现在一两个点,有时出现一大片。

那次,出现重影后,他和值班技术人员在管制员的催促下,快速检测出其中一条通信链路出了问题,果断地将这条链路剔除出去。当晚,张高工他们花了一个通宵,排查出故障点,进行了修复。

干技术保障工作以来,张先贵一天二十四小时不敢关机,晚上睡觉已经有了心理障碍，一有值班电话进来，吓得魂飞魄散，立马穿衣下床，准备奔赴单位。有几次，明明是一般的小事，来通报一声，也影响整个晚上的睡眠，怕接下来又会出什么"黑天鹅"。干的时间久了，神经衰弱，身心始终处在紧张的"待命状态"。

做技术的，最怕故障，设备故障无小事。表面看比管制员轻松，其实不然，待遇不高，操心不少，难怪有不少名牌院校毕业，搞编程、搞通信的，进来又辞职出去了，有的去搞原创研发，有的去创业了。

那个小姑娘又风风火火走过来。

张先贵大气不敢出，想起那句糟心的话：故障多了起来。完了，像阴影一样的她过来，必无好事。

"这回更严重，没方向了。"她指着他面前的屏幕说，"你们可能没发现，数据不全。"

张先贵汗毛直立，刷地用鼠标点开航班信息。粗看一切正常，放大了才发现，围绕那个小圆点的文字信息少了一条。原本，代表一架飞机的小圆点旁，有飞机的机型、方位、高度、航班号等一排参数，今天，航班号居然没有了。这很严重，好比看到广场上一群人，但不知道他们是谁。

"这活怎么干？没有名字的航班，怎么移交出去？"她语气并不严厉，但几个问号太有杀伤力，犹如响在头上的霹雳。

他屏住呼吸，抓住鼠标的手一动也不敢动，只听到自己的一颗心突突突地狂跳，似乎要碎裂般的疼痛。他的脸上火辣辣地烧，好像刚被她抽了几记耳光。

屏气敛息了十秒钟，他从惊愕失色的状态中镇定下来："是飞行计划服务器坏了，所以丢了航班代码。"

"怎么办？"沈梦纱说，"我们已对外发布了流量控制，不再接收飞机。"

"对不起，对不起，马上切换到备份系统。"张先贵的意思，主用系统的飞行计划服务器损坏，就改用备份系统的服务器。

"我也想说对不起，可跟谁说去?"沈梦纱说。

"张工，需要多少时间? 流量控制一发布，会影响到全国的飞行，挨骂娘的是我们管制员。"

"最多几分钟时间。"

"几分钟?"

"马上。"

话未说完，张先贵动如脱兔，立马和几名技术人员切换设备。备份系统是国内二十八所研发的民航产品，名曰"牧羊人2000"，是澳大利亚"欧洲猫"的备份，经多次测试过，性能稳定。

三分钟后，"牧羊人"开始工作，雷达屏幕上的航班号重新显现。流量控制的警报解除，在附近几条航路上被拉大间隔的航班迫不及待地又将间隔缩小。机场继续接收航班。

望着她回去的苗条背影，他才发现自己的手心满是冷汗。

管制室的工作步入正常，但张先贵的心揪得更紧，周围的空气都凝固了。工作台上的电话嘟嘟地响个不停，中心的、职能部门的，都打电话来追问：刚才怎么回事? 马上弄清原因上报。依规定，发生故障，影响了飞行，需要层层上报。

他请旁边的同事将情况简要上报，自己要火速排查主用设备的故障原因，及早修复。现在工作的毕竟是备份设备，主设备躺着，他怎么坐得住，连站着都要双脚颤抖。

电话又不识时务地响起。值班员捂着话筒，对他说："张工，是总值班领导的电话。"他只得接起。

"修复故障需要多久?"值班领导单刀直入。

"在会诊，尽快修复。"他颤巍巍地回答。

"到底需要多少时间?"

"这个……"他也估摸不出到底需要多久，也许两小时，也许两天。

"抓紧，当天必须修复。"对方"啪"地一下挂断了。

4

沈梦纱回到席位,和葛尖谈起自动化设备的故障,说:"刚才对张先贵说的话有点重,担心他有心理负担。"

葛尖说:"你不说,他也有负担。设备出现故障,影响管制对外发了流控,心理负担能轻得了?"

"班后准备过去表个歉意。"她略微汗颜地说,"想想他们也不容易,压力不比我们小,收入却相差不小。"

"明白就好,人要知足,待遇上往下比。"葛尖说,"打招呼不忙在一时半会,过一两天也不迟,估计这会他们正在忙点,不便打扰。"

在张先贵他们穷忙的当儿,负责塔台起降的戈晖也忙得团团转。设备故障引发的流控,将一批飞机锁在了机坪,现在苦了,得将它们逐一疏导出去。

"这么多航班没放出去,人为造成的。"休息时,戈晖哇哇大叫。这会,又轮到他换班上阵了。

他对这个机场的结构一直吐槽。二十年前,国内的设计团队经验不足,技术欠缺,大型机场设计都请国外人,现在看来,当年的"洋务运动"既不科学,又不实惠,三四根跑道的枢纽机场,才中间一条联络道,不知当年的老外怎么想的。

一天几百个航班的时候还能勉强应付,眼下每天一千多个航班,大量飞机需要穿越跑道,中间一根"独木桥"怎么能够承受? 每当看到这一幕,戈晖就感到有种受了人家暗算的屈辱。

"塔台,能不能请滑行过联络道的飞机先停一停,放一些车辆过去?"

机场现场指挥处的哈主管打来电话。

"什么? 你脑袋没高烧吗? 让飞机停下来,让车辆先过去?"戈晖冷笑道,"我见识短,倒是头一回听说。"

"对不住，兄弟。"哈主管扭捏地说，"应该塔台指挥我们，让我们走就走，让停就停，但这次遇到麻烦，由于一直有飞机过联络道，已经有七十多辆地面车辆被塞在两旁，过不去，万不得已，请求塔台能不能放些地面车辆过一过？"

"啊？"听说有七十多辆车被堵在联络道两旁，戈晖瞪目哆口，立起身来瞥了眼远处的场景。果然，多架飞机排着队通过"独木桥"，而在两端，黑压压像蚂蚁一样的车辆趴在地上，一动不动。他在心里又把场道的设计者叱骂了一通：什么他妈的浪漫主义设计！

"兄弟，您在听么？"哈主管又哀求起来，"地面的车辆有运送旅客的摆渡车、送餐车、加油车、行李车等等，如果车辆过不去，保障没做完，飞机也走不了呀。"

"你要挟我。"想不客气地将他怼回去，而看到眼下的场面，心肠软了下来。由于跑道、联络道、候机楼停机位设计不合理，平均每架飞机需要滑行 25 分钟，极端的要滑 50 分钟，时间浪费太可惜了。指挥处说得不错，许多配套工作车不到位，飞机也走不了。嗨，混乱的场景。

"等这架飞机滑过，放些车辆过，但要抓紧，给你八分钟！"戈晖冷冷地说。

"多谢老大。"对方千恩万谢地挂下电话，一个劲地催促各类车辆通过，不要有一秒钟的耽搁。

七八十辆车可不是小数字，机坪和联络道又不是高速路，对车辆有速度限制。过了不到一半，戈晖那头发来指令：车辆停，让飞机通过。

哈主管挠头抓耳，跺跺脚："我的妈呀，才过了几辆啊！"捡起电话，带着哭腔道："老大，再放一阵吧？"

"谁是老大？注意用词。"戈晖没时间和地面磨叽，"服从大局。"啪地挂下电话。

波道里嘈杂不堪。戈晖得和一大批飞机对话，忙得快断片。发现一架 A330 客机的滑出时间过了，怎么跟僵尸一般，没丁点动静。他下令立即滑出。

机长是兰晓天。他早听出今天塔台是戈晖当班，戈晖忙得吹鼻子瞪眼，连声音都变了，本打算不多言语，到时开车走人。听对方点到自己的航班名，不得不出来回答："嘿，别提了，邪门！旅客早已登机，但餐车在路上倒翻了，又开回去重新补充食品，现在还没过来。"戈晖道："那你先等着，啥时弄好再报告。"又忙于应付其他机长的呼叫。

进近管制区，葛尖、沈梦纱他们连吃饭的时间都没有，安排各地来的飞机降下高度，排好队，对准跑道的长五边，交给戈晖他们的塔台管制员，安排落地、滑行、进机位。

设备这头，从接到故障的那一刻起，技术保障部门的领导，在家休息的工程技术骨干，火速赶往现场，和急得浑身冷汗的张先贵一起诊出故障点，终于抢在凌晨五点前排除，恢复了主设备的使用。张先贵才长长呼出一口气。

临走时，中心主任说："张先贵，先准备一份检查。"

"是。"张先贵诚惶诚恐地回答。

"另外，"主任边走边说，"先有个思想准备，本月的奖金肯定泡汤了，其他处理，看检查报告的态度再定。"

"是。"

当然，那是后来的事。

5

"今晚有大雾?"戈晖问，"伊点点在吗?"

"她今天夜班，要下午五点以后才进班。"

戈晖打电话到气象中心预报室，想找伊点点问问。明天他虽然不在班上，但职业习惯使然。伊点点没在班上，下午五点后才接班。气象预报室的值班员和他说了个大概。

下班了，戈晖再打到气象预报室，伊点点接了。

"干吗？戈晖。"伊点点心情不错地说。

"伊大美女终于来啦？"戈晖累得腰酸背疼，开句玩笑解解乏。

"哪比得上你们管制室的沈梦纱？人家可是浣纱溪出来的金美人，西施的传人。"

"这哪跟哪，咱又不是比美。"戈晖俏皮地说，"你不是预报仙子吗？咱来讨教问题。"

"你又给我发顶不花钱的高帽？乍一听，我真成仙子了。"伊点点笑吟连连，被人抬举的味道总归好。

"这称呼又不是我发明的，气象中心其他人传出来的，说你伊点点不仅人长得精美绝伦，气象预报更是准得顶呱呱，独步武林。"

"还精美绝伦，将我比作艺术品了。"伊点点秀眉一蹙，"快说，啥事？我马上要进班了。"

"咱不是以单位为家，以优质服务为己任吗？想问一下大雾的情况。"

"你戈晖啥时候境界变这么高，下班了还关心明天的情况？"伊点点慢悠悠地说，"已经看过图了，今晚必定大雾。"

"啊呀，祸不单行。今天白天'欧洲猫'故障，流控。晚上大雾，明天又是流控，而且是大流控，流控流控，旅客们又要骂大街了。"

"天要起雾，云要响雷，老天爷的事，谁能管得了？"

"大伙都关心，这大雾，啥时候能散？"

"明天上午九点三刻消散。"

"嗨，九点三刻，这么确定，不留余地？"戈晖嘟囔着说，"雾这个东西，游移不定……"

"伊姑娘说话从不拖泥带水，我啥时开过大兴！"伊点点佯装发怒，"信不信由你，没时间跟你重复这些正确的废话，我要进班了，再见。"

"哎、哎，点点……"戈晖想说句转圜的话，对方已收了线。

人说，这里有两大美人，沈梦纱冷艳，伊点点妩媚。一个在管制，一个在气象,两朵空管之花。

又有人说,伊点点那双媚眼有花头,能看穿云图里头的天象。

当晚,伊点点接班,看了数值预报数据,看卫星云图,看了气象自动站要素,再看手绘的地面图,反复比较,反复分析,每过一段时间,对外发布一次预报。

只有在中国,空管系统有自己的气象中心,国外民航用的都是地方气象局的产品。

第二天清晨,气象预报室的电话铃声一阵响过一阵,如鬼魅似的此起彼伏,一刻不停。吵得值班人员耳膜疲劳。

伊点点清楚,航班出行的早高峰到了。机场大雾弥漫,能见度只有几米,管制部门急了,航空公司急了,机场急了,旅客急了。排好队似的来追问天气情况。

其实,气象中心会定时向管制单位、航空公司和机场发布天气实况和趋势预报,各单位也能从电脑终端上查到。但用户们不放心,也不相信,总以为预报室有保留,只有打电话进来问,听到预报员亲口讲出,才更精确,更权威,也更内部。在他们心里,只有人与人之间的语言确认,才踏实。

还有个原因,伊点点当班。有个大美人在,预报室的电话格外多。行业内,都有五位数的内线电话,打过来方便。他们又不来聊闲天,来问气象信息,和工作相关,伊点点不得不接。不但得接,得讲"是什么",而且按服务用户的要求,还有义务向对方解释"为什么"。

管制方面的电话最频繁。

塔台、进近、区域当班管制员的电话一茬接一茬,几部座机应接不暇,几名预报员连上厕所的时间都被剥夺了。

"胖大海,胖大海。"

伊点点放下电话,对同事小西喊着。

小西从抽屉里摸出两颗仅有的胖大海,丢给她。伊点点接过一个,剥开，将另一个还给他："一个够了，嗓子哑了。"她扔一个在杯子里，说："嗓子死疼。哎，都来问，都要解释，说这么多话，跟做直播似的，不但要胖大海，还要人参。""可是，我没人参片。"小西摇摇头。伊点点揉了揉红眼圈："我是开玩笑，有胖大海就行，不用人参。"

塔台最猴急，反复催问，好像问得勤，天气就会好。这也难怪，桥位上、机坪上这么多飞机在等，有的加完油，有的在上客，有的万事俱备，只等塔台指令。进近、区域也急，外面那么多飞机要进港，路上需要时间，起飞机场需要提前知晓这边的状况。天气原因，塔台、进近、区域层层对外发布流量控制，什么时候结束流控，外区要问区域，区域问进近，进近问塔台，一环扣一环，环环相扣，全身系于一发，而今天这根"发"就是天气，就是大雾，发的源头在气象中心，气象中心的聚焦点又汇在了预报室，而预报室的当天领班是伊点点。千万根线，穿进一个针眼，今天的针眼就是预报新星伊点点。万千关爱于一身，矛盾点都汇聚到了她的身上，怪不得她要胖大海加人参了。

区域管制室主任打来电话，狂倒苦水。他有苦衷：周边管制区有那么多飞机要进来，问他们什么时候流控结束，因为飞机中间赶路还需要辰光，双方对接好了，才不会空耗时刻。区域管制室的管制员们面对四面八方的询问电话，嗷嗷叫。主任只得又打电话。

"我可以确切地告诉你们，原先的预报不变，九点三刻大雾开始消散。"伊点点说话依然不紧不慢。今天，她说的每个字都金贵。

"这么肯定？目前连一点消散的迹象都没有。"区管主任疑惑地说，"秋冬季节，大雾一般在十点半左右开散。"

"主任，我已重复得没力气了，不得不再说一遍。"她中气不足地说，"雾气在九点三刻左右散开，前后也就十来分钟，十点钟以前可以飞行。"

"这么牛？"主任一本正经地说，"我们照此安排下去，到时万一不能进入，让天上这么多飞机再回去？"他的言外之意是：到时由你负责。

"我说能飞就能飞。"她喝一口杯中的胖大海水。

"为什么？"

她真想爆句粗口："老娘啥时开过谎？"想想有损淑女形象，只得说："至于为什么，一两句话说不清楚，你们不是搞气象的，只要知道结论就可以了。"

区管主任的电话挂落，航空公司签派、机场地面指挥处一串电话排山倒海打进来。她实在没精力一一作答，让其他值班人员接听，按她的口径，重复了已不知重复了几遍的内容。

塔台值班员又打过来，指名请她接。都是本单位的，不好弄僵，她提起听筒："请讲。"

"怎么一点消散的苗头都没有？"

"兄弟，九点三刻未到，时间一到，准备放飞就是了。"

"点点，难道你是诸葛亮，能掐会算？"

"我不会算，但会分析，我是吃这口饭的，说出的话自然要负责。"

"这个？……"

"你们不相信？难道还要我写字据？"

对方半信半疑地挂了机。

局总值班室来电话，点名找伊点点。总值班通宵未闭眼，得掌握一手资料，总揽全局，协调各方。

"伊点点，你往外报的大雾消散时间是九点三刻，为什么不是往常的十点半？"

"这次不同，我预报雾散期比往常的大雾早。"

"理由充分吗？"总值班层级高，除了结论，还想知道更多的为什么。

"因为这次是辐射雾，不是平流雾。"伊点点挺了挺小身板，尽管对方看不见，"平流雾从海上或其他地方飘过来，也可能十五分钟就过去了，也可能待一天，反而不好预测。辐射雾不同，比较有规律，一般在昼夜温差大、湿度大的条件下形成。我们依靠温度仪、湿度仪、风向风速仪给出的数据，结合数值预报和地面图，预报起来相对有把握。"

伊点点原本想说得详尽些,比如云,首先得判别是什么云,是积雨云还是白云,倘若是一眼能看到底的悠悠白云,根本就不要考虑下雨的事;如果是积雨云,再区分是什么积雨云,由此预报出是下普通的雨还是有雷暴。但说得复杂,怕总值班难以消化。

"有90%概率的话,我们就按这个预报发布航行通告了。"

"有98%的概率。"伊点点说得从容。

"嗯。"总值班挂下电话。

九点四十左右,覆盖在这个城市区域的大片浓雾魔术般地散去,太阳轻轻啄开了厚厚的迷雾,露出笑眯眯的脸蛋。

"真是神了。"塔台上不知谁喊了声。

一时,引擎轰鸣,车辆齐出。塔台管制员指挥早已整装待发的飞机一架接一架拔地而起,飞向远方,将原本的早高峰演变成了中高峰。进近、区域管制区开始大量接收来自外区的航班,安排进入、盘旋,降低高度,最后落地。

伊点点那气象仙子的名头更响了。她就像一个把脉看病的中医,善于医治疑难杂症。她既努力,也有天赋。

一次,业内人问她:"技术为何这么精?"

"比南主任还差两个级别,但总体比较准。"她太不谦虚地说,"我喜欢气象预报,观云识天,听风辨雨。另外,我比较有图感。"

"什么叫图感?"

"就是看卫星云图、地面图、气象雷达图,以及数值预报、气象自动站要素的感觉,看得多了,就有了不错的感觉。"

"有些老预报不是比你看的更多么?"

"所以他们比我报的还精。"

"谦虚了。"

气象中心的南主任说:"你的预报水准和我已在伯仲之间。"

"主任过谦,当您是在鼓励我。"她说。

6

首脑峰会保障工作紧锣密鼓地进行。

临会前一周，开最后一次协调会，管制、设备保障、气象、航行情报部门的领导和技术骨干参会。管制方面，葛尖、马化讯、沈梦纱等老中青三代，气象方面包含了伊点点等年轻业务尖子。

主持会议的何副局长最担心的还是天气问题，如果老天帮忙，空管保障工作就顺利得多。

开到最后，何副局长问："没几天了，据说峰会前后的天气不怎么样？"

气象中心南主任说："的确不乐观，台风外围。"

"真是狗血，科技发展到今天，航空业还得看天吃饭。"何副局长说，"还请气象中心的各位睁大双眼，尽量帮管制当好参谋。"

开完了大会开小会。气象中心的动员会，也是技术分析会。大家总体感到，峰会时间不靠巧，正好赶上台风外围。早不开晚不开，这个时候开会，有人说。南主任说，峰会是一年前就定好的时间，好比春节，几千年前就定了，能改吗？又有人说，台风不选日，早不来晚不来，偏偏这个时候来。南主任说，台风来不来，听你的？

分析会后，南主任将伊点点叫进办公室，给她泡上一杯茶。说："峰会专机集中到达的当日，预报室由你主班。"

"主任，还是请孙老主班，我副班，毕竟是大事。"

"我想发挥年轻人的特长。"

"可我比您差两个数量级。"

"马上就青出于蓝而胜于蓝了。"南主任说，"从系统性和理论上分析，我比你略强，但你比我的图感、现场感强，也许悟性比我更高。"

"我是您带过的徒弟，这么说，折煞学生了。"

南主任若有所思地说："世界上有种奇怪的学问，说它是科学真是科学,说它不是科学是玄学,也不太贴切,这门学问不是根据数据推算出来,而是凭感觉产生的,但这种结论往往比计算出来的东西更有准头。"

伊点点说:"这是经验,好像又不是经验,到底是什么,谁也说不清,但感觉就有这么一种神奇的因素在,比如在气象预报上,看卫星云图,看雷达图,看地面图,看气象自动站数据,看着看着,灵光一闪,精准的预报就诞生了。"

"这也许是宇宙间的某些密码,只不过没有被人破译罢了。"南主任瞧了瞧她那双魅惑众生的媚眼,"你的眼睛或许能看出端倪。"

"您是说我有魔眼?"

"我没有这么说。"南主任说,"怎么看这次天气?"

"这个,时间还有点早。"她眨眨媚眼,"我是提前一天,或者当天的图感更拿手些。"

"这话说得有点成熟了。"

离峰会还有三天,各国首脑专机的通报下来了。内部代码,内部时间,对外保密。

当看到各国首脑的专机都在峰会前一天的上午到达时,众人如释重负,比捡到了金元宝还开心。

"哈哈,天有可测风云,中午以前到,南线基本无战事。"老孙说,"哈哈,首脑们自有天相。"

天气预报出的结果,那天下午两点前云系基本稳定,即使有雨,也不影响飞机起降,不至于到瓢泼大雨的程度。

目前天气预报有两种方式,6 小时以内的预报,比较即时,主要通过卫星云图、雷达图、地面图等得出结果。6 小时以上为数值天气预报,由计算机根据各个气象观测点提供的数据,通过数学模型计算得出结果。数值天气预报是国际通用预报方式,预报的时间可以是 6 小时、12 小时、24 小时,可以是 3 天、7 天、10 天,也可以是 100 天,甚至 1 年、10 年,都是根据气象学数学模型,电脑算出来的。

天气预报，离的时间越远，越不准，因为受其他变化因素的影响大。

从最新预报的形势看，专机集中到达的那天上午天气尚好，出现极端情况的可能性微乎其微。

预报员小西说："人家飞专机的又不是傻瓜，他们也看天气，谁来玩斗台风的游戏？"

伊点点趁休息天做头发，做成流线型的长波浪，身上裙裳轻盈，头上波浪飘飘。她是柳眉星眸的一枝花，平时得花精力养护着，可不能被管制部的另一枝花比下去。别看伊点点表面嘻嘻哈哈，心底一直和沈梦纱别苗头。

头发做了一大半，收到南主任微信通知：立即进单位开会。

"不好，有情况。"她匆匆立起，微信支付了理发费。

南主任面色阴郁地通报情况："峰会日期和议程不会变，但来开会的专机时刻变了，从上午改成了下午，对我们很不利，后天就是会期了，所以急召大家进来会商。"

"咋回事？"伊点点拢了拢新做的头发，"都下午来啦？"

南主任转头瞥了眼伊点点的新发型，问："怎么样，明天下午有问题么？"

伊点点左右看了看图："不好说，台风这玩意儿变化大，不像云和雾，相对有规律。"

南主任深邃地和她对视一眼，发现她的星眸中真有博杂的光，正如有人说的，她的那双媚眼有非同寻常的穿透力，能洞穿云图内部的结构。

南主任突然对她和其他人说："现在，你们先回家休息，明天早上来单位。"

伊点点说："我晚上可以不回去的。"

"伊大美女不容易，姿态高。"老孙说。

南主任说："不需要，为了明天的一锤子买卖，大家先回去休息，今晚值班人员正常排，我留下来当中心的总值班。"

南主任自有他心中的盘算：气象中心总值班有单独的房间，晚上可以躺下睡会；让伊点点、老孙他们回去养足精神，为关键的明日之战积蓄能量。

伊点点临走时，南主任故作轻松地说："最近还去跳舞？"伊点点说："一个来月没去了，有时练练器械。""工作压力大，舞蹈比较轻松，正好对冲，下回带上我。"伊点点一愣，说："一定来请。"一只脚迈出门时，又说："我现在有点转向，练器械比较多，也可减压。"

7

翌日，清晨五时，伊点点就踏进了气象预报室。

"这么早？"当班的预报员小西说，"八点才交接班呢。"

"老了，睡不着，就早点来了。"

小西哈哈笑道："点点，你老了，咱们是不是该进棺材了？"

"别瞎扯。"伊点点柳眉皱起，"早点过来，高架道上不堵车，跟过年似的，时速能上一百码。"

"当心罚你单。"

八点钟，南主任急急来到预报室，脸色阴晦，如临大敌。他扬了扬手中的文件夹，黑着脸说："最新航行通报，印度和巴西的专机晚上才到。"

"完了。"小西颓丧地说，"晚上台风从海上擦过，正好离得最近，到时候雷雨云覆盖全市，肯定的。"

伊点点斜了小西一眼。老孙跺着脚说："两国首脑为什么选这个时间，为什么？"南主任说："国家首脑日理万机，必定有要事脱不开，否则谁愿意大晚上的赶路！""添乱，这下真的完了。"老孙说。

南主任阴沉地说："不准再发牢骚！我可不是来听'完了'二字的。"

伊点点环抱着双手，脑袋一歪，问南主任："会不会再变？"

"不会，这是专机给出的最终时间，巴西专机已飞在中途。从时间上推,晚上九点左右到达。"

"真的麻烦了。"伊点点说。

她一开口,南主任一怔,顿感寒意蚀骨。他经验丰富,是天气预报方面的专家,但仍十分重视年轻人的意见,尤其是面前的伊点点,她在判断天气的"疑难杂症"方面有怪才,她那双媚眼,有点成精的味道。她说麻烦了,也许真的麻烦了。

"怎么你也这么说?"他盯着她,冷冽地说。

"我是实事求是。"她双手一摊,晦暗地说。

"再艰难,也要合力前行。"南主任说,"走,开个短会。"

巴西专机走的极地航路,预计在晚间八九点到,印度专机也差不多在这个时间到。

南主任尽管一直皱着双眉,但还是为他昨天的决策感到英明:昨晚放伊点点他们回家睡觉,今天白天加晚上才有精力对付这恶天气。

管制员比南主任他们更加坐立不安,心里充满着焦炙和烦躁,毕竟他们在"最前线",直接和飞机打交道,倘若天气条件不允许,指挥水平再出神入化,也不敢放人家落地,何况是专机,国家元首的专机。

当晚,预报室伊点点主班,南主任坐镇。自然而然,她又成了千根线要穿进来的那只针眼。今晚,也不知有多少双眼睛盯着这个眼。

管制方面,值班人员也是精心挑选的。进近空域,葛尖、沈梦纱在位,这是盘旋、降落的重点环节,当然得精兵强将守护。怎么降由葛尖他们指挥,但在当前的天气下,能不能落下来,得听气象的。

专机渐渐接近了,可台风根本不把总统、总理放在眼里,该来的总会来。台风外围的雷暴云系犹如一张巨大的天幕,黑压压的望不见尽头,将城市和乡村紧紧盖住,唰唰的雨声拍打在玻璃窗上,发出吱呀吱呀的声响。

气象条件明显不符合落地标准,葛尖只得安排临近上空的班机去外地机场备降了。管制员可不能拿旅客的安全开玩笑。

专机也有备降场,天气条件不符也得去外地备降,预案里有的,但必定不是上面愿意看到的结果。

从下午开始,管制员压力极大,电话打爆。从民航华东地区局、总局到中央的相关部门,纷纷来电询问尚未到达的两架专机情况。峰会开幕式将在明天上午九时举行,如果两国专机今晚不能落地,飞去外地备降,就得在备降地安排红地毯,准备接机仪式和欢迎仪式,又必须用专列或专车将嘉宾送来会场。

天气原因,不能降落,管制部门就将压力棒递给了气象中心。

气象中心预报室的电话马上打爆。

内部人员总能找见内部的路径,一旦得知能不能落地的关键点在气象,各方面的电话像追魂似的追到了这里,躲是躲不过去的。

南主任沉不住气了,想不到人到不惑之年,也有沉不住气的时候。他不得不承认,有时,男人的承压能力不如女人。

"从卫星云图、地面图和雷达图上看,晚上雷暴云全覆盖,专机去外地备降在所难免。"他在心里不止一次地想,也将类似的意思讲给了上级听。

老孙说:"按照上帝的视野,估计也得这么做。"

管制部门未雨绸缪,已在做去异地备降的准备。除了即将临近的两架专机,其他航班已经安排去备降了。

他忽然瞧见那双媚眼还在瞄着雷达图转。气象雷达的资料更新快,平均六分钟更新一次。他跨前一步,对伊点点吼着说:"回句话,伊点点,专机马上就要飞临上空,要不要让他们去异地备降?今天你主班。"

"我主班不错,但拍板权在主任您手上。"伊点点媚眼迷离,幽幽地说。说完,并不看众人,又埋下头去深耕她的云图,神态自若。

南主任不再追问,屏住呼吸,等她说话。都说伊点点善解疑难杂症,眼下既然没有更优的选择,不妨看她有什么说法。

伊点点瞧着图纸冥想。一会眯眼,一会睁眼,一会眯眼,一会又睁眼。又用手中尺子比划着什么。比着比着,终于,她像小和尚入禅那样,眯起双眼，一动不动。

南主任吃不准她啥路子，怕她在精神重压下走火入魔，更怕耽误时间，轻轻叫了声："点点。"伊点点装聋作哑。又叫一声："点点，点点。"伊点点依然没有响动。

十分钟过去了，伊点点缓缓张开媚眼，朝他诡异一笑："刚才我做了个梦，梦见机场上空一个盖，盖子上头一把锁。"

"去去，什么时候了，还装神弄鬼，有话好好说。"南主任耐着性子说。

"骗你们的，坐着怎么会做梦。"伊点点神情一变，星眸放着冷冽的光波，"南主任是要激进的还是保守的建议？刚才我一直在纠结。"

"快说，激进的怎么样，保守的又怎么样？"

"保守的就简单了，老老实实飞去备降，省得啰嗦。"

"激进的呢？"

"就是我要说的。"她闪闪睫毛，"其实，大家都看得见，机场上空乌云密布，乌云里面是雷暴。这些巨大的云层就像一个巨大的盖子，将整座城市和机场紧紧罩住，但这个盖子绝不会铁板一块，不会严密无缝，我相信，中间有缝隙。现在，我在找这条缝。"

"这个，倒也想过。"南主任伸长了脖子说，"如果能寻到一条有二十分钟，哪怕十分钟的云系缝隙，专机就可以从缝里钻进来。"

"那还用说。"老孙右手不自觉地拍着大腿。

这时，进近管制室的沈梦纱打进电话，找到伊点点："点点，专机到上空了，马上开始盘旋，到底怎么样？葛尖老师让我再证实，实在不行，就去备降了。"

"等等。"她咬着唇瓣，果敢地说，"先兜几圈。"

"几圈？"

"先盘着，我正在找缝。"

"找风？"

"嗨，讲了你也不懂。"伊点点狡黠地笑笑，"先盘，我稍后打给你。"

雷达图六分钟一次的最新资料出来了。她指着图的右上方的云系，犀利地说："我找到这条缝了，主任您看，这块云系再过十分钟，就会向两边裂开，暂时的开裂，中间会出现一个缺口，在这个缺口里，雷暴自然减弱，而这个裂开的时间，至少有十五分钟，也许二十分钟，我们就安排专机在这个空档里降下来。"

老孙瞧着云图，说："你说的这条缝隙，好像并不明确。"

"孙老师，我有透视眼。"她嗤地一笑。

"也只有她这个魔头能看出。"南主任对着云图深视一眼，像发现了新大陆，脑洞顿开，"我同意。"

众人的目光齐刷刷地盯着雷达屏幕。

八分钟后，翻滚着的乌云神奇地裂开了一个口子，好像是上帝之手成心撕开的。

"快，通知管制。"南主任心中窃喜，声音发颤。

几乎在同时，葛尖从连接预报室的计算机终端也发现了这一幕，刚想打电话核实，伊点点的电话先响了。他迅即指挥转圈的印度专机立即下降，从云层的缝隙穿过，轻飘飘地落在跑道上。

"巴西专机呢？"印度专机落下后，伊点点打给沈梦纱。

"还有十五分钟左右到。"沈梦纱说，"怎么样？"

"怎么这么慢？瞬间宕机转眼即过，能不能让他们加把油，再快点！"

"他们逆风，已经是全速了。"沈梦纱说，"这口子能再坚持一会吗？"

"巴西人到达时，天气差不多在能落和不能落之间的临界状态。"

"让他们再快点。"伊点点说。

巴西专机加速飞进。进到五边时，葛尖将情况通报了，让机组决定。机长硬气地说："降落。"

巴西机长的这一决策无疑是明智的。当他们的专机颤巍巍地落地后，分裂的雷暴云悄然合拢，将机场上下盖了个严严实实。

预报室一片欢腾，大家雀跃不已。南主任抑制不住内心的激动："通报,通报,上面一定会通报表彰你们的。"

"这个倒不必了。"伊点点淡淡地说,"多给咱一天补休就行了,想去钱塘江口发两天呆。"

南主任咧嘴大笑:"这个简单,哈哈,现在就准,批准。"

8

"咦,梦姐怎么有个亲弟弟?"戈晖像发现新大陆似的,对沈梦纱说,"怎么藏得这么深?"

这天,管制员集中学习,一个男孩来接沈梦纱。戈晖、白雪梅、马化讯几个管制员围上去,沈梦纱只得将弟弟介绍出去。

"梦纱,从来没听你说过。"马化讯惊讶地说,"你怎么有个弟弟?"

"我怎么不能有弟弟?"

戈晖瞧着姐弟俩相似的长相:"双胞胎吧?"

"小我一岁。"她瞧一眼弟弟,笑嘻嘻地说。

"不对。"白雪梅怀疑地说,"计划生育,难道你们老家不搞计划生育,可以生两个?"

"现在不都可以生两个吗?"

"别偷换概念,我是说过去,你们那是政策松绑!"

"同一个国家,怎么松?"沈梦纱说,"不过,还是有一部分家庭变着法子生了两个。"

"怎么钻的空子?"众人好奇地说。

"这个么,就得问我爸妈去。"她喃喃地说,"罚款是少不了的。但两个孩子从小有伴,心理比独生子女健康,早该那样。在乡下,农村人家养猪也养两头,除了有个伴,吃食也有个争劲。"

"你叫什么名字?"马化讯问她弟弟。

"沈梦强。"

沈梦强差不多有一米七八高，长得五官俊朗，留下了五泄山水的清丽基因。

"在哪工作？"马化讯问。"在民航。""同行么！哪个学校毕业？民航大？南航大？"马化讯拍拍他的肩膀。"广汉飞行学院。"沈梦强说。"具体在哪谋职？"马化讯又问，"航空公司、机场、空管？"沈梦纱嗔了马化讯一眼："干吗，查户口？强强，别告诉他们。"沈梦强腼腆地笑笑，说："在通航工作，开飞机，开直升机。"

"这个，怎么不开大飞机，开直升机呢？"戈晖问。

一说到飞机，沈梦强显得老成持重起来，深情地说："我从小喜欢直升机，这可能是爱好问题，好比有人喜欢吃肉，有人喜欢吃鱼，有人喜欢吃素，我喜欢直升机，就学直升机，毕业后分在了通航。"

"好，好，开飞机好。"马化讯若有所思地说。

沈梦纱一把拉起弟弟，对众人说："各位回见，咱们有事，先走了。"

第九章　直升飞机

1

"强强，赶紧准备，去莫干山，救人！"

航务主任唐心怡拽着沈梦强的衣袖说。

"唐姐，你有没有搞错，我不是飞救援机的。"

"姐哪能不知，不是急吗？"唐心怡扶额叹息道，"人不够，抓急，明白吗？公司的直升机你都开过，开哪架不是开呢？"

唐心怡是环宇通航公司运控中心的航务主任，北方人，长得端庄清丽，三十多岁，刚结的婚，可根本没时间休假，被身上永远也脱不开的事务缠绕，婚后第三天就来上班，遇上第一单事，就是莫干山救援。

"我今天有其他事。"沈梦强虎着脸说。

"强强，听姐说，你不是公司最年轻的机长吗？……"

唐心怡一五一十地介绍事情原委。

半小时前，莫干山附近发生两车相撞事故，一人当场死亡，两人骨折重伤。事发山区，救护车颠簸，不适合伤员长距离搬动，事故现场呼叫环宇救援中心，请求派直升机救助，转运伤员。眼下，几名机长都有差，当班机长突发高烧，送去医院吊水，救援的事又不能拖，只好临时拉他应急了。

被她甜言蜜语一哄，他不去也得去了。

"手续都办齐全了？"他不放心地问。他知道，通航要飞行，事先的各类手续繁复，不是说批就能批的。

"放心，兄弟，急救飞行不同于观光、航拍、物探飞行，军方和民航方面会特批的。"唐心怡见他答应，满脸堆笑地说，"给东部战区空军、民航运管中心同时发了传真，也打了电话，找到了他们的值班人员，运管中心的雷主任说了，估计马上会批，你先准备着，批文一到，立即出发。"

"有种上前线的感觉。"他嘀咕着说。

几分钟后，沈梦强和梁副驾驶开着 AW139 直升机飞往莫干山区。

AW139 救援直升机是特殊直升机，涡轴双发，配有急救用的吸氧机、吸痰器、除颤仪、注射泵等医疗设备，备三副担架，最多能坐八人，其中两名驾驶人员，两名医护人员，三个病人及一名家属。

一个多小时，沈梦强驾驶的救援直升机抵达莫干山区。按北斗定位信号，很快来到事发点上空。

从百米高度俯瞰，事故发生在盘山公路的转弯处，围观了一群人，有警察，有看热闹的，也有当事人。牵引车已经将两辆坏损车辆拖在一旁，准备装载运走。事故占领了公路的一侧，往来车辆只得从另一侧交替经过，通行速度缓慢，两头车流排起了长队。有警察在维护秩序。

山坡，没空地降落。看来，只能落公路上，一落公路，就会影响交通。沈梦强说："要是有索降机就好了，直升机不必落地，将医务人员和担架通过索降机放下去，把地面的伤员抬上担架，然后吊上来，直接飞走。"

"马上就有了。这种飞机公司订购了三架，明年到货。"梁副驾驶一直在救援飞行，对装备信息掌握齐全，脱口而出。

"现在怎么办？是找其他坦地，还是落下去？"

梁副驾驶探头一瞧："只好落公路了，噢，看见了，警察在向我们招手，让咱垂直落下去，落下去。"

真是，两警察仰头朝沈梦强的直升机方向，使劲做着向下着陆的肢体动作。

沈梦强慢慢放变距杆，直升机稳稳下落，停在了事发点的公路上。螺旋桨旋翼发出的巨风，将路边的杂草吹得向后纷纷倒去，带出的声响让人捂起耳朵。沈梦强关闭发动机，四周安静下来。

医务人员旋即将两名伤者装上担架，抬进机舱，当场在机上开始止血、吸氧等工作。沈梦强重新打开发动机，巨大的旋翼载着他们离开山地，朝医院飞去。

他第一次开救援机，倒也迅捷流畅。唐姐说得对，开哪架机不是开呢。

2

下午两点，环宇通航召开会议。研讨在新形势下的发展方向。中层以上管理干部、在家的飞行、机务人员也参加了会议。民营公司机构简化，机关工作人员本身就不多，既做对外联络等行政工作，也从事调度业务，一岗多能。公司三十名飞行人员，有二十名在外飞行或培训，留在本部的不足十人，全部参加了这次大会。

沈梦强昨天的救援飞行不错，被唐心怡拉着坐在身旁。

名义上是形势分析会，实际上都是当家人钱总在讲话。钱总全面分析了国际、国内通用航空的现状，分析了中国民航尤其是通航的发展历程，重点谈了刚刚颁布的"十三五规划"。他谈道：目前美国有一万多个通航机场，中国只有几百个，而国内通航的飞行量不到老美的5％，商业机会太大了。民航"十三五规划"明确提出，未来五年，国内将拥有500个通用航空机场，5 000架通航飞机，逐步打造一个万亿规模市场。在此前提下，民航将为通航简政放权、分类指导、真情服务。这是一个天大的利好，也是环宇通航最大的政策动力。

不过，大势向好，路径曲折。钱总指出，问题出现了，大家跑马圈地，一窝蜂地发展通航，弄几个人，买几架飞机，挖几个技术人员，就成立一家公司，一时人员短缺，技术短缺。尤其是市场，目前就那么一块蛋糕，抢的人一多，分到手的就少了。为此，公司审时度势，准备调整方略，立足长远，兼顾眼前。

听到这儿，沈梦强对唐心怡轻声道："钱总要讲具体的了。"

钱总喝了口茶，终于说出了他的公司战略：收缩旅游，做精救援，发展巡检、物探等特种直升机业务，向通航的莽原出发！这才是关键点。

环宇通航成立不久，唐心怡就来公司了，前后跟公司走过了九年的坎坷路，她从钱总的口中，领悟到了公司将倾力打开特种直升机业务的转型思路。

接下来，钱总花了半个小时的工夫，将他的战略定位加以阐释，统一认识，那个，按当前时髦的话说，叫那个，砥砺前行……

会议结束后，进行了人员调整。沈梦强被调整到特种服务部门。对此，他事先就听到了风声，也有人私下征求过他的意见。他是机长，靠飞行吃饭，到哪儿都一样，也就没有什么意见。

原先，他做了两年的旅游飞行，蛮累的，常常是风雪残年，机上黄昏。现在要离开了，蓦然间又留恋过去的岁月。因为他在做观光飞行的时候，自己也在观光。

他飞过的几个点，也是有规律的，主要是季节规律：三月婺源油菜花，四月井冈杜鹃，五至十月则到湖南张家界、东北的阿尔山……

半年前，公司花大力气拿下厦门鼓浪屿的空中观光航线，一架直升机，载客六人，每次飞行 15 分钟，每人每次 1 588 元。旅客来源主要是携程的散客。沈梦强去驻飞了几个月，原本想借此在厦门旅游区打环宇的名片，可做着做着走下坡路了。首先是居民有反映，说低空飞行的噪音干扰了他们的生活，有人去市政府请愿，市政府出面说服，总算解决了。最要命的是客源无法保证，15 分钟空中游览，1 588 元的价格，嫌贵，乘坐的人不多，开支却照常，运行成本居高不下。为此，他做过喷子，对营销部门喷过几回。营销部门说得可怜,他们也想便宜,但亏本的生意怎么做么!

沈梦强看来,空中观光还有许多不确定性,比如天气。旅客大部分在网上订的票,网络票价每分钟 100 元,性价比本身就贵,如果天气不好,不能飞,压力更大。相比较,美国的直升机观光,西部大峡谷,风景也不错,收费为每人每小时 2 400 元人民币,价格比国内低很多。这样一来,除了少数土豪,大众客人参与度不高,公司连着亏,一直不赢利的生意就难做了。

越飞到后来,沈梦强越没有信心,越替公司心疼,业务转移也成了顺理成章的事。

3

沈梦强调整到特种业务部,主要飞电力巡线和探测矿藏业务。

电力巡线有一点好,工作范围离家不远,有时可以早出晚归,和姐挨得近了。

知道他有个姐姐在空管当管制员,唐心怡总会来套近乎。这次,钱总和她拿下电力公司的巡线业务,高兴坏了,但这单合同不完美,按甲方要求,高压线路巡视检测,要求经过每个电塔,要对每一个塔停下做检测。可是,这条高压线有几个点,在航线 25 公里左右的地方,民航方面不同意直升飞机进入。如此一来,大客户的任务没有得到百分之百的执行,留下了一条尾巴。

"强强,你姐不在空管当管制员吗?据说还是个优秀管制员,业内都有名气。女管制员吃得开,认识人多,能不能请她帮忙说,让咱把那几根电杆一块巡了,省得留死角,给甲方留下话把子。"

"嘿,她才不来管闲事呢,我劝唐姐你也别想这单好事,让飞到哪咱就飞到哪呗。"

唐心怡俏面含霜地说:"你也清楚,现在恶性竞争,价格都压得忒低,无底线的低价竞争。公司好不容易抢到这张单子，如果弄彻底了，对下回合作有好处。"

"我姐这个人么，违原则的事，打死她都不会干。"沈梦强嘿嘿笑道。

"这不是犯原则的事。"唐心怡苦恼地说，"民航规定，为保证航班起降安全，机场附近、航线下方，禁止其他航空器进入。可是，我们的直升机不在起降航道的下方，离开有二十多公里的距离，飞行高度在 60 米以下，速度不到每小时 10 公里。换句话说，即使在航线下方，航班一拉起来早上了几百米、一千米，对他们有啥影响？"

"在起降航线下方肯定不允许。"沈梦强专业地说。

"可是我们不在下方，在旁边。"唐心怡接着诉苦，"他们也不能太负责任了，将风险无限制扩大。他们可能会想，万一不小心飞到了呢？和航班发生冲突怎么办？我可以说，不会有万一，离开 20 公里，60 米高度以下，万一从哪儿来？永远不会有万一。"

"唐姐，这些话不用跟我说，你可以直接去找他们管事的，公事公办么。"

唐心怡更来气了："姐想去，可他们让去吗？打电话过去，办公室经常无人接，都在开会；打手机，从来没打通过。有时座机打通了，没讲两句，人家就推说事忙，不让说下去了，也理解，毕竟这不是人家的主业，是兼着做的副业。哎，通航比不得人家民航运输大公司，咱就像是小老婆生的，不待见，瞧你姐，光弄批文，搞协调，这一摊折腾，至少比同龄人老五年。"

他嬉皮笑脸地说："唐姐不会老，不老，永远不见老。"

沈梦强专注飞行，对签合同、搞批文不感兴趣。边扭头离开，边说："唐姐，咱要上飞机，去巡线了，回见。"

巡线飞行不比旅游观光。旅游飞行有那么 300 米高，一路飞一路观，悠哉悠哉。高压线塔才 50 米高，飞行要同高度，沿线沿塔既要跟拍又要检查，飞行时速 10 公里，心里感觉特不爽，好像一匹本该奔驰千里的骏马，被天天圈在庭院里，别提有多别扭了。

最要命的是悬停。巡线要求在每个电塔旁停五分钟,进行检测。平时训练,空中悬停不超过五分钟,超过五分钟,飞机损伤大,但在巡检时,常常会超过这个时间。电检工人可不知道厉害,以为直升机本身就可以停在空中,停五分钟是停,停五十分钟也是停。

悬停操作,累,要不停地调整操纵杆和变距,使拉力和重力相一致。遇到逆风好一些,但遇顺风和侧风,飞机就会移位,沈梦强就要不停地校正,手和脚一直在动,不停地操作,力求平稳。

又到一个电线塔前,这回有新科目。检测工人穿着银制服装,拿着检测棒测量电压,测了三次,没有测准。毕竟是 500 千伏的高压,带电作业,测电棒要接触到高压线上。从 30 米开始,火花带出的爆炸声就能听见,越近越小,直到电棒和高压线连上。检测工扭头对沈梦强说:"飞机别晃,我再测一次。"

"侧风太大,难掌舵,已经尽全力了。"沈梦强怕他听不见,满嗓门说,"能快点吗,超过六分钟了。"他的意思,超过时间了,悬停对飞机损耗太大。不是电力公司的飞机,他们不心疼。

"保持住,不稳,不好测。"电检工也扯大嗓门说。

风声和旋翼的声音忒大,将两人的说话声瞬间卷走。检测工抖抖豁豁地伸出棒梢头,又测一次。

一群麻雀大小的鸟在左前方的树丛中飞来飞去,有的飞出,有的飞进。

沈梦强急中生智,对他说:"师傅,好了没有,前面有鸟群。"

检测师傅吓得一颤,手中的棒和电线碰着,发出一片火花。他缩回了手:"有危险吗?"

"有的。"沈梦强漫不经心地说。

检测工偏过来去一瞧,前面的小树林中,有鸟只飞来飞去。顿时想起,鸟撞飞机是危险的游戏,如果钻进发动机,事情就严重了。这点,他懂的。直升机是不是这样,他吃不准,但机长这么说,必定有道理。

"那,走了。"

"不测啦？要么，我再坚持半分钟，你测，说不定鸟不会过来。"

检测工的眼睛还在前面的树丛中打转，发现百米远的地方，还有几只小鸟从树叶中飞出。

"差不多了，少测一次也没关系，危险，走了，走了。"

"真走啦？"

"快走，走了。"

巴不得他说这句。已经停了七分钟，飞机要抗议了。他右压杆，蹬右舵，直升机从右侧飞出。离开时，他忽然想起读过的一本书《怕死：人类行为的驱动力》。

接下来几天，沈梦强的飞机往东飞，沿着巡检的线路。可刮的西风，顺风飞，飞机很不安稳，悬停时需要一直操控，才能保持不位移，飞得累飞得苦，总算飞完了。

"巡线的活太难干了。"沈梦强对唐心怡说。

"还说呢，这单刚算过账，总利润50元。"

"嘿嘿，总算还有50元的利润，够发工资的了。"沈梦强嘲讽地说，"还没包括飞机的折旧耗损，都是悬停哪。"

"总比不做好，不做，飞机空着也空着。"她一脸委屈地说，"抢一张单子容易吗？眼下是无序竞争，像电力巡线，国家没有统一的收费标准，你200元，我100元，他80元，以最低价中标，这个生意怎么做！"

"姐，别倒苦经了，人家能做，我们成立十年的公司也能做，怕啥呢。"

"不跟你说这个了。你姐沈梦纱那边还得拉拉关系，请局方关照关照咱通航。"

"我很少见到她，唐姐，还是跟你见面多，信不信？"

4

相比巡线飞行的抑郁，航拍飞行无比拉风，大速度，大高度。

前年,沈梦强跟着公司的副总羌平"航拍中国"。这是公司从央视揽下的一部分活,直升机载着央视的摄影师飞在云端,航拍中国的万里河山,那叫一个爽。

羌平原先在空军开歼7,退役后来到通航,既当副总,主管飞行,也身先士卒,自己开直升机。从超音速喷气机到时速两三百公里的直升机,羌平有些失落,留起两边的络腮胡子,这大胡子一留,倒将他点缀成了通航业界有名的美男子。人有不知环宇,却无不知大胡子羌平的。

那一次,羌平带着沈梦强和一名机务,三名央视摄影师,一行六人来到青藏高原,拍摄藏羚羊迁徙。纪录片的题目也已拟好,叫《云和梦之间》。他们的档期只有几天,要完成藏羚羊的追踪和跟拍。

羌平干过二十多年的歼击机飞行员,对于直升机这类小速度机,觉得简单。他似乎也没啥高原反应,白天照吃,晚上照睡,飞机照开。

央视几个人受不了,要求吸氧,边吸氧边干活。随行的机务也有反应,受传染似的,也吸起了氧。直升机没有客机那样的增压舱装置,升多高就是多高的气压反应。

沈梦强望着羌平,表情暗淡,不说什么。"吸吧。"羌平对他说。沈梦强才吸了几口氧。想想也是,一个大小伙还熬不过五十多岁的半老头,但没办法,这就是身体的差异。

直升机航拍,虽然离地不高,才三百米,但高原本身有四五千米的海拔,操作和乘坐的人受不了。第三天飞唐古拉山口,这是行程中设计好的。几个摄影师和机务面面相觑,心里发着虚。

"明天都戴氧气面罩,氧气也背着。"羌平发话了。

"羌总,我爬过玉龙雪山,4 500米,从上去到下来,好像也没啥。"沈梦强充英雄似的说。

"你那是上去一会儿就下来,影响不大,我们这是要飞拍一整天,边开飞机边拍东西,而且地势比玉龙雪山还高。"

那天,大家五点起床,六点出发,天灰蒙蒙一片。当直升机的旋翼在空中转了半个小时后,晨曦初露,光波打在高原的沙砾上、荒草间,发出金色的溢彩,成群结队的藏羚羊开始涌入镜头。

摄影师无比兴奋,端着摄像机从不同角度贪婪地拍摄沐浴在金光中的动物阵。羌平带着沈梦强驾机随行,跟冲浪似的,忽而升到五百米的高度,忽而低至二十米的地方。一会儿快速飞驰,一会儿停在藏羚羊的头顶,任凭旋翼发出巨大的风声,将羚羊群惊得四散奔跑。见羊群飞奔,他们又将飞机拉起,逐着羚羊追。这时的羌平,变成了顽童,一边飞,一边喊:"太爽,爽死了。"忽然,他刷地摘了氧气面罩。

沈梦强初次上高原,原以为高原多么高深恐怖,上来觉得也不过如此。依着羌平样,也撤下了面罩。

几个摄影和机务小心翼翼地戴着,不敢造次。

这次高原拍摄,去的双机长,羌平为第一机长,沈梦强第二机长,打的双保险。青藏高原的任务一完成,他们马不停蹄地又赶往壶口,拍黄河那黄色的冲天而来的汹涌。

在去的路上,沈梦强问央视的摄影师:"现在无人机这么发达,为什么不用? 如果用无人机,你们也不用这么起早贪黑的苦扒了。"

"这个么,还是有差别的。"一谈到专业,摄影师自鸣得意地说,"无人机果然可以做,但那是小迎角、小视角,做不到直升机那样的大对冲。更主要的,直升机上能坐人,人在上面,可以任意调整拍摄角度,人的创意才是最可贵的。这个,智能机器虽然无所不在,但人才是拍摄的核心,嘿嘿。"

"对极了。"沈梦强附和道。

这次的航拍,羌平注定着想疯一回,一直占据着机长位置,让沈梦强做副驾驶。按理,完全可以交给沈梦强飞,他在副驾驶位上掠阵,但是不肯,他要亲自执飞。羌平似乎对航拍飞行情有独钟。2005 年,F1 选址定型,他每天随飞拍摄开工进度,乐此不疲。东海大桥、洋山港工程、苏通大桥,从开打第一根桩起始,根据建设公司和环宇通航的合同,他都亲力亲为,自己飞行跟拍,从不要别人代班,从不知厌倦,因此,他的络腮胡子和航拍紧紧黏在了一起。

这次的走壶口,羌平一马当先,驾机从壶口的下游向上游冲去。到达壶口上空时,他将飞机的速度打到最高的极限,使机速和黄河的流速达到了超大对冲,帮央视的摄影师完成了一幅超视角冲击的惊险画面。

当奔腾的黄河瀑布从翼下飞奔而过时,美得惊心动魄,美得不好意思。沈梦强不禁鼻子一酸,内心也受到了强烈的冲击。

而羌平,在他的航摄飞行中,将心中的一座座孤岛连接起来,形成了宽广的陆地。

5

沈梦强从陕西壶口归来,前脚刚踏进公司的门,唐心怡就将他截住。

"强强,过来。"她皱着双眉说,"快帮姐参谋参谋。"

沈梦强直往后躲:"唐姐,别叫我强强,一叫强强,我浑身紧张,还是喊我沈梦强吧。"

"别见外,强强,到我办公室来一下,就几分钟。"唐心怡唉声叹气地说,"是这样,强强,你比唐姐年轻聪明,脑子好使,帮姐瞧瞧,这对矛盾怎么个解法。"

沈梦强挠着头皮跟她去了办公室。他想:只要不提我梦纱姐,啥事好商量。

唐心怡请他在对面的椅子上坐下,递过去一瓶矿泉水,哭丧着脸说:"不是刚进了架新机吗? H135,跟原来的 EC135 差不多,空客的,但字母不一样,总有些小差异。既然是新飞机,就要办飞行许可,可是你唐姐已吃了几回瘪了。监管局方面咬定,这个机型与原先的机型有差别,必须有五小时以上的飞行训练经历才能加入《运行规范手册》,可负责运管的老师说,只有加入《运行规范手册》的飞机,才能获准上天飞行。唐姐理论水平差,被绕进去了,无论如何也想不出是先有蛋还是先有鸡,更想不出好对策,只好请你帮忙解解题。"

沈梦强听完题目就懵了,他可不想被绕进去,更不想他姐也被兜进去。他装作没事似的立起身,轻轻拍了拍她的肩头,和颜悦色地说:"这个题目,我姐沈梦纱肯定也解不出,所以也不用麻烦她了。不过,到最后,凭唐姐的智慧一定会有办法的。"他笑笑,步出她的办公室。

"沈梦强,你……"

桌上的座机响起。她一看显示的号码,立即接起。是钱总的,让她去下他的办公室。

她敲敲门,进入钱总办公室。钱总递给她一份文件,指着自己办公桌对面的椅子说:"坐。刚签下的合同,探矿的,在福建。"

唐心怡抓起,匆匆一瞧,脸已变色:"三天后开飞? 钱总,这……"

钱总张开右手五指,摇摇,阻止她说下去:"小唐,我知道你想说什么,但是没法子,在众多的对手面前,我唯一的选择就是拿下,拿下这份合同。至于手续方面,肯定有许多困难,但这些困难我们有,别的公司也会遇到,这方面只有靠你们的聪明才智了。"

话一说完,钱总从椅上弹起,快步往外走:"我外面还有个会,急着赶去,拜托了。"

一盆冰水从头顶浇下,唐心怡的后背凉透了。望着钱总白发越长越多的后脑勺,唐心怡无意间捋到了自己的一缕头发。她悲哀地想:如果削去这头长发能办妥批件,我立马削发。

有些人像神仙一样存在,但她不是,真以为她是神仙?

福建探矿的合同正式流转到唐心怡手上,唐心怡呆了。再流转到飞行部,沈梦强看到,也傻了。

沈梦强不是做行政签合同这一摊的,是飞行的机长,但也能看懂合同以外的窍门:为了争合同,不管甲方提什么条件,不管这些条件是否合理,是否垃圾,先答应下来再说,有些明知做不到,为了单子,也说能做到。

这就是竞争。但一纸合同到了具体操作的航务部门和飞行部门,都说这有点像天方夜谭。飞行部对航务部说:合同里的某些条款我们做不到,要不你们来飞,你们来试试? 航务部门捧着合同,可不能对钱总说:老板您签的合同,要不您来试试?

唐心怡到处打电话求人,抓狂了几天,快崩溃了。

几天后,沈梦强在路上碰到唐心怡,说:"唐姐,熊猫眼越来越显了。"

唐心怡不响。沈梦强又说:"按合同,我们今天应该飞在福建武夷山区的上空。"

唐心怡哇的一声吼了起来:"以为我是孙悟空! 东部战区、监管局、空管局、机场,哪一家不得提前几天报? 人家又不吃咱家饭,能按咱们的时间表行事?!"

"唐姐千万别激动,生气容易老。"沈梦强惊讶地说,"那咋办?"

"违约,就赔人家违约金。"唐心怡幽怨地说,"晚几天开飞,就赔人家几天的违约金。找其他公司也一样,手续办不下,都得赔。"

"这些困难和情况,你得和钱总说清楚。"

"说啦,反复了。钱总说,具体事我不管,你们想辙。"

沈梦强和她同叹一口气:"只好赔了,赔了钱,不失约。若有约,就能期待明天,你和我,相逢在灿烂的季节。"他哼起小调。

"就你会说话,臭强强。"她被他气笑了。

东边失约,西边雄起。环宇去年发起的"直升机救援会员行动"终于有了回响。据统计,个人会员数量已超50万,按每人每年100元会费,唐心怡计算下来,一年有固定收益5 000万元。会员章程约定,所有这些会员,如果谁遇险,可以享受环宇的救援服务。一方面挣钱,另一方面等于为公司打广告。

十年磨一剑,钱总总算磨出了牙齿,咬下了几家骨干保险公司的大单。单位的单子自然比个人的会员费厉害。保险公司每年支付环宇一笔费用,环宇的直升机为车险客户提供事故救援服务。这在国外已有先例,被钱总嫁接到国内。他磨破了嘴皮，最终在一家大公司打入楔子，获得订单。有了第一家，就会有第二家，第三家，依此复制，环宇啃下数家保险巨头的单子，基本扭转了救援业务零敲碎打的局面。当然，甲方的服务条款也是极苛刻的，除了西藏和新疆外，在全国范围内发生客户的车辆事故，只要符合合同上约定的救援条件，直升机必须在第一时间赶到，抢救伤员，送往医院。这让环宇扩大了网店布局，成本开支随之扩大。救援一摊子，开展得红红火火，各类媒体竞相报道，环宇的知名度上升，但盈亏能否持平，目前仍是个大大的问号。

"事到如今，不管盈亏，一定续下去了。"

钱总原是地产商人，积累下一定资金，这几年一直拿地产的赢利贴补通航的黑洞。既然设定了目标，即使亏，他也认。"做生意么，总有成，总有败，有时行，有时不行，有坏消息，也有好消息。"他说。

果然，钱总渐渐磨得锐利的牙齿又啃下两个探矿的项目。

钱总对唐心怡说："以前也不能说是瞎折腾，那是摸石子过河，挂着拐杖爬山，摔几下没关系，爬起来继续走。这下好了，拿下两个探矿的单子，一东一西。相信，这不会是最后两单，而是刚刚开始。"

被钱总叫过去，无非是手续方面的事。听着钱总轻松的口气，她的气越喘越急："东在什么地方？西又在哪里？"

"东在齐齐哈尔，西在阿勒泰山。"

"啊，这么远！"唐心怡冷气扑鼻，鼻子都酸了，"不是我理解的东和西，而在大东北和大西北。"

打开合同条款，唐心怡的脑袋霎时膨胀起来。时间，又是按甲方的时间。可是，这么多手续，怎么办得下来？去东北和新疆，飞机要过去，路上要经过多少地区，空中要经过多少不同辖区的空域，是几天时间能搞定的吗？又不是急救飞行，说批就能批的！如果不能按时办下手续，又是违约，又要赔款。

唐心怡满腹心事地迈出钱总办公室，边走边想着办一大摞手续的头绪，一个趔趄，几乎摔倒，骂了句"见鬼"。无意间，撞到了羌平副总的门口。羌副总负责飞行这一块。他的门开着。唐心怡拖着软绵绵的双腿，木然地闯了进去。

羌平跷着二郎腿，手中攥着本《孙子兵法》，像在闭目养神。他是部队退役下来的校官，平时还经常翻翻兵法啥的。

"羌副总在读《孙子兵法》?"唐心怡心不在焉地说。

"又遇到麻烦了吧?"他不回答她的问题，反问道。

她的胸口闷得发慌："那还用说，想起那么多手续，头都要炸了。"

羌平放下二郎腿，晃晃手中的《孙子兵法》："钱总签下大单，你我要执行，困难不少。但我仔细想想，许多法子老祖宗早替我们想好了，而且已经写在了纸上，我们还有什么理由愁眉苦脸呢?"

唐心怡的脸色缓和了一些，精神振作起来："羌副总是不是有啥锦囊妙招，快帮我授导授导，我真的快疯了，这时间可拖不起呀。"

羌平轻描淡写地说："对某些政府部门的马拉松式办文作风，兵法里有一计，叫'瞒天过海'，或许可以试试。"

唐心怡忽然明白了什么。别看羌平是副总，分管飞行，但早就在琢磨两个合同的事了。他是公司副总，拿到文件比她早，考虑问题自然比她前卫。

"羌副总的意思是?"她蹙着眉宇问。

"这次，我们不会那么傻啦，可以边修栈道，边度陈仓，也就是说，一边斩一边奏。"

看她似懂非懂的样子，羌平老辣地说："打擦边球，你归你办手续，我们的飞机先出发，边走边等。"

"这样做违规?"她的背脊又要冒冷汗。

"违屁个规。"羌平低声说，"将直升机装在封闭的平板车里，先开去东北，等到了齐齐哈尔，估计你这边的手续也差不多了，正好跟开飞探矿的日子吻合。"

她知道这类平板车，原先用过的，可以将直升机的旋翼拆下，装进车内，开着到目的地，再将飞机装起来。但在手续没有到达前就行动，她还是捏一把汗。

羌平不怕。飞机是到达了东北平原，但不是飞过去，是汽车装过去的，路上的批文其实用不着。这个理由说破天也不怕。

6

晚上十二点，在羌平的带领下，机组和机务人员悄悄来到机库，先将飞机的滑轮放下，大家一齐用力，将直升机像推车一样推出了机库。机务人员咣当咣当几下，把几片旋翼卸了下来。小吊车将圆滚滚的直升机吊上了等在一旁的平板车，盖上盖子，插上销子。汽车突突地发动，开出停机坪，驶上公路，趁着茫茫夜色，向北开去。

沈梦强和高副驾驶、机务坐在货车的驾驶室，冒黑北上。高副驾驶说："我们有点像地下分队的干活。"

沈梦强打着瞌睡，不打算多说话，路途漫漫，省点体力吧。

随着平板厢式大卡车的有节奏晃动，外面的空气越来越冷。几天后，他们坐车坐得快要僵硬时，离齐齐哈尔已经不远。

东北平原一望无际，草木枯黄，水流封冻。近几年，冬雪下得少了，黑土地敞胸露怀，裸露在阳光下。他们的平板车到达小镇上，将直升机卸下、装配，准备来日的探矿飞行。地质部门的工作人员和设备也已到达，准备飞机一到，按时作业。他们也是有时间节点的，大家都拖不起。

小镇没有直升机的室内机库，和当地镇政府协商，飞机停在一个露天篮球场上。贼冷无比的天，没人在室外打篮球。他们几个则住在镇上一家招待所里。以后的半个月他们将以此为据点，在周边几百公里的范围内开展探矿活动。

涌上来一群大人和孩子。生活在镇上的人们从未近距离接触过直升机。当一架橘黄色的直升机停在球场时，大人小孩像过节一样来到跟前，观赏的观赏，拍照的拍照。几个孩子蹦蹦跳跳，试着爬上光溜溜的机身，想上去做个造型。

沈梦强忙上去阻止："唉，唉，小朋友，不能爬上去，不能往上爬，上面滑，爬上去会摔跤。都在下面看，在旁边看。"

一男孩问："会弄坏吗？"

沈梦强和蔼地说："这个直升机像汽车一样，坐在里面可以，但爬在上面是不行的，飞机外表要损伤，人也会摔下来。"

另一孩子说："那我们可以坐到里面去吗？"

沈梦强连连摇头："这架飞机主要用来探测地底下的矿产，比如石油啊，天然气啊，铜矿金矿什么的，里面除了驾驶员，放着许多仪器，不是用来旅游观光的，所以你们也不能进到里面去。"

一女孩眨眨大眼说："那我们只好拍拍照了。"

"拍拍照没有问题的。"沈梦强将他们的目光往外一引，"站得远一点，拍出的照片清爽、大气，能把人和飞机全景拍出来。"

一群孩子被他哄了开去。

还是不断有人过来，往机舱内部瞧瞧，再在外面拍照。沈梦强和高副驾驶几个如卫士一般把在飞机周围，微笑着回答孩子和大人提出的问题，他们的双手如同无形的网，将人群拦阻在安全线外。

回到招待所，沈梦强的心一直悬着，左思右想放不下，怕晚上有人爬上去，弄坏旋翼和机器设备，和机务柳工程师一起找到镇值班室。值班员听到他们的担忧后，猛地一拍桌子："这好办，我帮你们找两人，晚上值班，不让人随便贴近。"沈梦强紧握着对方的手说："太好了，这么一来，咱们可以放心睡个安稳觉了。"值班员现场办公，立马打电话，雇来两个民工，每人200元，分上下半夜值班，保证直升机不让旁人"打扰"，尤其防止人爬上去。

吃了北大仓的米饭，看了会电视，刚想躺下睡觉，忽又觉得哪里不对，裹上大衣,敲开机务的门,对他说:"眼皮老跳,总放心不下。"

机务柳工说:"也没敢睡,毕竟在大北方,情况大不同。"

隔壁高副驾驶听到说话声,也敲门进来。三人合计着。沈梦强说:"天太冷,心打鼓,总忧心冻坏什么。"

柳工说:"我也在考虑,要么把电瓶拆下,如果冻成漏电,明天就发不起来了。"

高副驾驶说:"我跟你一块去拆吧,帮你搭把手。"

"我自己去,你们休息,明天要飞。"柳工说。

沈梦强说:"一个人哪成,要去一块儿去,否则不放心。"

柳工说:"不是还有两个请来守夜的吗?他们可以当下手。"

沈梦强站起来说:"别争了,一起去,一起回。"

三人套上厚外衣,从招待所一路走出,往篮球场的停机处。天冷,吐出来的热气都化成了白雾。

直升机静悄悄地停在球场上,也许太冷了,空旷的四周空无一人。

"不是派了两名值夜的人吗?去哪儿了?"沈梦强叫唤了几声,声音传出久远,竟无一人答应。

也许请来的两人见天色已晚,没人会来玩飞机,回去睡了。他们觉得,南方人怕冷,早睡觉了,不可能来查岗。

月光洒在苍凉的大地上,发出冷冰冰的寒光。

沈梦强等三人打开机门,咣当咣当弄了一会,将电瓶卸下。倘若电瓶冻得漏光了电,明天就无法发动引擎。当他们关上机门往回走时,突然爆出一声喝:"干啥的!"

三人一惊,回答:"机务人员,拆电瓶。"

对方说:"误会,误会,我是值班的。"

沈梦强说:"刚才去哪啦?要是坏人来,早把东西拆跑了。"

"这个,刚去上厕所了,这不发现有动静,马上回来了。"

"上个厕所要一小时?"

对方说:"顺便回去拿杯水。"

沈梦强说:"看好了,如果被人弄坏,你们担责。"

"哥,心放肚子里,我在这儿蹲到天亮了。"

抬头见明月皎洁,清辉满地,沈梦强说:"明天是个大晴天。"

十二点多了,沈梦强等才回招待所歇息。

沈梦强猜测不错,次日果然是个好天,太阳开得蛮认真。沈梦强等人赶往篮球场,将昨晚拆下的电瓶装上飞机。还好,关键部位没水分,结不成冰。

沈梦强点火,打开发动机。引擎突突突响了几下,熄火了,再发动,轰几下,又没了声音。

"出故障了。"沈梦强满脸寒霜。

柳工着手检查,马上发现是液压油管冻裂了,油路供不上,发动了又熄火。好在柳工本身就是为故障而来,随车带了许多应急备件,为防冻防裂。他迅速将冻裂开口的油管头子换下,飞机重新发动。一会,地质探矿部门的车辆到了,他们从车上卸下装备,装上飞机,两名技术人员也熟练地登机,坐在后排位置上。

"但愿别再发生更丧的事。"沈梦强说着,呼地将飞机升起,向探矿区飞去。

到达探矿区上空。

探矿作业的洪工程师将一根能收放的长杆子伸出舱外,在大地上方晃来晃去。长杆摆弄一阵后,洪工要求直升机降低高度,在离地三十米左右的上空缓缓飞行。沈梦强贴地飞着,洪工将杆子在大地上方不停地晃荡。有时洪工会要求飞机飞回去,在测过的地方重新来一遍。

飞行速度慢,还不如地面的车辆快,对于沈梦强和高副驾驶而言,这样的飞行跟巡线差不离,憋气得很,好像一匹骏马,只在灶间里散步,不能在旷原上奔跑。

如此飞了三四天,沈梦强和洪工等几个地质队员混熟了。瞧他们将一根杆子不停地捣鼓,沈梦强忍俊不禁地问:"你们用这么根杆子晃来晃去,能探出矿脉？"

洪工笑笑："杆子是头,是天线,机器在舱里呢。"

"天线在地上游走,也能探出地底下的东西？"高副驾驶问。

"学问大着呢。"洪工洋洋自得地说,"许多矿就是这么被发现的。"

沈梦强说："杆子好像探雷仪,关键在舱内的机器里。"

洪工笑笑,不再接茬,专心弄那根长杆。沈梦强不便再问东问西,专心驾驶。地质队员也是有纪律的,有义务对自己的工作保密。

在东北平原飞了两周,这个项目差不多收官了。回招待所的路上,沈梦强好奇地问洪工："听说你们这次大丰收,探到了一个大油矿,比原来的大庆油田还大几倍？"

洪工一愣："唉,听谁说的？"

"嘿嘿,这个……"沈梦强故意停顿一下,"听你们中队人传说的。还有,老百姓也在传,离大庆不远的地方,发现了一个比大庆更大的油田。"

"你诓我吧。"洪工转头说,"怎么,你们也关心这个？"

"虽然,我们飞,你们探,但如果你们能测到个大矿,我们也好有成就感哦。"

洪工笑道："沈机长,早跟你说过了,不该问的别问,嘿嘿,只管好好飞你们的。"

沈梦强不服气地说："这不是关心国家大事么？ 国家复兴,人人有责!那个,当年李四光曾做过地质模型,推演出东北、新疆等几个盆地可能蕴藏大油田。"

已过中年的洪工侧脸瞧了他一眼："咦,你们年轻人也知道李四光？有点意思,嘿,那是我们这代人的青春记忆。"

沈梦强暗忖：真以为我们啥也不懂,是白痴？ 其实,国家已通过卫星及其他手段确定了大的框架,这些框架内应该有矿藏,你们只不过有的放矢,近距离再检测,精确定位这些矿藏的具体位置、深浅程度、规模大小。嘿,即使你们一句话不讲,跟着你们这么多天,看也看出点名堂了。

"飞直升机比开大飞机难。"沈梦强对洪工说。洪工将信将疑。

这是洪工他们最后一次的复检。飞完这次,该项目基本收场。数据都在洪工他们的机器里。

物探飞行,几十米高度,类似于贴地飞行,难度大。东北平原,也不是一平到底,也有坡度,也有起伏,飞机就得依地形忽上忽下,忽高忽低。为了维持相同高度,杆一直在动,方向舵一直在操作,难度超过民航运输飞机。大飞机飞上巡航高度搁自动驾驶,出现情况有管制员指挥,天上的卫星、地上的雷达每时每刻都关怀着。直升机用目视飞行,靠自己的双眼关注四面八方,靠自己的目光判断情况,一双肉眼拼天下。

大飞机有专用的气象服务。空管系统不停地发布起降机场、航路航线的天气预报。机载气象雷达能收集 150 公里范围的天气图像,对天气掌握的准确度高。直升机在野外低空作业,没有专门的气象系统,只能从公共气象中查看资料,得出预报,飞到作业点,全靠自己的肉眼识别天象,判明情况。

最后一课,洪工尤其严肃认真,脸上不挂半丝笑容。他将长长的无线检测杆伸出舱外,超过旋翼的长度,避免翼的旋转对测杆产生影响。

机上的无线电话响了。沈梦强将伸出的手又缩了回来,瞅着洪工程师。洪工用眼角的余光瞟了他一眼,摇摇头。沈梦强不接。电话不响了。过了五分钟,电话又响了起来,沈梦强又瞅洪工,洪工还是摇头。沈梦强叹口气,继续飞行,任凭电话在那儿"嘟嘟"地响。

沈梦强懂的。洪工的探测棒不希望受到无线电干扰,所以在探矿飞行中,只要洪工手中的杆子一伸出去,机上无线电保持静默。刚才要是沈梦强接电话,来来回回讲几句,洪工手中那根无线测量杆的数据就会失真,等于这条线白飞了。沈梦强明知是局方的短波呼话,也只得先放弃,等洪工完成了这一波测试再说。

过了十来分钟,洪工收进杆子,说:"可以接电话了。"沈梦强忙和局方联系,接收了局方人员的几条新要求。

回到招待所。环宇公司对他们下一步的工作指令已在等他们。盖有公章的正式通知转在他们的微信上。现在方便,移动互联,手机微信,连传真都要失业了。当晚,唐心怡通过电话和他们进行了再沟通,也就是确认微信上的通知是权威的,并非哪个人开的玩笑。

高副驾驶连连叹息,噘着嘴说:"在东北苦了半个多月,想不到连气也不让喘,又将咱一鞭子抽到了大西北。"

"自从干上这一行,已经习惯了。"沈梦强心下也有一百个不愿意,"本想回家住几天,和我姐已经多少日子没碰面了。唉,料不到,直接转场了。"

高副驾驶说:"难怪你姐当时不建议你学直升机,要是飞固定翼大飞机,也没这么多野外作业,风餐露宿。大飞机也到外地、外国过夜,但出入大都市,住大宾馆,吃香喝甜,每天好酒好菜的。"

沈梦强淡淡地说:"飞行人员不喝酒。"

"嘿嘿,我是说休息的时候。"高副驾驶细声说,"管理层张张嘴,咱的脚就得抖抖抖。"

沈梦强没心思和他纠缠这些细枝末节,盯着文件通知,细细研读。忽然说:"原来公司订的是上北疆的阿勒泰山,现在说季节不对,阿勒泰冰雪封山,临时改道,去南疆的昆仑山边沿探测飞行了,怎么回事?"

高副驾驶打着哈哈,埋怨道:"还不是公司的另外一个项目!他们坐着签字,咱们喝完了北风,喝西风。"

沈梦强似乎抓到了把柄:"这算不算违约?甲方违约。"

高副驾驶说:"嗨,北是飞,西也是飞,对咱老飞,往哪儿飞还不是一样飞?"

"地点和时间发生了变化,原先的合同就被推翻了,地质勘探部门应该赔偿。"

"迁就甲方,见风使舵,是咱乙方的一贯做法。合同条款变了,可以签补充合同,因为甲方有奶,便是娘。反过来说,根据天气改变行程,虽然由甲方提出,但对咱公司来说,无意间又新增了一个项目,管理层可能暗暗笑得合不拢嘴。表面上还会说,考虑到两家关系,尽量满足甲方的修改,实际上又分得一杯羹,摘下一个桃,况且,等明年开了春,天气回暖,阿勒泰的项目还在手里。"

"想不到你还是个蛮有经营脑子的人,一下将管理层的心理掘了出来。"沈梦强说,"苦的是咱们下面动腿的。不过么,也就是动动驾杆,反正都是飞。"

高副驾驶长叹一口气:"唉,真想先回趟家。"

"四海为家么。"

从东北平原转往西北,路上花了一周。乌鲁木齐一片冰天雪地。等他们翻过天山,往南,跨过塔克拉玛干大沙漠,到达和田时,气温回暖,没有丁点雪花。接下去,他们将在和田以南的浅山层进行探测飞行。

新疆地大,为全国的六分之一,空域充足,手续简捷,直升机从乌市起程,分段飞往南疆。和田地区盛产玉石,难道地质队来此勘察玉矿?他们猜测。

同样的飞机,同样的驾机人。但探测方面换了人,变成了新疆方面的探员,洪工程师换成了黄工程师。他们先在这儿飞两周,后面再作打算。合同上这么写的。

到了和田才知道,飞新疆山地比东北平原更麻烦。新疆这边的山不像东北的山,东北的山有缓缓的坡度,平缓地向上过渡。但新疆的山丘不一样,远看黑乎乎的,最普通不过,飞着飞着,前面出现一道"墙",太高的墙,差不多有近千米落差。西北的山就这样,许多地方如刀削一般,像一堵墙,实际是九十度陡直而上的峭壁。

地质探测要求飞机依地势飞,直升机和地面、山坡的距离一百米左右,如果山体是一道墙,飞机需要依墙壁垂直上升,两者距离保持不变。

这太为难沈梦强他们了。为了让数据精确,沈梦强拿出浑身解数,让飞机保持速度,笔直地沿山体上升。黄工抓紧伸出检测杆,不停地将数据收集进来。但由于当前的"墙"体太高,足足有九百多米,任凭他们技术怎样高超,上到离山峰一半时,飞机的马力跟不上,在空中呼哧呼哧挣扎几下,被迫退了下来,向峭壁以外斜飞出去。

直升机虽能垂直起降,但上升时最好带一定的斜度,没有斜率的上升也能做到,可是只能在一定的距离内,要连续陡直上升几百上千米,实际上做不到。

沈梦强来回试了三次,每次都开到高度的一多半,发动机就不听使唤了,像漏了气的皮球,缓缓沉落,只得退回来。

"差一点没关系吧?再说,陡壁上哪会有什么矿脉。"沈梦强说,"实在飞不上去了。"

"不能这么说,地质探查需要所有齐全的资料,包括峭壁上的块和条,如果缺少一部分,整体数据就不完整了,资料失准头。"黄工程师说。

沈梦强调整状态再试着飞,前后来了五次,最后一次将加力推到极限,直升机快到山顶差十五米时,实在上不去了,只好哗地拐下来。黄工也探测了陡地的百分之九十。

"不行不行,再飞要散架了。"沈梦强埋怨道。

"你们已经尽力了。"黄工九分遗憾地说,"只能这样了,缺一小角,我们回去在图上标注一下。"

南疆的气候十分干燥,扬沙老往鼻子和嘴巴里钻。十多天飞下来,气候的不适应,沈梦强几个差点害病。好在这一张单子终于完成,他们要东南飞了。

8

回到东部,沈梦纱赶来接他。

"姐,这么冷?"沈梦强说。

"笑话,这里不比大西北暖和!"

"乌鲁木齐冰天雪地,但屋中如春天,暖气打得人冒汗。"

沈梦纱细瞧了弟弟一遍,说:"走了关东走西口,又黑又瘦!叫你学大飞机,偏要去学什么直升机,好呀,开到昆仑山去了。"

"昆仑山有啥不好? 那是我国的龙脉。"沈梦强说,"姐,中午请你吃饭吧,吃了饭,去趟公司。"

"当然是姐为你接风。"她拍拍他的肩膀,"好孩子,以公司为家,逐梦通航了。"

沈梦强踏进唐心怡的办公室。

"沈少辛苦了。"她玩笑地说,"以后没地方去,就上姐这儿蹭饭,唐姐是有家的人。"

"瞧你说的,我有亲姐姐。"

"知道,你姐沈梦纱是空管的大美人。"她问,"有人了吧? 她一定能找个太阳一样灿烂的男人。"

"不说她的事。"他说,"咋样,有啥好消息?"

唐心怡指着桌上一大摞文件说:"好消息不断,国家对通航产业的扶持力度越来越大,可惜怎么落地? 早着呢。"

"唐姐是给办手续、对外协调吓怕了。"他为她打气道,"通航'私家车'时代说远也远,说不远也不远,也就是十年之内的事。好比汽车,以前总有人说,中国怎么可能像美国那样家家拥有汽车,现在怎么样? 东风吹来,每家几辆,一夜之间,全国堵车!"

"乐观主义。我可是吃足了协调各方的苦头。"

"不管怎样,通航的发展已是趋势,人们向往自由飞行。低空开放,只要绕开机场终端区,2 000 米、3 000 米以下开放,已成为不可阻挡的趋势。我姐说了,空管系统已在着手建立广播式自动相关监视系统,这是一种新的航行设施,飞机通过接收卫星的定位信号,将自己的方位等信息以广播的形式不间断地向地面和周围发送，地面收到信息后就知道每架飞机在什么位置，朝什么轨迹飞行。这类系统的基站建设费用只有雷达的十分之一。系统全国布点完成后，可以为通航提供全方位服务。当然还有其他一些航行新技术，也可以为通航所用。"

"饼画得很圆很大，但我看来，还是水中月、镜中花，一句话，通航难干。"

"唐姐，我理解你岗位的难处，由于多年来的难处，你显得有些悲观，连听的音乐，假如在忧郁和快乐之间，你也偏向于忧郁。我觉得唐姐年纪轻轻，不应该这样，需要调整。"

唐心怡一脸菜色："你说得不错，由于通航工作中遇到了太多的困难和不畅，心理负担过重，我几乎带着恐惧在做事，或许，忧郁的音乐才是我最好的慰藉。"

"可是世界上本来就没有什么事是很容易的，容易的都不算什么事。"沈梦强目光犀利，"泰戈尔曾说，你的负担将变成礼物，你受的苦将照亮你的路。"

沈梦强说："还有古人说的，'回首向来萧瑟处，也无风雨也无晴'。"

"你像你姐，不时冒几句诗词古语。"唐心怡嘴角上挑，终于露出一丝笑意，"看来读万卷书不如走万里路，经过东北和大西北的洗礼，你成熟了，会安慰人了。强强真是个好孩子，唐姐谢谢你。"

第十章　延误难题

1

沈梦强回到江南后，一场飞雪旋踵而至，弄得沈梦纱他们焦头烂额。

"一夜之间变成小西北了。"沈梦纱说话间，带着那张魅惑众生的脸走进管制大厅。

她拧着眉宇，研读了气象中心的天气信息，又瞥一眼窗外的飞雪，表情如天上厚厚的云层般阴郁。旁边的施副班说："原来预报雨夹雪，下着下着，雨化成了雪，变成了成片的雪。"

沈梦纱对他说："预报也没错，雨和雪。蝴蝶效应中的个别因素一变，雨消失了，又一变，成了中雪，再一变，下成了大雪。"

"说明预报有偏差。"他张大着嘴巴。

"咳，免不了的。准确是相对的，不准确是绝对的，人的因素、设备的因素发生一些差异，就会导致预报结果的变异。"沈梦纱收摄心神，"不说了，我们先来处置眼前的。"

葛尖跨进管制大厅，来到进近管制室。

"师傅怎么来啦？昨晚刚下的班，今明两天不休息吗？"沈梦纱问。

"坐不住，风大、雪大，吹来了。"葛尖撸撸寸头白发，说。

"葛老师来给我们压阵。"施副班说。

"不是我放心不下，真是来实地调研。"葛尖说，"怎么样，天上多少飞机在转？"

"严重得很，进近范围有三十五架在附近盘，外围区域大概有五十架搁在等待空域。"

葛尖盯着雷达屏瞧了一瞧，神色骤然变冷："来之前，去过气象中心，他们说雪一下不容易停。看来，得马上行动，备降的备降，返航的返航。"

沈梦纱说："已和塔台、区域管制部门进行了沟通，对外发布流控，不再接收飞机，对窝在天上的也在采取措施。"

葛尖说："现在室外的温度还不是太低，落下的雪基本融化，可以安排一部分航班尽快降落。"

施副班说："梦纱已在安排本场落地，多落一架是一架，尤其是油量不足的。"

沈梦纱以她娴熟的口令指挥一拨飞机降下，喘了口气说："师傅，您想亲自指挥吗？"

"不，你来。"葛尖说，"一会气温下降，积雪增加，能见度降低，天上的飞机应尽早安排备降。"

施副班报告："这次是系统性天气，杭州雨夹雪，附近的南京、合肥均降雪，其中南京、合肥大雪，十年一遇。"

"低油量的航班已安排落地，现在和区域协调，安排悬空的去备降，估计机场也快关闭了。"沈梦纱说。

忽然，施副班大声说："航行情报显示，合肥机场飞雪，已低于能见度标准，正式关闭。"

过了不到一分钟，副班又说："呀，南京机场也关了。"

意味着去合肥、南京备降的后路已经封死。

"往南。"沈梦纱心头一紧，说，"这就安排天上的去杭州、宁波。"

葛尖问："杭州宁波能收这么多飞机吗？"

"已提前打了预防针,实在不行,滑行道上也停,讲大局,一盘棋了。"

"我想的是,如果杭州同时暴雪,机场也关闭,天上这么多飞机怎么办?都飞去宁波、温州?当地有这么大接收能力吗?我们干管制的,绝不能做一厢情愿的事。"葛教头冷声道。

适才忙得没有缝隙,将天上的飞机料理停当后,沈梦纱也是心有余悸。师傅说的是事实,如果情况再极端一些,这次突如其来大雪的范围再扩大,杭州、宁波的机场同时关闭,大批飞机在长三角上空转悠,那会是一种什么景象?要说指挥技艺,沈梦纱已很精进,但葛尖思考的是事件后面更远的事,这就是师徒间的差异。干航空这门活,可不能有半点的侥幸。

"塔台通知,本场关闭。"施副班有气无力地说。

"大面积延误已经不可避免,许多航班还会被取消,"葛尖说,"现在的关键,是雪啥时候能停?"

沈梦纱放下电话,霍地转过身说:"问过气象了,他们也在检讨预报上的偏差。不过,局长已去了气象中心,南主任、老孙、伊点点等一班精锐全部到岗,开展集体会商。"

施副班好奇地问:"你是说伊点点,那个透视眼?"

沈梦纱说:"哪有什么透视眼?还不是靠会商。"

"也不能抹杀个人的天赋和认真。"葛尖说着,又在他的小本子上记着什么。

机场关闭,沈梦纱他们歇业了。唯一的事情就是不断地询问气象中心,雪情啥时能告一段落。

可是,雪下得更大了,乌天黑地。气象中心的电话被打爆了一通后,确切的预报开始登场。

"什么,下午四点十分,停雪,精确到分钟?"施副班挂了电话,充满疑虑地说,"看不出丁点会停的意思。嘿,还有六小时,敢那么肯定?"

"有点意思,带有伊点点的风格,她从不说模棱两可的字眼。有了精确的气象信息,才好做后面的事。"葛尖说。

她明白葛尖的意思。雪情造成大批飞机进不来,也出不去。但最不情愿延误的是空管、航空公司、机场等航空运输主体。不管延误多长时间，最终还得将滞留的飞机放出去，将外面的飞机接进来。倘若真像预报的那样，下午四点十分左右雪止，塔台得预先通知吹雪车上跑道吹雪，安排测量车检测跑道的摩擦系数，安排停场飞机出港；进近和区域得算好时间，协调域外航班提前赶来，一旦雪止，及时降落。

过了一个小时，施副班又打了几次电话到气象预报室，核实信息，得到的是同一种声音。施副班咋舌道："南主任、伊点点都说了，下午四点十分雪止转阴，分钟不差，这么牛？"

沈梦纱说："南主任他们都是高手，集体会商，应该有道理，不会喇叭腔。"

"不是有道理，伊点点说，那个，如果不准，提头来见。"施副班学着伊点点的口气说。

葛尖收起小本本："同样是预报，人与人之间差得远，有人就是有资本显摆，有人没有。好了，你们先忙，我还去趟区域室。"

到了下午四点左右，纷纷扬扬的雪片越来越薄，越下越稀，至四点十分，梦幻般地停住了。沈梦纱等管制员没有时间去评判预报室的准确与否，一门心思安排地面吹雪，吹雪一完成，迅速指挥等场已久的飞机滑行起飞，到达机场上空的进港航班抓紧落地。

晚六时正，施副班接到预报室发来最新预告：晚上七点起，再降小到中雪，次日上午八时雪止转阴。

"咦，真牛，一点不打格楞。伊点点，透视眼，就是牛！"施副班念念有词，竖了竖大拇指。

"人家是端这碗饭的。"沈梦纱说，"抓紧做我们自己的。"

2

翌日八时，风吹云散。草坪、树上、屋顶上留下了五公分厚的积雪。

雪花积处,白茫茫一片,这为南方人带来了别样的兴奋,小狗奔跑,小孩堆雪人,手机刷屏,许多人莫名其妙地为一场白雪喜出望外。

报社记者田秋颐坐在候机楼的椅子上,等着外面除雪除冰。想起某人,就打个电话给他:"葛老师,在现场吗?"

"当然不在,今天休息。"

田记者撇了撇嘴,说:"雪压冰封,不能跑步了吧?"

"照跑不误,只不过跑的方式有所不同。"葛尖话锋一转,"田大记者怎么有空唠叨?"

"不是去北京吗?航班延误,在候机楼喝茶,说是飞机要排队洗澡——除冰,目前还没有时间。正好有闲,想起老朋友,打个电话过去,唉,顺便做个语音采访怎么样?"

"啊哈,我不在现场,晚上才值班,所以呢,没有资格接受采访。另外,上级宣传部门有规定,原则上不接受电话采访。这个,下次,下次。"

撂了电话,葛尖开始整理小本本,准备外套。葛太太说:"干吗,这么早出门,不是晚班吗?"

"别人了解我,你不更了解吗?"

"也是。"帮他将大衣套上,拉拉领子,"今天气象中心必定又是高手值班,你们的预报神了,说八点停雪,就八点停,这会,云后都露出蓝天了。咦,是不是内部做过手脚?"

"嘿,瞧你说的,天气预报是预报在先,怎么做手脚?"

"倒也是。唉,去吧,去单位吧,白天连晚上了。不过,等你明天下班回家,我在飞机上了。"

他摇了摇头,出门。

葛尖带着他那个小本本,来到管制中心,先去了流量管制室。为集中资源,华东地区相关大机场的航班,统一由流量室协调放行。大雪初停,流量室的管制员们紧张地忙碌着。见他进来,管制员们朝他点点头,算是打招呼。葛尖问边上一个副班:"还流控、限制吗?""不限了,已通知塔台,只要飞机准备好,就可以走。"

他不想打扰他们繁忙的工作,在主任席上点开雷达屏幕,查了查空中和地面的情况,在小本子上记下几笔。一会,离开流量室,去往区域管制室。

老远就看见葛尖,马化讯有些激动。最近,由于工作联系频繁,两人的关系变得密切了。待他走近,亲切地问:"葛老师怎么大驾光临?"

"晚班。年龄上去,睡不着,早点进来转转,为晚上接班打点底子。"葛尖说,"你们这边怎么样?"

"进港小限,出去不限。"马化讯笔挺着背脊说。

"昨天进近和区域可吓着了,这么多飞机在天上盘,万一周边保障出瓶颈,落脚都没地方。"

"想想都要尿裤子。"马化讯的嘴角挑起个怪魅的弧度。

"今天,麻烦在塔台,塔台席有得折腾了。"葛尖拱手告辞,"不影响你们了。"

天上已经腾空,可地面乱成一团麻。

戈晖急得嗷嗷直叫:"瓶颈,瓶颈!候机楼和机上广播可别乱说,这是流量控制造成的延误!问题在机场,在航空公司,只要他们来得及除冰雪,我负责放出去,除完一架,放走一架。"

他从塔台往下瞅,廊桥和远机位上的飞机一架接着一架,多辆除冰车齐出动,使劲往飞机身上喷着高温除冰液体,场面蔚为壮观。

波道里冷冷清清,戈晖反而有点不习惯。原本波道里嘈杂得很,管制员平均每三秒钟发一条指令,现在没有。他对着航班时刻表,主动叫通了一架飞机:"时间过了,怎么不报告,要求放飞?"

机长感激地说:"谢谢塔台关怀。可是,冰还没除,正排着队呢,僧多粥少,没法子。二十分钟除一架飞机,除冰车本身加一次除冰液还要二十分钟,有得等。"

戈晖随即打给机场方面的现场指挥处:"请你们加快点除冰速度,这样磨磨唧唧,得到猴年马月?"

机场指挥处的哥们叫苦连天:"马力开得太足了,十几台除冰车连轴转,趴下了六台,损失率超过三分之一。"

"平时怎么养护的?关键时候掉链。"

"可不是吗?几年不用一次,平时搁着当摆设。哪像大东北、大西北,年年大雪,年年用,反复用,反而没事,叫做那个什么……'户枢不蠹,流水不腐'。这下好了,来个突然袭击,受不了,人没累趴,机器倒趴下了。"

"听说除冰液也不够?"戈晖一头雾水。

"您怎么啥事都晓得?"对方哀嚎地说,"08 年发生过一次冰雪灾,除冰液都从新疆调,以后年年准备'狼'来着,'狼'年年不来,天下无事,想不到今年真来了。"

戈晖不耐烦地说:"还是那句话,你们除完一架,我放行一架。"

"老大够意思,够意思。"

"说话注意,谁是老大?好像我踩过你尾巴似的!"戈晖厉声说。

"是,是,不是老大。"

戈晖触景生思,想起曾经碰到的一次经历。

那天早晨,一大片从东海方向飘来的平流雾,将机场遮了个严严实实。平流雾不同于辐射雾,来无影,去无踪,不好预测。大雾封场,地面和空中乱如麻。戈晖和进近室的管制员决定,将天上的飞机撤回去。

兰晓天正下降高度,切进了五边,接到通知,双脚直颤,哀求道:"咱是国际航班,飞了十五个小时,又去备降,一来一回折腾得吃不消。"

"以为我愿意那样?没法子的事。"戈晖道,"你可以对旅客说,是流量控制原因,但后面别忘了补充一句,由于大雾,天气原因,不能降落,只好去备降场。"

兰晓天不甘心地问:"能不能让我在空中先待一会,如果雾散了,再下来?"

"不行啊,我们也不清楚这平流雾啥时能散,万一一时半会散不了,你们在天上盘,油量不足,连备降场都去不了,咋办?"

"那,这雾,大概啥时能消?"

"只有问老天了。"戈晖无奈地说,"平流雾这东西,没有规律,难测,连'透视眼'伊点点这些高手,也拿不准确切的时间,只能说,估计到某时开散。"

"但那大概到什么时候?"

"不知道。你也别缠了,还是乖乖地去杭州备降吧,顺便加点油,等雾散了,再通知你快点飞回来。"

当空中许多飞机掉转屁股离去时,戈晖和其他管制员心中堵得慌,说不出的别扭。本场一关闭,对外发布流控,区域和区域之间层层外推,全国流量控制,结果是有相当数量的航班要延误,这种事情,谁愿做?怪谁,去怪老天爷吗?

3

不知不觉间,航班延误已成为旅客、社会各界诟病民航的主话题。不知不觉间,航班增加,旅客吞吐量连年攀升,但这个国际级中心城市的枢纽机场,航班正常性排名却进入"倒着数"的状态,再这样下去,面临着调减航班的尴尬境地。航班延误成为业内业外的热词。

政府、航空公司、机场、空管等相关主体在舆论的议论声中,开始合力联动,凝心共治。作为空中交通的核心部门,空管内部,在保证飞行安全的基础上,更加注重航班的正常性,也就是说,既要安全,也要正常,两个拳头都要打,两个拳头都要硬。经研究,决定以问题为导向,抽调若干骨干,成立专题工作小组,拿出一个内行的解决方案,"落子"破局。

葛教头有塔台、进近、区域工作的完整经历,主动请缨,要求担此重任。征得上面同意后,葛尖开始点将。这类课题小组成员,既要上班,又要调研开会写材料,人宜精而不在多,便于统一思路,形成一致的意见。

他点下了马化讯、沈梦纱等五六个骨干，着手此项工作。

马化讯、沈梦纱等都是在一线摸爬滚打的管制员，心中自有许多苦恼和见地。葛尖的小本子上记得的就更丰富了，各类问题、问题的症结、解决对策，应有尽有，翻出来都能整理成几篇行业论文。小组会一开始，大家直奔主题，将航班延误归纳成了十大类别，每大类别又可派生出若干小项，如此分析开来，航班延误由几十个因素促成，换句话说，治理延误是一个庞大的系统工程，光靠哪家单打独斗是难有起色的。

快到中午十二点了，讨论依旧热烈而激愤。马化讯才感到跟葛教头做事真的累，本来今天休息，葛尖通知召开治理航班延误小组会，他老早就开着私家车来到单位，一开就开到中午，要是在班上，十一点半就换班吃饭了。今天开会，过了饭点还没人提起。他早饭没来得及吃，到了这时肚子咕咕乱叫。他故意甩出小臂看了两次腕表，葛尖像没事似的，目不旁视，边听发言边在本上记着。沈梦纱一个女的不提吃饭的事，他也不便提，估计到十二点半总可以结束了。

忽然，他们的手机收到了内部信息：本区域出现航班较大面积延误。

马上有人从位上立起："阳光普照，哪来的较大面积延误?"

葛尖头一个坐不住，已无暇将会开下去，说了声"休会"，便合上本本，跨出会议室。边走，边对马化讯说："走，去区域室看看。"

沈梦纱讪笑道："刚开航班延误治理会，就来个大晴天延误，成心甩脸子给咱们瞧。"

到了现场才了解，原来有人又在钓鱼岛挑事，多架军机抵近侦察，引发我国反弹，东部战区的战机从两地出动，赶赴钓鱼岛附近领空，对外机进行识别和驱赶。军事出动，临时借用了一些空域，引发流控。

葛尖指着屏上流控的区域说："按运输总周转量和航班起降数看，目前美国老大，我国老二，短短三十年，我国已跃升为名副其实的航空大国，但空域结构没法比。美国东西两边都是辽阔海洋，地理太优厚。"

沈梦纱说："的确，我们是航空大国，但有些地方还大而不强，大而不优,还有不少短板,比如空域结构、大飞机……"

东海上空,经过几个回合的互怼,在我军优秀飞行员高难度动作的威慑下,外机退走,我国军机回撤。限制解除了,葛尖他们每人扒了几口冷盒饭,继续开会。

按葛尖的思路,他们专家小组的工作,不做泛泛而谈的理论研讨,而是针对十几类航班延误的"病根",开出"药方",供领导层决策。他们要做的,就是以原因为导向,建立工具箱,建成方法库,遇到情况,拿出来就能用。原来有的方法和对策,整理提升;没有的,加以研定。

当晚,葛尖回到家里,坐在他的那张书桌前,翻看着小本本,一个又一个本子上记录着各种资料。太太飞航班去了,无人唠叨,他精心研究他的治理计划。

他是小组的核心人物,集思广益的基础上,必须拿出令人服气的主见。

他研究发现,目前社会吐槽最结棍的是流控,而流控的最大来由是天气。

在天气引发的流控式延误中,难点在两头:一夏一冬,规律性比较明显,夏天为雷雨、台风,冬天为雪和雾。

夏天,常发和最厉害的要数雷暴。去年夏季,河北石家庄上空 2 000 米至 8 000 米一线,发生强雷暴天气,将北京周边垒起了一道坚固的"长城"。强雷暴连续笼罩了五个小时,飞机出不来,也进不去。北京终端区对各地航班发布流量控制,引起全国航班大延误、大混乱。像受了遗传似的,每年一到夏天,邻近首都的河北上空,经常性发生暴雨天气,暴雨瓢泼,雷电轰鸣,机长和管制员们望雷兴叹。

葛尖清楚地记得,半年前,冷暖气流在长江上空对峙,形成的锋面好似在长江上方砌了一堵厚厚的"墙",这道几千米高的墙将南北隔开,两小时岿然不动,里面是闪电和暴雨。如果航班想绕过这道墙,得绕飞半个中国。进近和区域室被迫发布流控。这头一发流控,层层传导,全国流控。

在夏天雷雨季节,雷雨台风常常来,流量控制不间断,旅客谩骂不止,管制员叫苦不迭,机组惨不可言。

葛教头的一大摞小本本,是航空业的万花筒,是日记,又不是日记,是案例,又不光是案例。这些手写的文字,将业界的长和短、凸和凹、矛和盾,全方位地记录和解析。

"如切如磋,如琢如磨。"他在本子的扉页上抄着这两行字,从《诗经》里摘录的。"慎而思之,勤而行之。"在班上他是毫不起眼的白头管制教员,但他的经历,他那些小本本上的"学问",实在比民航大学课堂上的教授更教授些。

4

沈梦纱选了几天档期,进行航线实习,近距离接触飞行。

按规定,为加强地空交流和沟通,管制员每年有几天航线实习,登上飞机,进入驾驶舱,现场感受飞行经历,掌握飞机在天上运行的特性,便于更好地为机组服务。由于人手紧、工作忙,每年规定的航线实习,年年都放弃。这次,征得领导同意,她终于得到了一次实践机会。

走之前,葛尖叮嘱道:"围绕课题,好好看看飞行方面的因素,我们要学双头鹰,一只眼睛向内,一只眼睛朝外。"

出发那天,沈梦纱将长发扎成马尾,背个双肩包,身着休闲装,通过安检,踏上飞机,找见座位,轻松怡然地坐下。

接踵而至的旅客很快装满了机舱,嫣然、自然、淡然、灿然的神情相映成趣。

离起飞时间过了半个多小时,飞机仍在廊桥位上静静地躺着,没有一点动静,乘务员们仍在机舱内走来走去。

今天没有流量限制,应该推出了,怎么没反应,会不会机组忘了时刻?应该不至于吧。沈梦纱思维乱飞,轻声问走过来的乘务员:"怎么还不见关舱门？"

乘务员同样细声细语："一名乘客过了安检，还没上来，大广播、小喇叭喊了三遍了，只好再等等。"

正说话间，一个满头大汗的胖旅客跑进机舱，扬着手中的机牌说："不是没到时间吗？怎么广播说就等我了？"

乘务员接过他的登机牌一瞧，头摇得像拨浪鼓："不是这个，先生您上错航班了。"

胖旅客大惑不解地问："不是你们不停地叫我名字吗？"

乘务员再细瞧一眼："你叫李兵？"

"是，我叫李兵。"

"但是航班号不对，您是去贵阳，我们这架飞机去西安。"

"啊，你们去西安？"胖旅客奇怪地说，"谁让广播一个劲地叫我，叫得我心都慌了！"

乘务员打开手上的平板电脑查了查，果然，缺的旅客叫"李兵"。

"嗨，同名同姓！"乘务员说。叫李兵张兵的，全国没有十万，也有八万。

这时，又一名高高的乘客气喘吁吁地跑进机舱，大声喊着："多亏延误，哈，还好延误！路上堵车，差点就赶不上了。"

乘务员拿过高个子旅客的机牌瞧了瞧，说："李兵，这才是我们要等的李兵。"

她走到胖旅客面前，对他说："请这位李兵先生下机，您还有四十分钟才登机，还早，而我们这个航班，马上要走了，请赶快下机！"

胖李兵怪笑着走了下去。旅客们笑不出来，被辣到了双眼。由于两个李兵，飞机延了一个多小时。乘务员关了舱门，塔台指挥飞机滑出。

沈梦纱过道对面的旅客霍地立起，大臂一扬："等等，我要下去，我要下机。"

乘务长解下保险带，急赶过来："先生，飞机已经开滑，不能下去。"

"特别情况，我有重要事体！"那人嚎叫着。

"哪里不舒服，得了急病？"

"触霉头，我像得急疹的人吗？"那人说，"刚刚，大客户发信息给我，前后谈了五年的大项目，终于落地了，让我下午去签字。如果错过，就泡汤了，你们说，有比这更重要的事情吗？停下，给我停下！"

几个乘务员围上来，齐声说："一旦滑出，不能随便停，飞机不比出租车，几百个人的航班，又不是哪一个人的包机。"

有旅客附和道："对，不能停，不能下飞机，个人服从集体。"

那人的脸色涨成了猪肝色："不行，我有重要事体，必定要下飞机。"

后面另一名旅客恚怒地说："那是你的事，不是大家的事。我也要赶在下午一点前到西安签合同，案值估计比你的还大，不要因为你个人的事体影响机上几百个人的出门！"

乘务长说："您看，您的登机牌上有行李标签，行李已被放入货舱，即便你能下去，全机的人都得跟着下，还要将所有人和行李重新安检，这架飞机，没有半天的折腾，走不了了。"

"可是我那合同怎么办？"

沈梦纱看不下去了，抿了抿红唇，顺着乘务员的话说："不成的，先生，乘务长的话没错，别冲动，现在下飞机根本不可能。至于合同么，你只要跟对方打个电话沟通一下，将这里的情况说清楚，相信对方能谅解的。"

那人望了眼雪肤桃腮的沈梦纱，她的眼光似有无形的威压。见她这么说，态度软瘫了下来："唉，今天什么日子，怎么这么霉呢。"

乘务长绚烂地说："今天是好日子，艳阳高照，晴空千里，您的合同又成了，只不过是早签一天和晚签一天的区别，不是好日子是什么？"

那人翘了翘唇角："哎……"

飞机继续滑行。两个小插曲一播，航班比原计划晚了一个半小时。

沈梦纱将头别向窗外，心想：广播里可别说，由于流量控制原因，导致航班延误起飞。要是那样说，她立马要吐了。

5

这次航线实习,沈梦纱的设计路线是先到西安,西安飞拉萨,拉萨至成都,再从成都返航。三年计划成行一次,她得多去几个地方。

头一次上西藏,时间不够排,连进带出只待一天。上了布达拉宫广场,没时间排队进里面瞧瞧,也已心满意足。这是经常在书上、影视、梦里去的地方。西藏地广人稀,即使手机拍出的照片,也充满光的通透力。有生之年,不来西藏、新疆等高海拔地区,简直是浪费空气。

早上到,傍晚飞成都,充其量只待了大半天,但毕竟上了西藏高原,到了拉萨,近睹了布达拉宫的风采。

档期太紧,她得搭晚上的航班返程。当坐在成都双流机场候机楼时,候着候着就僵了。

飞机没到!

如此干坐了个把小时,她忍不住去问工作人员。工作人员回答说飞机没到,啥时候到不清楚。

她晕了,今晚必须赶回去,明早九点,葛尖还等她开会呢。眼下,飞机没到,接下来的延误是难以避免的。飞机怎么会没到?从手机上查"航旅通"也查不出名堂。

闲着无聊,就打个电话给在西南空管局工作的巴同学。也不知道她在不在班上,手机开不开。巴同学在民航大和她住过一个宿舍,川西人,毕业后分到了成都,目前在成都机场塔台当管制员。还好,巴同学不当班,今天休息,手机一拨就通。听说沈梦纱到了成都,她劈头盖脸一通骂:"你沈大女神看不起人是吧,到了咱地盘也不知会一声!"

"不是时间紧迫吗?如果航班正点,这会差不多起飞了。"她赶忙解释。

巴同学快速查一下资料,打过来:"嘿,早着呐,飞机的调配出了问题,估计得从其他地方调机。哈,你等着,我马上过来,请你在候机楼吃饭。"

巴同学住所离机场不远,半个多小时就到了。两人热情拥抱,互捶对方香肩。巴同学说:"多年不见,越来越靓了,迷死多少男孩!"

"微信上不经常见吗?"

"完全不一样,那是虚拟,面对面才是真实。"

巴同学要拉她去候机楼一家高档点的餐厅用餐,沈梦纱死也不肯,说还是去咖啡馆坐会,点点点心,喝杯咖啡来得有情调。两人手挽手跨进咖啡厅,选了个角落的位置,坐定。

"你知道的,我结婚了,外子在地方工作。"巴同学问,"你怎么样,选定了吗?"

沈梦纱朝上仰了仰头:"在天上飞呢。"

"啊,真的? 那太浪漫了,他在空中飞,你在地面指挥,空地绝配。"

"说什么呢,我说的是还没影呢。"沈梦纱切换话题,"今天咱俩不谈婚恋、家庭,只谈和行当相关的。"

服务生端上糕点和咖啡。两人端起大杯的咖啡,相互轻碰。巴同学说:"分到西南的同学,已经有五人跳槽,有的去地方小机场,有的去航空公司做签派。"

"为什么?"

"还不是为待遇么。"巴同学问,"你们那边怎么样?"

"这些年,陆续也有七八个人跳了,不是去公司、机场,就是回老家的空管。毕竟华东区的房价和生活成本更高些,但收入全国一体化,和其他地区差来不多,新的平均主义。"

"情况差不离。"巴同学呷了口咖啡,"你有什么打算?"

"实在想不出能让我离开的理由。"沈梦纱说,"别动摇军心了,咱是坚定的体制维护分子。去了其他单位,可能多几个子,又怎样?"

"我也是,大单位稳定,人气足,干干算了。"巴同学皱了皱黛眉,"在国外,管制员收入和飞行员有点接近,我们的差距也忒大了。"

"工作内容有差别，国情也不同，不能瞎比。"沈梦纱抬了抬眉眼，"从业和生活不能光看钱，还有梦和情怀。"

"怎么不说诗和远方？俗套吧。"

沈梦纱浅啜了口香甜的咖啡："还有军队呢，我们的军人待遇和欧美军人怎么比？不过么，我国处在上升期，空管还是朝阳业，待遇也要向前看，话筒费不是每年都在加吗？虽然不能跟飞行人员比，但比通导、气象、空乘、地服人员要好许多。得失难量，荣枯有数，收入方面要往下比，心才能平，对不对？"

沈梦纱和她再碰一次杯："也不谈待遇了，谈点和工作相关的吧。"

"神经，难得出来一次，还念叨工作。"巴同学啧啧道。

"我这次不是休假。你也知道，现在干管制，休假显得奢侈，我是航线实习，葛尖老师让我带着课题来的。"

"啥子课题？"

"航班延误问题。"

"唉，这个问题太沉，太杂，解决起来如登蜀道。"对方立即瞪直了眼睛，"难得同学见次面，为什么要谈这个？还是聊点轻松的吧，你最近的业余生活，除了看书还干点啥？"

"偶尔跳场舞，每周争取做一次瑜伽，还有零零碎碎的体锻。"

"是跳老式的舞，还是新式的舞？"

"有老有新，跟业内人串着去的，无非是出出汗，轧轧热闹。年纪还轻，锻炼身体的紧迫性和主动性不明显。"

"跟我的观点太一致了，我想等四十岁朝上再锻炼。"

"也不能太晚了。"沈梦纱停顿一下，又将话题切了过来："刚刚你说的有道理，治理延误牵涉面太广，很难，但再难，也得动。"

巴同学指指天花板："首先得问老天，我们发的流控，十有六七和天气有关，比如每年都发生的成都大雾，举国受牵连。"

"除了老天，总还有其他人为因素。"

"那当然，也很多。"

巴同学结合西南方面的情况，谈了机场、公司以及空管流控方面的一些问题，不知不觉间，面前的蛋糕已吃完，一人一大杯的咖啡也底朝天了。

"这里的甜品极好吃，虽然贵点。"沈梦纱用手纸擦擦唇角。

"要不要再去隔壁吃份牛排？反正飞机还没到。"

"不，已经饱了。还是吃点心、喝咖啡有调调。"

"哈，再来一杯咖啡怎样？很香的。"

"成心不让人睡觉是不是？好呀，豁出去了，我奉陪。"

巴同学又点了两杯咖啡，大杯的。亢奋地说："我舍命陪同学，大不了今夜无眠。为了几年不见的同学，一夜不眠又算个啥子呢。"

沈梦纱双眸光波闪闪："感动死了。"

快九点了，巴同学的手机收到了信息。她说："塔台同事回音了，你的飞机已到，比原定时间迟了近四小时，飞机调配原因。"

沈梦纱立起身来，拎起她的双肩背包："等旅客们登了机，不会又说是航空管制或流量控制原因吧？"

巴同学咯咯笑道："难说。现在延误，航空公司都喜欢说流控原因，这是最理想的托词，反正一般乘客搞不清内部啥状况。"

两人相视娇笑。

走到登机口，沈梦纱说："该走了，耽搁你大半夜时间。"

"还早呢。"巴同学不忍地说，"你来，高兴死我了。"

两人轻轻一拥而别。巴同学亮亮内部通行证，从工作人员通道步出候机区。

6

登机前，沈梦纱暗下决心，从成都回程，必定要进趟驾驶舱，和机长、副驾驶聊聊，现场感受机组和管制员通话的实况。按规定，航线实习的管制员可以进入驾驶舱。前几段航程，她主要当乘客，当然，从乘客的角度也了解了一些情况。回去了，她想进一进驾驶室。

她登机时，驾驶舱门已关闭，机长和副驾驶已经就位。她打算等飞机进入平飞状态后，跟乘务长说明情况，进入驾驶舱。飞机在起飞和降落时，机组事多，不便搅扰。

从拉萨到成都，她没出双流机场，登机牌拿得早，位置靠前，在经济舱的第二排，过道口。她喜欢靠过道坐，如果靠窗，进进出出要跨过两个人，影响到两位旅客的休息。

时间晚了，双流机场上空航班不多，空中之路畅通。飞机拉起后，传来机长洪亮的声音："各位旅客晚上好，我是本次航班的机长，由于飞机晚到原因，本次航班延误了四个多小时，我谨代表机组和乘务组，对此表示深切的歉意，并祝各位旅行愉快！"

她愣住了。航班的机长是兰晓天！怎么是他？他怎么飞到了成都？虽然他今天的语速有些急促，但的的确确是他的声音。她一下想明白了，他是为救急而来，一定是临时调机过来的。

她屏息敛气，将头深埋下去，不想进驾驶舱了。进了舱门，怕他太热情。他乡邂逅，又怕相逢尴尬。

进入平飞巡航后，她从包里摸出副墨镜，架在鼻梁上，闭了眼装睡。夜间，机舱灯光调暗，乘客们大多昏昏欲睡，很少有人走动，连乘务员巡察走动的脚步都轻得不能再轻。她相信，即使兰晓天从驾驶舱出来，经过她的身旁，也不会想到是她。

在驾驶舱内，兰晓天一身的疲倦。被临时拉来救急，倒也不算啥大事，这种救火救难的活他没少干。但这次来成都救场，还遇到了其他事，他不是老说自己是九头猫，事多么。

他从其他地方驾机来双流，已经晚了两小时，原以为到达后马上可以上客回飞，却由于地面保障出了差错，只得再等一等。塔台管制员也想早点放这架误点多时的航班快点走，来催了："是不是忘了申请？"

"怎么能忘呢。"兰晓天如实报告。要说急,他比谁都急。

这类事他遇到多次,塔台不受限,地面保障反倒跟不上,或没衔接好,延迟推出。实际,地面车辆哪个不想快?快了早完事。但这次,快着快着出毛病了,装载行李的车辆和一辆速度过快的空车擦刮,事故正在处理。

过了几分钟,塔台又催:"好了没有?"

"事故车还在拍照取证,应该快了。"

"抓紧抓紧!"

"一定一定。"

"好了立即申请。"晚上飞机少,塔台管制员真想早点放走了事,没带半点做作。

事情终于解决,最后一辆行李车到达机腹下,工作人员三下五除二,将行李扔了上去。舱门关闭,飞机轰隆升空。

上了巡航高度,兰晓天正想喘口气,忽然觉得机身一晃一晃,两个翅膀左摇右晃。看看仪表盘,一切正常,没有任何告警的方面。

"在我面前是什么飞机?"他问西南区域室的管制员。

"一架A380,有什么问题?"对方问。

"我好像吃到它的尾流了。"

管制员瞧瞧雷达屏说:"太夸张了吧,二十公里间隔,能吃到尾流?"

"真是,我机有不明晃动,肯定是尾流影响。A380机型大,在某些特殊条件下,喷出来的气流在航路上形成漩涡,把我的飞机晃着了。"

"那,你慢点速,变二十五公里间隔,摆脱尾流影响。"管制员说着,在本子上记下一笔。

兰晓天依言将间距比原来扩大五公里。这下又有体会了,原先都要求缩小间隔,今天在四川盆地上空,遇到A380尾流,竟要求拉大间隔。

"以前怎么从未遇到过?也跟过A380,就是没碰上。"他对副驾驶说。

副驾驶讪笑道:"谁让兰机长是九头猫呢,奇事怪事都能摊上。"

"揭我伤疤!"兰晓天剜他一眼。

"岂敢岂敢。"

间距拉大,尾流消失。兰晓天加大油门,向东赶路,一路上没有踏出驾驶室半步,直至降落。

航机停在了远机位上。打开舱门,沈梦纱戴着墨镜,快步走下旋梯,一头钻进接驳车。

凌晨一点,沈梦纱迈入家门。九点,葛尖老师还等着她开会呢。

7

上午八点半,沈梦纱一脚跨进管制中心那间小会议室。满是白发、标志明显的葛尖早在里面坐定。昨晚,她睡足了五小时,这对她已经足够。

今天,葛尖召集治理航班延误专家小组会,他们要为这幕大剧准备好必要的剧本。

葛尖翻着他的小本本,左手习惯性地捋捋他剃成板刷的头发。数十年的管制生涯,真有太多的感慨。社会和旅客关心的是航班正点,业内关心的重头戏却是安全。今天,中国民航的安全纪录已经超过欧洲,但在这些数据背后,业内的压力和苦衷比山还大。他是搞管制指挥的,太清楚里面的情况了,每天几千几万架次的飞机在天上,飞错航线、听错指令、TCAS告警、通讯中断、飞机遭鸟击雷击、航空器故障等情况一周多起,甚至每天都发生,只不过不对外报道罢了。旅客眼里,飞机呼呼地飞,候机楼里人潮哗哗地流,时光静好,波澜不惊,但行业深处的弯弯道道,有几人能懂?在管制员眼里,广袤的天空风险密布,危机重重,天天如履薄冰,如临深渊,而地面,机务、安检、后勤车辆,也常常有偏差,危及安全和航班正点。

他翻着他的小本本记录,越翻越心惊肉跳。

光安全不够,还有正点。葛尖受命于"危难之际",着手正点行动。

他揽下的活可是逆天难题。延误问题不是哪家能唱的独角戏,航空公司原因、机场原因、旅客原因……哪一个环节出了问题，都会引发延误，但葛尖清醒地看到，攻克延误难题，最强劲、最核心的风暴中心在空管。他的一生痴迷于空管业，毕生都在追求安全与效率，毕竟，他们是行业的裁判员和发令枪，在维护安全和正常性方面有着举足轻重的分量。

外面的牌管不了，但内部的牌可以好好洗洗。如果牵好了牛鼻子，可以收到"纲举目张"的效果。

葛尖从小本本上抬起头来，说："人到齐了，开会吧，客套话就别说了，今天眼睛只向内，大家只说意见和建议。"

马化讯轻咳一声，率先开言："挤水分，已是我们不得不做的动作。为了减少延误，需要在流量控制上做文章。我这么说，可能捅了马蜂窝。"

葛尖略一沉吟，说："该捅就得捅，也许真到了捅的时候了，不破不立，先破后立。虽然我们难以悬壶济世，但能挖掘潜力，为上面出一些正主意，所以大家有什么说什么，不必讳言，无所顾忌。如果将咱们的真知灼见提炼出来，上头反而会感到欣慰的。"

"那我就不矫情了。"马化讯说，"首先是砍掉除天气、空域占用之外的不必要、不合理的流量控制措施，把区内不需要的流控措施全部'自行消化'。空域管理就像铁路一样，每个地方各管一段，不同区域的流量控制，有可能逐级、逐层传递、叠加，形成放大效应，越到后面越明显，影响范围越来越大，造成空域和时刻的浪费。"

马化讯在高空管制上历练多年，为空管系的青年才俊，说话颇有底气："从我们所在的枢纽机场起始，一条航路出去，在空中分成了两条，再出去，两条分叉成了四条，再出去，就变成了六条，有的是主路，有的是支路。假设在开头的主路发流控，限定十分钟放一架飞机，到了三岔口，变成了二十分钟一架，往前到另一个岔口，变成了三十分钟一架，这种层层叠加的流控法，将安全余度打得过高过大，浪费了有限的空域资源。"

马化讯说："还有，我遇到过几次相似的流控，比如，兰州方面对我方发出前后间隔三十公里一架的流量限制，有的飞机虽然也往兰州方向去，但不到兰州,而是去郑州、西安落地,对这些航班就不能简单的一刀切,也搞三十公里一架,应该不受限制才对。"

葛尖用笔筒轻轻敲了敲桌子,说:"航班流控到了只能做减法、不能做加法的时候了。如化讯所说,假定北京方面出了状况,它可以对我们有限制,但这种限制到了济南、南京、杭州等华东区域不能再加码,如果层层叠加,等到了广州、到了三亚,原本十五分钟一架的限制,到海南差不多要九十分钟一架了。适当增加可以,但不能无计划、无原则地乱加。"

马化讯说:"即使由于雨雪雷暴等恶劣天气导致的流控,一旦过去,必须马上恢复。据我推算,如果收缩战线,砍掉许多不合理的流控措施,做得到位,目前我们一天两百多条的流控,至少可以削减至一百条以下。"

"这样做的阻力不是一般的大。"葛尖挠挠白发,不紧不慢地说,"这样一来,就要增扩扇区,延长值班时间,增加人手。我们是预决算制财政,人员增加,工资总额不一定能增加,管理层的压力……"

塔台一管制员说:"空管系统的工资总额本身就不足,人员成本再增加,收入分配就更加捉襟见肘了。"

沈梦纱心中一凛,说:"现有体制下,收入分配为全国一盘棋,管制员的年休假基本不能兑现,许多女管生孩子得排队,否则正常值班都成问题。除了管制员,还有设备保障、气象和航行情报人员,都要相应增加,意味着现有人员全要做出牺牲。"

沈梦纱抬抬杏眼,瞥了眼马化讯及塔台室的管制员,说:"在管控流量方面,我倒有个建议:实行集权,将流控的决定权上收。"

葛尖心下一震,他的目光和她的眼光在空中相碰,两者相交后放出柔和的清波。葛尖的意思,她懂的,鼓励她继续说下去。

她眉毛微扬,眼中光波闪现:"目前塔台、进近、区域三个工作区间,各扫门前雪,将安全余度留得过宽,每家分别发布流控,甚至扇区间也可以自行发布,有的还层层加码,流控的自由度和随意性有点大。以后,可以将流控发布权上交到中心领导和流量管理室协商决定,减少中间环节,打破各自为政的局面,加上化讯前面说的,情况应该可以大大改观。"

葛尖说:"这是从管制员身上动刀,等于向自己开炮,动了我们自己的奶酪,得罪了自家人不算,还给大家增加了额外的工作负担,这跟挥泪断臂差不多,之中的许多难处,需要空管人、自己用肩膀硬生生扛下来。"

"这样做外人能理解吗? 自己人又能理解?"有人不禁疑惑地说。

想到从自身下手,葛尖等几名小组成员心头显得分外沉重,各自咕咚咕咚喝了几口水。

葛尖将手中的水笔套上盖子,放在桌上,总结性地说:"作为方案的附件,也给公司、机场方面提出建议,比如我们所在的枢纽机场,多跑道运行,中间才一根穿行道,飞机、车辆排着队等通过,严重影响地面滑行效率,建议他们再建联络道,或建造地下车辆通道。此外,我们还有许多先天不足,也要考虑在内,像这个枢纽机场,紧贴东海,飞机出港,除了去日本的,一爬升都向西、向北和向南,指望不上东面的空域,不像内陆机场,飞机升空后可以'四面开花',就连去美、加的航班,走的也是往北的极地航路,这里先天比别人拥堵。正因为困难多,矛盾集中,更需要我们专业人士的专业方案。"

会议开至十二点半,基本形成了一个完整的意见,交给上级决策。

8

不到两周,上级批准了他们的方案。

决策层在他们方案的基础上,从更宏观的角度,增加了新内容。上级要求:打蛇打七寸、擒贼先擒王,就从所在的枢纽机场开始抓,重点突破,以点促面。牵住这个"牛鼻子",打赢枢纽机场航班正常保卫战,从而带动人气,引领相关机场正点率的提升。

葛尖、马化讯等人却兴奋不起来,愿望很美好,落地很艰涩,太骨感,每一步都很难。

为提高机场的放行正常率,塔台管制室专门在塔台上增设了两个席位:一是流量管理席,主要优化航班放行程序,增加塔台自主放飞的比例,加快放飞节奏;二是在起降席位基础上,专门增加一个地面滑行席。枢纽机场平均一分多钟有一架飞机进出港,波道繁忙,嘈杂不堪,既要负责滑行,又要指挥起飞和降落,容易打乱仗,发生"错、忘、漏",增加滑行席后,原先一个席位的功能分成两段,有人负责飞机从推出、滑行到跑道口这一段地面运动,有人负责飞机的起飞或降落,分工更加精细,提高了功效。

白雪梅、戈晖等管制员又哇哇叫开了。戈晖说:"好是好,我们的工作量太大了,许多人又得累弯了腰,轮休假更加遥遥无望了。"

白雪梅说:"也苦了准妈妈们,塔台有三分之一的女管制员,五个原本打算生孩子的女管,只好将计划再推迟一年,三个大肚子女管继续上班两个月后才能休息。"

塔台管制室主任出来说软话:"兄弟姐妹帮帮忙,坚持一下,尤其是女管制员们,给俺顶住了……这个,想想当年,许多十月怀胎的女同志还长征呢,当然,现在不是当年,不需要那样,不过呢,前途是光明的,等到下半年学校分进来几个,实习生放单几个,情况会变好的,这个,牛奶会有的……"

在区域管制室,马化讯他们抢起"带血的大斧"砍流控,砍得手酸,砍得辛酸。通过与周边高空管制单位的协调,通过提前预判,调整优化内部工作方案和判断标准,重新梳理航路航线上的航班通行能力,优化空域容量和飞行流量的匹配度,前后合计砍掉了一半以上的流控措施。

在马化讯的建议下,区域管制室领导决定,增加人手,提前启用了三十多个扇区划分方案中的部分扇区,提升通行能力。

进近方向,葛尖、沈梦纱将各类机型的尾流间隔算了又算,将五边的队形紧凑了再紧凑,从以前的两机前后间隔8公里、6公里,缩小为7.4公里、5.6公里,最小至5公里,留出尾流安全间隔,按照飞机和飞机之间最密集的队伍,对准跑道,紧密落地。

实在将潜力挖尽了，戈晖又将机场的设计者痛骂一顿："一架飞机在地面就要滑行将近半个小时，从最远的停机位滑出，到远跑道起飞，需要五十分钟，不知道当时的设计者怎么想的。还有停机位，90年代中期的设计，才搞了30％的廊桥位，七成的航班要停远机位，需要通过摆渡车将旅客运过去运过来，路上也要十多分钟。那些老外设计师，以为中国再过一百年也达不到他们的人流和机流，真头发黄见识短！"

白雪梅朝他挤挤眼，笑道："骂也没用，人家早拿着设计费跑路了。"

"我骂几句出出气也好。"

以后的几个月里，作为风口的管制中心从上到下，一天一天盯，一个航班一个航班抠，枢纽机场的正常率开始回升，在全国二十多个千万级以上的时刻协调机场里，从"倒着数"进入了十六名的中游位置。在候机楼里，旅客的责骂声渐渐少了。

在葛尖看来，这种触底后的"反弹"仍然脆弱。这个月中，华东地区爆发两次大雷雨天气，航班又开始大规模延误，将天天更新的正常率排名拉了下去，其中H市的枢纽机场，从十六名又跌到了十九名，硬生生将名次打了下去。旅客可不管你天气好坏，他们关心的是出行的正点与否。

管制中心上下又唉声一片，连白雪梅都开始爆粗口："他奶奶的，上去一点一点，下来哗啦一片，就像手中的股票，涨时一毛一毛涨，跌时一元一元跌，气你晕倒没商量。"

怨言归怨言，工作还得照常进行，还是一天一天死盯，一个航班一个航班死抠，精细化么……

一天，葛尖正在班中休息，一名实习管制员走过来，冷不丁地说："葛老师，请您去外面值班室接个电话。"

他不明所以，跟着对方亦步亦趋地来到值班室。拿起座机的听筒，"喂、喂"地接口，当听到第二句话时，神色大变。听完电话，立马将今天在单位的马化讯、沈梦纱几人拽到一起。

"佳讯，佳讯！绝对的，这个，雪中送炭，雨中送伞！"

葛尖抑制不住内心的激动，脸上通红。对他们说："老大哥出手了。"

马化讯咽了咽口水，猜到了个大概，一声轻呼："快说，啥事？"

"军方送大礼，在四十万平方公里范围内，划给咱十五条临时航线，外加十一个等待空域，并且言明：这些临时航线和机动空域，军方不用时，常态性开放；军方使用时，阶段性开放；军方使用完毕，马上开放。哇哈，这相当于给咱们的空中天路多开了十多条'高速公路'和十多个'停车场'，大大分流了空中拥堵，缓解了咱们的压力。"

沈梦纱两眼放光，动容地说："助人者天助也。这次，咱们不仅天助，连军方也来助阵了。"

葛尖满面红光，突然间连白头发也似乎少了几根。他说："军方境界就是一个高，关键时刻，总是将困难留给自己，将方便让给百姓。"

马化讯说："怎么叫子弟兵呢，讲奉献，讲牺牲，宁愿烧着自己，也要亮着他人。"

沈梦纱嘟着红唇，忆起了小时候学校组织观看电影《闪闪的红星》，小战士帽上那颗闪闪的红五星，曾经照亮过她的童年。

"是呵……"

接下来几个月，这个城市的枢纽机场，航班正点率排名，从十六位左右的中游，逐步上摸，有两个月跨入前三，上个月居然坐上了第二把交椅。这在历史上从未有过。更可观的是，在领头羊的示范下，周边机场正向效应凸显，正点率稳步攀升；马太效应下，全国航班的正点率也全面提升。

一次，马化讯出差，在候机楼遇到熟人，谈起航班正常性问题。

那人笑道："现在正常是正常，以前不正常是正常。"

马化讯一怔："这话有点绕，但概括得有水平。"

管制中心专门开了一次总结会，对来之不易的成绩加以首肯。

葛尖代表航班延误治理工作小组发了言。他说："……除了完善业已开展的各项工作外，也盼军方将目前正在使用的十多条临时'高速公路'和'空中停车场'能够保留下去，得以固化……"

中心主任更多的是鞭策，说话带着深沉的忧虑："克服千难万难，终于将正点率打了上来，套用一句伟人说的话，这只是万里长征走完了第一步。可千万不能又回去了。打江山易，守江山难。眼下，社会各界都在拭目以待，看咱们今后的保持力，不能排除，也有人想看咱们的笑话。所以，航班正常性工作，只有起点，没有终点，只有头，没有尾，永远在路上，千万得保持住呵。"

管制员们思索着，经过这么多日日夜夜的拼搏，才将正点率混进前五、前三，难就难在要保持。拿下了阵地，要守住，不知又要操多少心，耗多少神，流多少汗——不管是热汗，还是冷汗。想着想着，部分人的胸口有些发闷，目光又开始游离不安。

第十一章　薪火不熄

1

单位决定组织一次参观国产大客机 C919 活动。

马化讯、戈晖等一群管制员，每天拿着话筒，对指挥的全是外国造客机，早已火冒三丈。堂堂大国，氢弹爆炸、量子卫星上天、高铁开进欧洲、航母下水，但满天上的客机几乎都是欧美造，心中的疑问像飞机一样在空中盘旋。对 C919 期待已久的他们，一听有这样的活动，哪肯放过，调了班头也得去。

葛尖说，不去了，他顶班，让年轻人去吧，让他们带上沈梦纱。

沈梦纱近来一直跟葛尖加班，被正点行动累折了腰，双腿发软，但拗不过几个男管制员的软泡硬缠，只得跟在他们的后头。

管制中心和商飞的试飞中心有工作上的交集，大飞机试飞还得仰仗空管人腾出空域，没有空域，飞机成了火车。见管制员们前来，试飞中心相关人员全程陪同，安排他们进入总装车间，一睹已下线的 C919 风采。

隔着护栏，C919 一声不响地停在当中，机头、机身、机尾、双翼、起落架，两台发动机吊装在翼下，喷涂的油漆像身上的新装。一路看下来，马化讯和戈晖等人也看不出它和 A320 及 B737 有特别的差异，客机的外形基本就这样了，无非是大点、小点、长点、短点。

戈晖摸出手机，想拍张照片。旁边跟随的一名保安上前止住他："车间里不准拍照。""哦，保密要求。"戈晖只得收起手机。试飞中心陪同人员说："各位请站好，我们的摄影师帮你们拍。相机，拍出的效果比手机清爽。"大家站成一排，试飞中心的摄影师咔嚓咔嚓按下快门。

参观完现场，一行人来到图片展示区。这里，以图片的形式，展示了中国航空业从无到有、从小到大的艰难历程。马化讯边看边走，步子迈得比讲解员还快。往回瞧瞧，沈梦纱还在后头，盯着图片看得津津有味。他只得将脚步停住，等着他们几位跟上来。

沈梦纱驻足在一张大尺寸的"运10"图片前，拧眉凝目。马化讯和戈晖几个见她饶有兴趣的模样，也将脚步踅了回来，和她一同观摩。

芳草如茵的旷地上，停放着一架沉寂已久的大型客机，这就是国内外饱受争议的运10。三十年来，它静静地躺着，未再升空，虽经岁月的磨折，仍然难掩它随时准备一飞冲天的英气。它的机头前伸，似乎在默默回忆那个时代的不堪往事。

"Hello!"一位年轻的女士冲着马化讯他们喊。

是报社的田秋颐记者。马化讯他们都见过，跑大交通这条线的。

"空管的人也来参观？我在找葛尖老师，他在哪儿呢？"田记者说。

马化讯说："田大记者只认得葛老师，哪认得别人？怕让你失望了，葛老师没来。"

"你们好呀。"她眼睛乍亮，大方地和马化讯、戈晖、沈梦纱一一握手。

"我叫马化讯，她叫沈梦纱，他叫戈晖，都是葛尖老师的同事。"马化讯说。

"我知道你是管制界的青年才俊。"田记者低笑一声，说，"沈梦纱是女管制员里的能手。我是做大交通这一块的，这么多年下来，管制员里除了葛尖老师，还能说出好多个呢。"

"田记者过誉了，我们都是葛尖老师的徒弟，他今天值班，将机会留给了我们。"沈梦纱说。

田秋颐纤手一抬："走，一块再瞧瞧。"

他们边走边聊，田记者很快和马化讯他们混熟了，借机询问了最近航班延误方面的几个问题。

展区尽头的椅子上，坐着一位慈善的长者，正和工作人员叙说着什么。

沈梦纱呼吸一窒。瞧那人的侧面，雪白的头发，瘦长的身形，以为是葛尖临时来了，走近仔细一瞧，不对，那人虽然目光如炬，和葛尖有几分相像，但年龄不符，至少是七八十岁朝上的老者了。

田秋颐跑上前，亲昵地拉着老者的手说："黄老，您怎么在这儿？"

老人从椅上立起，面容慈和地说："田记者怎么也在这儿？真巧。我么，展区有点资料不太清楚，让我来帮他们回想回想，就过来了。"

田记者指着马化讯他们："这些是民航的管制员，指挥飞机的。"又握着老者的手说，"这位是黄辛黄老先生，原运10的大设计师。"

沈梦纱脑子"轰"的一声。面前的老者竟是黄辛，他在航空界、在运10的设计中，可谓大名鼎鼎，如雷贯耳。但当年雄心勃发的青年航空专家，经不住岁月的沧桑，如今已磨去了棱角，成为一位慈和的耄耋老人了。

田秋颐拽着黄老的手嘘寒问暖，叨个不停，好像是一对久别重逢的忘年交。黄辛自80年代运10被斩下马后，也一觉睡下去，沉寂多年。近些年，随着国产民机 ARJ21 和 C919 的尘埃落定，那个在人们的记忆中已经遥远的名字再次被唤醒，而这个挖掘者，便是眼前的这位美女田记者。

沈梦纱从田秋颐的报道中，已对运10和黄辛本人有不少了解，她一直对按美国联邦航空局适航条例设计、与当时国际标准接轨的运10下马百思不得其解。可能，她太年轻，无法了解80年代形势的复杂。今天，拜田记者所赐，她有幸认识黄辛本人。论年龄，他比自己的父亲还大一辈。面前的黄老，脸上已看不出悲愤与悲壮，留下的除了遗憾外，只有淡然与慈和。

沈梦纱几次想插口,当面听听黄老三十年前的往事,碍于和对方不熟,话到嘴边又噎了回去。黄老和田记者聊了一会,起身告辞,工作人员送他走向电梯口。沈梦纱眼巴巴地瞧着他消失在视线中。

田秋颐扭头对沈梦纱、马化讯他们说:"知道你们心里想什么,是想听听黄老对运 10 的追忆,对不对?别遗憾了,时间已经尘封了许多记忆。告诉你们,他不肯随便谈的,即便电视台多次预约,他也不肯多聊。不过么,运 10 的事,绝不可能永远烂在人的肚子里,我跟黄老似乎有缘,我的采访报道中,已将他愿意多说的话题挖掘到了极致,所以么,如果诸位迫切需要,我可以花喝两杯咖啡的时间谈谈黄老和运 10,因为你们也经常帮我提供民航运行方面的新闻素材。"

"太需要了。"沈梦纱举手道。

马化讯原本不打算留下,想早点回去办事,见沈梦纱响应积极,只得举起右手:"那,我请田记者喝咖啡,当然包括咱们诸位,田记者顺便就跟我们谈谈运 10 吧。"

戈晖说:"请咖啡的费用还是我来,刚增加了话筒小时费。"在几位女士面前,戈晖的门面还是要撑的。

"不用你们男的,今天我请。"沈梦纱说,"赶紧去一楼的咖啡吧,田记者的时间很贵的。"

"跟你们闹着玩的,谁也不用请,就在旁边唠一会。"田秋颐说。

田秋颐说得不错,经过多次访谈,她甚至比黄辛本人还了解黄辛。

"黄老是运 10 的奠基人之一,他的小提琴技法也是一流,有机会,大家可以听他演奏一曲《茉莉花》或《梁祝》之类的。"想不到田秋颐以此开场。

2

在那个激情四射的 70 年代,没人会因为加几个班要求加班工资,也不用担心单位搞个业余文化活动,会没有年轻人参加,人们似乎有射不完的激情,耗不尽的能量。

1970 年,黄辛随运 10 项目的启动,举家从北方南迁 H 市,几口人挤在一间十五平方米的宿舍内。除了床,放不下书桌,黄辛从单位搬来个装设备的空木箱,放在两张床的中间。单位来不及做的工作,深夜趁孩子熟睡了,一个人趴在木箱上继续做完。

和他一样的,有从全国调来的一千名技术人员。上千人忽然集中,哪有那么多办公场所？没有场地,就在大食堂做"市面",设计人员将餐桌当办公桌,将图纸展开在饭桌上工作,吃饭时收起,吃完饭再打开。不需要人动员,不需要人讲道理。

食堂的饭桌还是不够,设计师们就学黄辛的样,把装大型设备的木箱腾空,当办公桌用。这样一来,挺热闹,大家在一个大"办公室"办公,有问题现场讨论,当场争论,甚至争得面红耳赤。多年以后,当事人想起当时的场景,视为珍忆。

从北方到南方,最不习惯的还是气候。南方的天气,冬如冰窖,夏似蒸笼。在北方,冬天有锅炉供暖,南方,室内室外一个熊样。黄辛家人多被少,一张床上睡几口人,晚上无意间抢被子,经常被冻感冒。

到了夏天,闷热难耐,谈不上空调,连电风扇都没有。工程师们怕额上的汗水滴在图纸上,在手臂上系块干毛巾,当汗珠快滴下时赶紧擦一把。

南方的蚊子如直升机,嗡嗡地响个不停。晚上,更是集中到了有灯光的地方。黄辛想出了一个办法,将用过的旧报纸裹在腿上、手臂上,当作"盔甲"来抵御。如此一来,手上、腿上好了许多,蚊子们集中涌向脖子和面额,一晚上下来,每人的脸和脖子都会长几个包包。

酷暑笼罩的夜晚,当大家被蚊子袭扰得手足无措时,黄辛就会抓起他那把小提琴,为大家奏上一曲《白毛女》中的《北风吹》。大家由优美的旋律,联想到歌词:"北风那个吹哟,雪花那个飘……"大伙儿希望北风真的吹来,带给大家一片清凉,雪花真的飘下,为酷闷的夏日卷去满屋的热浪。

设计者们白天连晚上,每天十五六个小时的脑力劳动,连半夜做梦都在转着大飞机的事。有时,黄辛也会来一段《梁祝》,作为课间乐,让美妙的音乐为大家去除几抹疲劳。

　　工作之初,除了生活与工作条件异常艰苦外,设备也极度缺乏。一个研究科室,有台手摇计算机已经是宝贝疙瘩了,数据来不及整理,技术人员就用计算尺、算盘来替代,没有那么多计算尺和算盘,就将财务处的十把算盘借来用,晚上计算数据,白天财务人员上班时再将算盘还回去。

　　黄辛夫妇,都是设计人员,白天晚上昏天暗地,基本没有休息天。他们的孩子小,无人带,吃过晚饭就带来工作间,大人设计图纸,小孩放在图板上睡觉,两人工作一忙,忘了孩子,孩子翻个身,从图板上滚下来,哇哇乱哭。哭叫声提醒他们还有个孩子,别忘了。

　　由于这是一个三十年前的话题,田秋颐对运10具体的技术问题不想多说,只谈了一点。

　　黄辛他们即使在那样的工作条件下,关键阶段、关键部分所运用的设计方式和技术,也基本和世界接轨,在当时是一流的。比如计算机数字化设计,黄辛他们在运10的设计中就使用了。本身设备条件不具备,他们就到H市计算机中心去运算。为了不和市计算机中心的工作相冲突,双方错时工作,运10设计程序的运算安排在午夜至次日早晨,白天将时间还给主人。他们的工作经常日夜颠倒。

　　80后的田秋颐也似乎在那个激情四溢的时代生活过,一口一个"激情四射"。

　　在那激情燃起的时代,黄辛那批人不知道疲,不知道倦,不知道休息,每天一早到场,第二天凌晨才回,仿佛有永远拖不垮的身体;物质营养不足,却过得有滋有味。

　　楼梯响处人下来,十年磨砺剑出鞘。1980年9月26日,运10首飞,整个机场人山人海,设计技术人员、制造工人、退休老人、患了重症刚做过手术身上还挂着引流袋的老工程师,全部到场。有些工人甚至爬到厂房上观看。

　　据当年的试飞机长回忆,那天多云天气,能见度一般,他和副驾驶已经做好了各种准备,心态平和。接到起飞指令,发动引擎,将速度加上后,飞机加速滑跑、抬头,呼地一下离了地,刺向苍穹。因为是中国第一架具有自主知识产权的大型喷气客机,观者无不欢呼雀跃。原定的试飞是飞六分钟一个起落,而实际飞了二十分钟,顺利降落。

　　运10起飞重量110吨,时速950公里,最大航程8500公里,实用升限12000米。他们驾着这个当时的大个子在天上飞时,动作非常灵活,好像运动场上的运动员,个子虽然高大,却一点也不笨拙,跑动起来生龙活虎。

　　运10样机共制造了"两架半",第一架用于静力试验;第二架试飞;第三架组装了60%,成了永远的"半拉子工程"。运10完成首飞后共进行了130多个起落、170多小时的飞行,北至哈尔滨,南到昆明,西至乌鲁木齐和拉萨。

　　当时,西藏遭受天灾,需要运转大量救灾物资,还是样机身份的运10受托往拉萨运送物资,几乎天天载重飞行,连续运转。

　　守卫贡嘎机场的一名解放军战士问:"你们,这是试飞还是正式运输?"

　　机长笑着回答:"你说什么就是什么了。"

　　"那,应该是正式飞行了。"小战士肃然起敬,马上立正,行持枪礼。

3

　　田秋颐从叙述中回过神来:"运10的起步和空客A320差不多,技术和当时欧美的民机技术只相差三年,但这一冻,就差了几十年。唉,这个世界,不会停下来等你。"

　　马化讯原来参观C919的,对逝去的运10并不在意,听田秋颐一说,气郁之情油然而生,似乎他成了黄辛,他和运 10 一起成了落魄者和受害者。

田秋颐的眸底涌起了一抹痛楚:"唉,运 10 的折戟沉沙,不仅是抛弃了一个产品,而是摧毁了我们自己好不容易搭建起来的研发平台和研发体系。运 10 被无情丢弃后,队伍解散,人才流失,研发能力随之消失,产业链也自行中断,民航制造业倒回去了三十年。"

马化讯变得像五四青年,"同为交通工具,民航制造业给铁路业提鞋都不配,你看人家高铁,后来居上,独领风骚,轰隆隆走出国门,全面碾压外国造。"

戈晖今天和马化讯同穿一条裤子,同仇敌忾似的:"他奶奶的,这绝不是扔了一架飞机,而是自废武功,白白丢掉了好不容易拿下的一片江山。"

最有感触的沈梦纱反倒显得平和,她说:"说不定当时的情况太复杂,要是在当下,谁相信会发生这种事呢。"

马化讯的眼睛乍亮,对田秋颐说:"我蓦然对田记者十分羡慕与崇拜了,写了这么多厉害文章。"

"千万别崇我,我受担不起。"田秋颐说,"有件事,你听完了别激动,黄老先生八十五岁了,至今仍和老伴住在单位分的不足六十平方米的公房内。"

马化讯一拳砸在旁边的桌沿上,震得笔和纸一跳:"我还真激动了。这种情况,典型的婊子上天,英雄落泪!"

回头望见沈梦纱,赶忙关上粗口:"捐款,这个,我回单位,发动同事、同学捐款,为黄老募捐购房基金。"

沈梦纱横他一眼:"田记者说得对,别激动,别心血来潮,房子的事是捐几万元能解决的?"

马化讯蓦然哑口。连沈梦纱也没买房,住在出租房内,难道也发动同事为她捐款? 当即闭上了嘴。而沈梦纱对他有了新的认识。想不到一向桀骜不驯的马化讯,激动起来也是蛮有激情的。但她还是对田记者更为佩

服,一个年轻的女记者,对运10、对黄老多次采访,跟踪报道,入戏精深。要是不认识,或没有照过面,光读她的文章,一定会认为她是黄辛那个时代的人,文章的字里行间充满了对运10和那个年代的眷恋和怀念。可是田记者,和马化讯及自己同时代,只是戏入得深,烙上了那个时代的深深印痕。

正说话间,走过来两人。胖胖的那位,五十来岁,头发一半谢顶。瘦削的那位,稚嫩度和戈晖差不多,估计是商飞公司的新员工。商飞自C919立项以来,广纳英才,近些年大学毕业的博、硕、学士生占了80%以上。走近跟前,年长的那位亲切地和田记者打招呼,田秋颐伸出手,和对方紧紧握在一起。

马化讯想,田记者怎么像麻将中的百搭一样,和谁都熟悉? 转而又思,她是走大交通这条线的,包括交通工具的制造和运用,自然人头熟。

"我给各位介绍。"田秋颐将马化讯、沈梦纱几名管制员引荐给两人,又指指胖子说,"这位是常高工,商飞的著名设计师,气动力专家。"

"我叫常炜。"那人转而指着和他一起的年轻人道,"这是我儿子,常小炜,刚进的商飞。"

"哇哈,航空传家。"

田秋颐轻轻一鼓掌,指指两人说:"他父亲和黄辛老先生是同事。"

"这么年轻,和黄老是同事?"马化讯疑虑地问。

"他父亲。"

"倒糊涂了,哪个的父亲?"马化讯说。

"儿子的父亲。"田记者呸了自己一声,"这么跟你说吧,我们面前有两个人,父子关系,大的父亲,叫常炜,小的儿子,叫常小炜,而常炜的父亲、常小炜的爷爷干过运10的,和黄辛是同事;常炜是第二代,干C919的;刚进来的常小炜是第三代,他们祖孙三人,干的活一脉相承,都和飞机的设计有关。"

"这个梦,我家做了五十年。"常炜动容地说,"在商飞的近万名员工中,和大飞机有血缘的家庭何止一家？有的是夫妻,有的是父子、父女,有的祖孙三代。"

田记者拦住两人说:"难得碰到,不如聊几句。"

常炜笑道:"记者的职业病又犯了,看到我父子,一定又想起什么题了,对不对?"

田记者小嘴一嘬:"不聊也行,反正你家的事我已写过文了。"

4

常炜的父亲叫常江水,我国著名的气动力专家,曾编写过类似词典的《飞机设计手册》。他和运10的设计大师黄辛等四人并列为我国航空界的"四大剑客"。

常炜的名字原来不叫常炜,叫常源,带三点水的。运10下马后,常江水灰心丧气,怪自己的名字不好:江水,滚滚长江东逝水,浪花汹涌,将运10刷地冲走了。自己年岁大了,不计较,气怒之下将儿子常源的名字改为常炜,将水字旁去掉,添上火,薪火相传的意思,说什么也要将运10、将中国大飞机的火种留住,传下去。常炜的儿子便是常小炜。

在空气动力学领域,常江水的大名家喻户晓。他先后参与了多个型号的飞机总体和气动设计,包括运7系列、运10、飞豹战机、空警500、ARJ21、胖妞运20和C919大型客机。

20世纪60年代,从航空航天大学空气动力学专业毕业后,常江水一头扎进气动设计这一至关重要的领域,一扎就是几十年,从民机到军机,从军机再到民机。

在那个激情澎湃、无所畏惧的年代,工作起来可以不要命。70年代,从唐山开始,全国闹地震。常江水在四川某地为某款新机进行风洞试验,而这个地区正处于地震的多发区,常常拉响地震警报。从安全考虑,上级多次让他们撤离,但飞机的总体布局在等着他们方案的最终敲定,常江水选择留在了当地,白天晚上连轴转,忙乎起来命不顾。大家在每次地震警报之间的间隙死命把试验往前赶,一边测试一边整理数据,绘制曲线,意外地被地震逼出了创纪录的速度。

时间跨度到了 2002 年,ARJ21 - 700 项目立项。支线客机 ARJ21 作为小板凳,为大飞机探路。行将退休的常江水再次踏上民机之路。他与 ARJ21 的设计人员共同梳理飞机的气动性功能。军机民机同样是飞机,原理相同,大道相通。常江水将自己几十年在军机设计中总结出来的数据分析法,一股脑儿地传给了 ARJ21 的设计人员。

2008 年,已经从中航工业办了退休的常江水接到来自中国商飞的邀请,请他参加 C919 的设计。七十多岁的常江水从北方来到 H 市,成为商飞特聘的老专家,参与制定 C919 项目工作计划,指导解决技术难题。令他欣慰的是,在这个 C919 的新战场上,常江水有他一条战壕里的战友——儿子常炜,又一位中年气动力专家。

从上一代的痴迷起始,就注定了常炜将这一辈子献给航空业。父亲常江水和母亲都是航空人,在家里也不停地讨论空气动力方面的专业问题。年幼的他尽管听不懂那些专用名词,但自胎教开始的熏陶,使他对空气动力学有先天的基因爱好。

空气动力学研究生毕业后,常炜进入飞机设计研究所。当他怀着一团火,准备像父亲那样"不要命的工作"时,运 10 下马,一时没有任何飞机项目可做。原运 10 的队伍解散,人员各奔东西,许多人纷纷改行。运 10 总师也由于气郁过度,早早溘然逝世。不少地方来挖他,甚至有高校聘他回去当老师。

"造国产民机不如买波音、空客的。"

"熬下去也别想有飞机做。"

已经跳槽的好友劝他。

出身航空家庭的他,也有过犹豫,但宁愿空等也不愿放弃。他不相信,中国这样一个天下第一的制造业大国,会不搞大飞机?船舶建造、动车高铁都在有序推进,国家不可能丢下空中这块。我国人口全球第一,航空市场那么大,怎么可能全部买舶来品?他要等,即使空耗一生,也愿意等,总有云开雾散的那一天。

那些年,在没有飞机做的日子里,常炜像在喝一杯寡淡的白开水,这一杯水,一喝喝了十多年。当常炜头上的白发开始挂上发梢时,终于等来了 ARJ21 客机项目的启动。他的运气比父亲好。

他心里清楚,ARJ21 项目,是我国搞大飞机的前奏,先弄架支线飞机试试手,为大飞机作序曲和铺垫;直接上大机太过跳跃,得有张板凳搭个台阶。

在 ARJ21 的项目中,常炜主刀飞机头、翼梢小翼的气动设计。在项目实施过程中,常炜小组冲破英、美、法、加等国严密的技术封堵,自主开发出了设计超临界机翼所需要的软件。

"欧美是动力飞机的诞生地,超临界机翼的技术家底雄厚,但这是他们的产权,靠这个领先,就是花再大的价钱也不肯卖给你。不光是高技术,就连机舱内的一个肯卖的挂架,人家一张口就是几百万美元,把你气死在当场。"常炜说,"关键的技术,别人不给,只有靠自己。"

在 ARJ21 小试牛刀后,常炜领命主持 C919 大客机的超临界机翼的气动设计。

"什么是超临界机翼?它在大飞机上真的那么重要?"田记者在一次采访中问。

"机翼设计是大飞机的核心技术之一。众所周知,机翼上的剖面呈拱形,上表面比较弯曲,下表面比较平缓,也就是说上翼的弧度比下翼的弧度大。飞机运动时,上翼面的气流速度比下翼面的快,上面压力小,下面压力大,这个压力差,就是升力。但气动力的情况非常复杂,不是简单的上下机翼弧度差能体现的,而超临界机翼是最具优势的机翼方案。"常炜进一步说明,"超临界机翼通过特殊的剖面结构,通过上翼面和下翼面的最优弧度差,来体现最佳的气动功能。大飞机采用这种机翼设计,可降低阻力,减轻飞机重量,提高飞行姿态的可控性。"

"听上去还挺复杂。"田记者说。

"所以得优中选优,不能让我们的飞机在'出生'时就输给老外。"

在常炜的主持下,设计团队为 C919 绘制了巨量图纸,经过对比、筛选出最佳方案。但这种"最佳方案",往往在风洞测试中并不是最佳的,只好推倒重来。气动设计无小事,他们在经历了"设计、选中、喜悦、枪毙、返工、再设计、再选定"的循环中,前后共绘制了两千多幅超临界机翼图,单单小翼设计也有八百种方案。在机翼设计的一年半时间里,他们每天一早赶到,半夜回家,人走了,将数据扔给计算机。人回家睡几小时,机器可不能闲着,继续运算。经过成千上万次的比照,最终定型,拿去国内外的风洞进行测试,结果比预想的还要理想。

"事实说明,技术瓶颈是可以突破的,我们瞄准的,就是最前沿的技术标准。"常炜说。

"是呵,我们已经失去了一个时代,翻不过这座火焰山,又会错过一个时代。"田秋颐说。

她跟踪大飞机的进度,针对常炜的事迹,写了好几篇有分量的报道。

今天,在展厅偶遇常炜父子,她又敏锐地捕捉到了新闻点。

她转身问略微瘦削的常小炜:"小炜,哪个大学毕业的? 学的肯定也是空气动力学了?"

常小炜说:"我不是气动专业,学的是信息技术。"

"怎么没能子承父业,孙从祖业呢?"田秋颐略感失望地说,"怎么不学空气动力呢? 那样的话,祖孙三代都是气动专家哦。"

常小炜说:"我想调调枪头,换换花样经。其实,大飞机上需要大量的计算机技术,我学的专业在商飞的应用面比我爷爷、爸爸的都宽。"

"刚工作的?"

"工作几年了。毕业后在计算机所干了四年。"

"那儿的待遇不好么?"田记者问。

“那儿的任务满,收入比商飞高三成。”

“你的意思,商飞的待遇一般?”

“我加盟过来,从待遇上讲,是低就,但这不是重点。”常小炜讲话显得从容:“我爷爷年事已高,前些年正式退出顾问位置。我爸五十五岁了,按目前的退休标准,五年后也将离开岗位。那个,我家可不能没有航空人。”

“你为什么不是一毕业就进商飞?”田秋颐紧追不舍。

“坦白地说,我在计算机所工作,是身在曹营心在汉,为了多一点计算机上的业务积累,有朝一日为大飞机所用。在那儿工作的三四年间,无时不在关注这头的进展,一旦差不多了,就跳槽进来。”

“让计算机所的领导听见,怕要吐血。”田秋颐说。

“也不用。现在的年轻人,跳进跳出太正常了。”常小炜说,“都是国有企业,都是为国效力,在哪干还不一样? 当领导的应该理解和包容,不能太本位主义了是不是?”

“嗨,搞得你像国际主义战士似的。”田秋颐说,“你比你爷爷和爸爸活络,横着竖着都能整出理来。”

“您说对了,咱本身就是地道的航空接班人。”

“是不是地道,我要看你十年。”田秋颐说。

常炜脸色阴沉下来,说:“我们已经对不起运 10 了,不能再对不起C919,甚至是 C929 了。”

5

望着常炜父子离去的背影,马化讯有些败兴地说:“参观了整机,看图片展,又听了介绍,总体感到 C919 以组装为主,目前是一个合成品。”

田秋颐小嘴一翻:“表面上看是这样,其实不是。C919 是我国自主设计的飞机,具有完全的知识产权,这一点和运 10 是一样的。我采访常炜时,他说过,飞机是仿制不来的,仿制一款飞机意味着不能对其进行任何改动,否则一个微小的变化都可能影响飞机的安全;设计飞机是带着需求去的,C919不是在前人的格子里填充,而是创作一部全新的作品。"

田秋颐望着远方,深沉地说:"我的理解,这是一个并行工程。一方面,我们有了自己完整的设计,拿下了整机的知识产权;另一方面,零部件逐步跟进,一架飞机有差不多300万至500万个零部件,如果等到这些零部件都造好再来搞大飞机,那真是一个遥遥无期。首先是设计,然后再带动零部件的生产;先有设计,后有部件。波音人有句名言:如果把零部件买回来,能组装成一架飞机,那世界上就不止一家波音了。"

"可是,外面都在说,C919只是装配而已。"马化讯不服气地嘲她一句。

沈梦纱说:"我看过资料,B787梦想飞机,波音公司的最新产品,波音总部只负责10%的总装合成,其余90%的零部件全部外包给世界各地的厂家生产。"

田秋颐瞧着马化讯的英姿,也不生气,笑道:"沈小姐说的比你内行。"

戈晖插话道:"ARJ21试飞时,我来过,现在成都航的ARJ21已在执飞。看上去,C919更大气一些。"

"ARJ21为支线飞机,充其量只是小凳子,有了小板凳,先坐一下,一旦站起来,就是C919了。"田秋颐说。

马化讯转不过弯来,对着田秋颐说:"有一点你也不否认,C919的大部分部件由国外生产,国内的技术层级不高。"

田秋颐沉了沉眼神:"看到的不是核心,看不到的才是核心,世人大多只见皮相,不见骨相。这和看人一样,不光看外表,还要看内在的才能。现在天上飞的,B737、A320已经是成熟产品,作为同级别的C919,后发展的,首先要达到人家的标准,其次要有相对优势。说实在话,第一条就难,人家搞多少年啦? 空客六十年,波音一百年,要赶上就难。C919要做的,相比前两者,还要有部分优势,要减阻、减排、减重。比如减阻,C919的前挡玻璃是四块大的,而A320和B737是六块较小的玻璃,这一变化,使

C919减少了阻力,机组的视野也更开阔。"

"我们已失去了三十年,要赶上这些年,不是件容易的事。"马化讯无限惆怅地说,"原先,我们也在国内装模作样地组装过老美的MD82及MD90,最后学到了什么?"

"你刚才说的那是麦道飞机,知识产权在美国,后来被波音收购,那项目也就无果而终。现在我们干的是C919,C - China。"田秋颐到底是做记者的,从采访开始,已经对大飞机倾注了太多的情感,谈起这个话题不厌其烦。

"因为是后发,C919的适航标准比B737、A320都高,很多方面,C919开始直道超车。比如,乘坐飞机,旅客们都不愿意坐中间位置,C919将中间位置加宽,提高舒适性,但一个加宽不简单,使整个机舱的剖面增大,机舱大小一变,其他都跟着变。为防止劫机,C919的驾驶舱门设计,经得起轻型武器的攻击。可以这么说,C919和同时代的同机型相比,局部有优势,目前做的是基本型,以后会不断发展。有了这个平台,就有未来。"田秋颐颤声说。

"我听着听着,怎么觉得田记者在为C919做广告呢。当然,我们管制员,更希望指挥的是国产大飞机。"马化讯淡声说。

"是在做广告,如果条件允许,我希望以后将C919推荐给全世界。今天遇到你们一帮管制员,有点激动,话比较多,也的确想把这事说个透,最后,我还是想谈一谈为什么的问题。"

接着,她也不管面前的这群人愿不愿听,继续唠唠叨叨起来:"1992年,施振荣先生绘出了'产业微笑曲线',这根曲线像人的嘴巴,中间凹进,两端朝上,比喻工业生产的附加值主要体现在两端——研发和营销,处于中间环节的制造附加值最低。苹果手机在中国生产和组装,但60%的利润归美国,中国工厂只占2%左右的利润。美国出口一架B747,可弥补12 000辆小汽车导致的贸易逆差。大飞机横跨'研发—制造—营销—服务'全产业链,国际航空制造寡头脸上笑嘻嘻,心里黑乎乎,决不会在知识产权和核心技术上有丁点的让步，我国只有拿下了整机的知识产权，才能占据'微笑曲线'的两端，将利润的大部分锁定。"

田秋颐眸底涌起一抹痛楚，但很快被她自己的说话声冲淡。

"一架商用大飞机，集成了几百万个零部件。从上游看，其研制能力可以带动新材料、现代制造、先进动力、电子信息、自动控制、计算机等一大批领域在关键技术上的群体突进；从下游看，大飞机的商业运行，对民航运输、航务维修、航空金融、旅游、物流等产业均有积极影响。所以，大型客机的突破，不仅会带动一批新型产业的发展，而且会倒逼我国工业标准的升级。进入 21 世纪新时代，唯有像大飞机这样的高端大型装备制造业取得突破，才能支撑中国作为一个全方位工业强国的根基，大飞机项目必将和当年的'两弹一星'、近年的高铁技术、量子通信、新型战机、航母一起，成为民族复兴的脊梁。"

话未说完，沈梦纱已轻轻鼓了下掌。

戈晖嘴角一勾，哈哈笑道："今天田记者迎战马化讯，说得我都有点信了。"

"什么叫有点信，原本就该是田记者说的那么回事。"沈梦纱清冷地说。

马化讯仍固执地说："也不是不信，总觉得那么多零部件都从外面进，憋屈。"

"饭得一口一口吃。我们民航用的设备，像雷达、甚高频、自动化系统那时不清一色进口？现在慢慢才过渡到国产的。"沈梦纱说。

田秋颐舔了舔说得干涩的唇瓣，说："马先生一定怀疑我刚才的一番话，搞得我像 C919 总设计师似的。是不是这样，大家慢慢看。"

沈梦纱半眯杏眼："今天，田记者舌战马儒，我判田记者赢。咱们受教了。"

马化讯嗤笑一声："女的总归帮女的。"

沈梦纱莞尔道："嘿嘿，无趣。"

6

田秋颐接了个电话,弯了弯唇角说:"和各位有缘,唠了这么多,这下,我有事该走了。下回专门去采访航班正点率问题,代问葛尖老师好。"

田秋颐伸手和众人握。最后,握住马化讯的大手,眼中闪出灵秀的光芒:"我们加个联系方式吧,下次可以继续打嘴仗。"

"这个太没问题了。"马化讯掏出手机,互存了号码,又添加了微信。戈晖勾了勾嘴角,和沈梦纱做个鬼脸,动作隐晦。

马化讯放下她的小手,想和沈梦纱他们转身离去,忽然瞥见展区的另一头过来一位穿夹克休闲装的年轻男子,似曾相识。

马化讯定了定神,迎前几步。那人也发现了他,快步上前。惊讶之余,两人的手紧紧握在一起。

马化讯哈哈大笑:"今天是什么日子? 如果一早去买彩票,说不定中头彩! 看个展会,碰到几个熟人,竟然连多年不见的老同学都遇见了。"

对方擂他一拳:"我也在想,前面的人是不是马化讯? 几年不见,咋越活越精彩,帅得连我都认不出了呢。"

"于飞,你就捧吧,把我捧上天,捧成脑子短路,你就上火星了。"马化讯问,"来干吗?"

"出差路过,从时间里挤了条缝,来参观下国产大飞机,看过实物再看图展。晚上的高铁,要走的。"

"就是不通知我,怕我请不起半顿饭?"

"偶尔路过,不敢骚扰。还是有缘,不是在这儿碰上啦?"

马化讯拽着他的手,对戈晖和沈梦纱说:"这是我高中的同桌,于飞。"

"你好,于兄。"戈晖抱拳道,"戈晖,我们都是马化讯的同事,管制员。"

"沈梦纱。"沈梦纱自我介绍。说着,端倪了于飞一眼,没马化讯高大,中等身材,单眼皮,面嫩,一双精致的眸子闪放着柔和的光芒。

"你好。"

于飞转过身,和她正面相对,脸上溢着天生的和善笑意。有的人天生一副笑意,彬彬有礼的笑意,就像于飞,和马化讯英朗冷冽的脸部特征反差明显。两人四目相对,于飞眸中的柔和之光飘过,沈梦纱心头蓦然一震,神情有些慌乱,赶忙将头偏开。于飞眼光温和,气场强大,逼得她俏脸微微一红。

马化讯拉着于飞的手说:"在展区待了这么久,真的该去楼下喝一杯了。于飞兄多年未见,一定要去。"

于飞说:"吃晚饭吗?恐怕没时间了。"

"不,喝杯茶或咖啡。"

"可是。"于飞眼角余光扫了眼周围,"你还有同事在。"

马化讯撇头问戈晖和沈梦纱:"站了这么久,一块去下面坐会吧?"

戈晖怕沈梦纱不去,不便擅自做主,抬眼望向她,不料她直接点了头。一行四人来到底楼咖啡吧,找了个靠窗的桌子坐定,每人点了茶水和咖啡。话题绕了几圈,又回到了国产 C919。

7

马化讯冷哼着说:"我们搞管制的,见天上飞的全是外国造,别提有多失落了。好不容易搞架大飞机,总觉得像加工似的。"

于飞微蹙蹙眉,朗朗一笑:"也不能认为是加工组装,这是第一步,有了第一步,才有第二步,第三步,你看着,不出十年,就是个出色的产品。想当初,咱们搞'北斗',多少国家嘲笑?说那不过是一出闹剧!现在怎么样?不照样降妖伏魔,光耀四方?要坚定相信国人的创造力。"

于飞瞧了眼沈梦纱和戈晖,柔和地说:"我发现有个现象,历史上,凡是我们被封锁的产业,都发展得很好,凡是老外愿意提供技术支持或跟我们合作的产业,最后往往沦陷了。"

马化讯忽然说："那 C919,以后你也来飞?"

马化讯对戈晖和沈梦纱说："忘了说了,于飞也是开飞机的,呜呜——开飞机。"

于飞说："你知道的,我不飞这个。"

"那你飞什么?"戈晖忍不住地问。

于飞将双手展开,做了个左倾斜、右倾斜的大角度动作,说："飞这个。"

"小飞机? 通航的?"戈晖问。

马化讯低声道："嘘——他飞战斗机,高难度的,飞歼 11、歼 16,以后可能要飞歼 20 了。"

"啊?"沈梦纱惊喜地问,"你是空军?"

"怎么,不像么?"于飞微微笑笑。

"真看不出,面嫩面善的模样。"她说着,心想：一副笑嘻嘻的模样,倒像个图书馆的服务生。

"飞战机一定要长得凶神恶煞的?"于飞说话间,柔和的光波一闪一闪。

"倒不是,不是的。"她黑色的瞳孔一张,好奇地说："你们一定有许多特技? 比如翻滚,拉筋斗,眼镜蛇立起……电视片上看到过的。"

"那是必须的基本功。"于飞浅笑道。

马化讯说："听同学说,于飞在东海上空和外机翻过好几次筋斗,而且是带弹战机,吓得 F16 屁滚尿流,是不是?"

"嘿嘿,别信谣传,别信传言。"于飞说着,未置可否地笑笑,脸上透着一丝餍足。

沈梦纱扯了扯唇角,脸上像镀了层金光："你们,你们的飞机能不能让咱也参观参观?"

于飞一愣,想不到她会问这个题,刹那之后,随即平和下来："这个么,恐怕比较困难。因为,我们的基地不在市区,在岛上,路比较远。"

"这个太不成困难了,我最喜欢海岛,只要你们允许。"沈梦纱美眸焕发出绿光，晶莹闪烁。

于飞被她双眸的波光所吸引，不禁多瞅了一眼，发现眼前的这位女管制员有倾城之美。他轻咳一声："再说了，目前交通不太方便。这个，先不谈这个，还是谈谈大飞机吧。"

沈梦纱从手提包里摸出手机，飞快地翻了几下，屏幕上跳出一架歼20的英姿图片。她递给他："这是我军的歼20吧?"

"正是。"

"你们的基地有吗?"

于飞警惕地皱了下眉："怎么问这个?"

沈梦纱脸一红："别误会，我们是指挥飞机的，自然对各类机型感兴趣，尤其是国产的民机和军机。化讯、戈晖，是不是这样?"

"对，梦姐是这意思，决不是打探什么内部——情况。"戈晖说。

马化讯说："于飞也不是这意思。"

于飞神态变得自然："下次如果有机会，我一定请马化讯和诸位来基地走走。"

"这样最好。"

沈梦纱将自己的手机往于飞的手机旁靠了靠："军民鱼水，还是加个联系方式比较方便，万一哪天真方便了，马化讯又走不开，我跟戈晖可以先去海岛慰问军队么，是不是化讯?"

马化讯顺着杆儿下："也是。"

于飞和她留了通讯方式后，将手机收起，说："赶时间，真走了，各位再见。"

沈梦纱双眼含羞，波光盈盈，似有不舍。

8

于飞所在的基地介于东南之间，向东监视东海防空识别区，兼顾台海。

许多年了，他春节从未回过家，节假日尤其忙。这类似于马化讯，交通行业，别人休息，他们最忙。从于飞的前辈的前辈开始，每遇节日假日，都有战备值班，人不卸甲，机不入库，枕戈待旦。

对于飞这些天上的鹰来说，执勤在沿海，也有说不出的堵心与屈辱。浩瀚的太平洋，就在不远方，却不能随便飞越，需要经过所谓"第一岛链"的几条窄窄的通道才能出去，像宫古海峡、巴士海峡、大隅海峡、宗谷海峡、津轻海峡等，说难听一点，得从人家手指头之间的几条缝里穿越出去，旁边都是如狼似虎的眼睛，别提心里有多窝火了。空军这样，海军更是如此。

国家的空域需要监控，地面的雷达二十四小时不能眨眼，盯着国境线上空，即使有针尖大的信号异常，也要劳驾于飞他们出去查证。

于飞参观完 C919，回到基地的第三天，便接到出勤任务。他驾歼 16 飞往东海上空。

他早已习惯这些。这是日常工作，他和战友们每年战斗起飞数百架次，处置特别空勤。无非是外机抵近侦察，"串门"生事。

也有过瘾提气的时候。

一次，一架外国的电子侦察机在我国油气田海域附近上空转悠。他升空后，快速找到了那架慢悠悠"散步式"的侦察机。也不知怎的，平时和善的脸，见到外机在我国领空附近转，就会升起一团火。

于飞战机的速度快，侦察机的速度慢。他到达位置后，紧贴着对方，作半径小到极限的盘旋，一圈完了再来一圈，将对方死死"网"在里面，距离近得能看见对方座舱里的仪表。既然有贼欺侮到家门口，他决定玩个"猫捉老鼠"的游戏。他将战机的速度调慢了再慢，绕到对方的身后，忽然按下机头，从侦察机的肚子底下轻轻飘过，当对方找不见方向时，又从它的头顶前猛然拉起。油门踩踏下去，引擎马力加大，尾流吹得侦察机摇摇晃晃，吓得对方飞行员赶忙向东急转，一溜烟地逃窜了。

又有一次，他为海军东出岛链去太平洋演练护航。

飞着飞着，收到无线电急促的告警提示：加强警戒，右后方有敌情。他立马发现，右后方有两架 F16 高速接近，妄图滋扰。

他不慌不忙地飘着。当敌机贴近时，他来了个顺势水平急转。对方飞行员清楚，这个高难度急转，人的身体要承受相当于五个人的重压，掌握不好的话，大脑失血，人容易灰视、黑视，甚至出现晕厥。

于飞对此早有准备，深憋一口气，防止血液向下流。这个动作的完成，相当于向对方亮出了刺刀，进行近距离格斗。"有种的，来缠斗比试！"他在心里骂。

对方倒抽了口凉气，眼见在技术上占不到便宜，想一走了之，快速离去。

于飞暗暗一笑，巧妙地在他们逃跑的航路上打出一串干扰弹，瞬间把对方飞行员吓住了，以为歼 16 准备开火，刷地溜走了。

脑子电转间，于飞驾着战机快速赶到防空识别区的外沿。老对手的一架 F15J 高速逼近。于飞知道，我军的歼 10、歼 11 或歼 16 不到，他们很可能越进识别区，是不会主动乖乖回去的。类似情况，他遇到的多了，已经见怪不怪。

这回不同，F15J 杀气腾腾，离他一百公里时，于飞明显感到了异常：对方开启了火控雷达，对他实施照射。于飞他们的飞机曾经收集到外机的雷达讯号特征，只要对方开启，己方机载告警系统马上会显示相关提示。

"狗杂种。"于飞脸上变得冷寒，谩骂一句，"竟敢来阴的。"

在多次的交锋中，双方底线是不开启火控雷达；如果打开火控雷达，再解除导弹保险，意味着进入了发射攻击流程。嘿嘿，大违常规，是对方吃错了药，还是对咱压力测试？

"咱是被吓大的吗？"于飞对自己说，"还是你真得到了狗头上司这么做的指令？"

一般来说,对方开启火控雷达,本机收到"被锁定"的告警,飞行员的下意识反应是释放雷达箔条干扰弹,化解被攻击的危险。

今天,于飞不想这么做。因为在这千钧一发的时刻,也不知怎的,他的脑海里蓦然闪出当年朝鲜战场上,志愿军飞行员张积慧被敌机锁定,来了个直接调头,准备和美机同归于尽的壮举。极端的愤怒下,于飞成功地来了个高速侧翻滚,并持续机动,两个回合后绕到对方后侧,迅速占领了射击位置,狠狠地将其中一架 F15J 锁定。

F15J 飞行员胆战心惊,本想开个玩笑,吓唬吓唬于飞,殊不料反被歼16 锁定。连续做了几个甩尾动作,仍被他牢牢咬住。情急之下,F15J 使出吃奶的力气,几乎将飞机开成散架,和歼 16 比拼机动性和操作技艺。然而,于飞不是吃素长大的,一旦占据了主动,自然沉着稳住,后招绵绵不绝,得陪这个长不大的浑人好好"玩玩"。F15J 侧滚,他侧滚,F15J 横滚,他横滚,F15J 翻内筋斗,他翻内筋斗,F15J 翻外筋斗,他也翻外筋斗,F15J 下旋梯,他也跟着下旋梯,始终如鬼魅般地将 F15J 锁定在"可杀"的状态下。在他的追杀下,F15J 仪表发出的尖厉告警声一声紧似一声,飞行员在颤抖中相信:歼 16 上的红外制导导弹随时可以点火飞出,今天遇上了高人狠人,自己不慎"玩火",怕这条小命要交在东海里了。

F15J 黔驴技穷,不得不扔出一排红外诱饵弹(热焰弹),这些高光高亮度、呈抛物线轨迹的热焰弹,像撒烟花一样将天空撒成了一片红亮。

"没过年,用不着这么奢靡。"于飞对着 F15J 的背影说,"你跑不了的。"眼看马上进入对方领空了,遂减慢速度,脱离攻击航线。F15J 如获大赦,趁机飞速遁去,离中方防空识别区越远越好。

第十二章 马上起飞

1

晚上，微博、微信图里出现新闻爆点：中外战机在东海钓鱼岛附近上空缠绕斗法，险些擦枪走火。一时，消息被大量转发，几乎刷屏。

沈梦纱的脸蛋有些失色，眼波泛起一缕寒意。

她隐隐中觉得，这件事和于飞的部队有关，没有任何证据，全凭第六感觉。"或许就是他？或许他是其中之一？他可是年轻的王牌飞行员，飞者的佼佼者，各种特技都会。他面上温和圆润，驾机本领逆天。他说过，对于外来滋扰者，对玩阴的大流氓、二流氓，最好的玩法是让他们多栽跟斗，跟斗栽多了，才知道疼；没人会指望他们自己说服自己不再惹事。"

从来源最快的社交网站、微信圈里翻着，消息的内容不多，就五六百字，加上添油加醋的跟帖，并不复杂，也不知是真是假。网络、微博与微信，比不得报纸、广播、电视与杂志等传统媒体，后者渠道正规，来源权威，审查严格，一般不会出假。社交媒体见风就是雨，小雨变暴雨。前几个月，有人通过微博传播：中日海空大战爆发，击落多少架飞机，击沉多少艘军舰，编得有鼻子有眼。但经不起验证，都是造假，是某些吃闲饭人的胡诌。类似于 2014 年失踪的马航 MH370，因为至今没找见，离奇的故事编了一茬又一茬,拍几部大片的素材绰绰有余。

不过,有时候网络上起阵风,的确会飘雨星。像这回,中外战机东海缠斗,应该是事实,但不排除有夸大的成分。

也不知怎的,近来,她经常关心东海、台海、南海方面的军情。自从和于飞相识,忽然对军事开始有兴趣。想想也怪,和马化讯的同学于飞在大飞机展区的一面之缘,便在她心里演变成了一个深深的存在。这种事说出去,有谁相信呢。

历来,沈梦纱关心民航,不关心军航,那是遥不相及的另一航。因为于飞,她开始对军航青眼有加。各种资料看多了,开始重新审视某些国家,也有了自己的一些想法。按理说,某些国家是一个个富有的独立国家,但行事邪乎,阴黑。这些国家既奉行丛林法则,又玩黑道,阴谋阳谋一起来。那个于飞在那次咖啡吧里说过:兵来将迎,水来土堆,怕啥?人家即使玩阴的,也不愁,春秋战国、列国三国,几千年前的许多先人就在那儿说兵法,设计谋,"兵者,阴事也"。《孙子兵法》《三十六计》,那些教材,那些作者,难道都是吃草长大的?

想起与于飞在C919展区的一面之见。他率真的出现,面嫩的脸蛋,和善的微笑,一双眸子清澈透明,没有一丝一毫的杂质,像神话里的王子,尽管她并不相信真的有神话和王子。但有一点她信:他和善的目光里有一种与生俱来的坚毅不摧,在这种坚毅里,他往后一定能成为飞行员里的翘楚之一。

东海上空的敏感信息还在流转,扩散,发酵。

沈梦纱平时的心态平和,很少有起波澜的时候,这回真的起了点波澜。信息这东西,生着腿和翅膀,本身会走和飞,会自行流转,不过,也许转到明天就不转了,停止了。互联网上发烧快,退烧也快。

但她的心就是被牵着,莫名其妙地揪着。想打个电话给他问问情况,觉得唐突,不方便,也许人家正在值班,不能随便接手机,一接到命令,立马要登机,飞往应去的天空。

不如发个微信吧，文字比语音委婉一些，不会尴尬，但又不知从何说起，几句话写不清楚，一来二往费时费力。思虑再三，取了个折中的方法，将那些大家都在转的文字转给他，探探他有啥反应。这好比往池子里扔块石头，试试水的深浅。不料，对方很快回了个信息过来，很快，也就隔一分钟的时间。虽然于飞没有任何的文字回复，只一杯咖啡的符号，外加一个微笑的表情。

依此，她的猜测对了，应该确有其事。和外机缠斗的战机，驾者会不会真是他？他的回复是模糊的。一杯咖啡，还冒着热气，可以是请她喝咖啡，也可以是回忆上次在 C919 展区底楼喝咖啡的事。一个微笑的表情包，对她笑笑。这个会意太丰富了，可以理解为默认同意，可以理解为讪笑，也可以理解为未置可否，一笑了之。她的第六感觉是默认，有这回事。

还真是他们。

蓦然间对他肃然起敬。在当下这个物欲泛滥、纸醉金迷的世道，太需要于飞这样的人了。可以想象，在辽阔的大海上空，战机如离弦之箭闪亮登场，横刀立马，威芒四射，敌机望之丧胆，落荒而逃。

建军以来，中国空军相对弱项，从未对周边列强构成优势。1999 年，驻南斯拉夫大使馆被炸，惊醒了国人，从此卧薪尝胆，奋起追赶，二十年砺剑，终于缓缓亮出。于飞，就是那年轻的剑手之一。

2

一天早上，沈梦纱上完大夜班，准备下班。收拾好东西，将近九点钟的样子。

路过综合办公室，瞥见师傅葛尖在翻着一摞子文件，旁边站着马化讯，也在指指点点。这两人工作上惺惺相惜，几乎一个鼻孔出气。

对葛尖，她一点都不奇怪，不上班也常常来单位，好像永远也学不会休息，在他的世界里，来单位也是休息。按他的话说，有闲暇就调研调研。

他喜欢工作,不工作才难受,否则算什么劳模呢。

但马化讯也在,咋回事?她顾不得一夜下来的头昏脑涨,侧步踅了进去。

"是有啥事吗,师傅?我不碍的。"

她放下包,立在葛尖旁边。偏头问马化讯:"你怎么也在?"

马化讯见她的眼圈有点黑,殷勤地搬了张椅子进来,请她坐下。说:"和葛老师一起讨论点事。"

葛尖努努嘴:"我们在聊航行新技术。航空运输业发展到这个节骨眼上,出现了瓶颈,要打破僵局,就需要新玩意儿出来唱戏,掀开新的一页。"

马化讯为人比较跋扈,沈梦纱总觉得和他气场有差异,但他在业务上是一等一的好手。他说:"人扛不动时,不代表机器扛不动,人没有办法时,不代表机器没有办法,有时机器能代表人想出好招。"

沈梦纱说:"也还不是人想的法子?人造出机器设备,设备帮人干活,干许多人干不了的活。"

"我说的就是这意思,不过表述的语句不一样。"马化讯说。

"你不是这意思,你是说先有蛋后有鸡,我是说先有鸡才生蛋,次序不一样,意思也不同。"

"这……"马化讯语塞。

葛尖冷冷一笑:"也不用在文字上抬杠,化讯说的也对,人的潜力到极限了,就请机器来做活。人不会飞,就发明了飞机,开始是螺旋桨,小马力,后来需要速度更快、运力更大的,就研究出了喷气机、大客机、重型机,再后来是超音速飞行——目前主要是军机,相信民机也会历史重现。难怪那么多人想搞新技术、新机器,搞互联网,搞量子技术,搞这样那样的黑科技,这么黑下去,颠覆了原来的生产和生活模式,最后连人都不认识自己了。"

马化讯不跟她争,总是让着这位公主。他说:"我们现在谈的是航行新技术,像卫星导航、广播式自动相关监视系统(ADS-B)、卫星导航地基增强系统（GBAS）、基于性能导航（PBN），以及飞行驾驶舱的平视技术（HUD）等。"

沈梦纱的语气缓和下来："这个我晓得，要提高运行效率，人的身体能力有限，就造出这些设备来延伸人的手和腿，眼睛、嘴巴和耳朵。"

葛尖习惯性地将一捋他的那头白发："化讯说的一揽子航行新技术，比较丰盛，还有多点定位、数据链通讯等等。"

葛尖停顿了一下，喃喃地说："这些新玩意儿，如果用一句话概括，就是将这些东西从地面搬到天上，也就是说，将各类设备的立足点从地基移向星基。原来的方法是从下往上看，今后是从上往下看。"

沈梦纱说："这个说法比较形象。"

"眼下在推的航行新技术，主要有五六样，有的已开始用，有的在试用，有的计划推进中。"葛尖扳着手指头说，"多点定位，以后要替代场面监视雷达的，主要用在机场附近。由于机场区有候机楼等众多建筑物的遮挡，对地的场面监视雷达容易留死角，某些场道区内的地面车辆、停机位上的飞机看不见。用了多点定位，可以清楚地看见地面上的每一个目标。"

葛尖说："基于性能导航（PBN），将卫星信号、地面和飞机本身的惯导信号融合，互为补充，优中选优，使导航更加精准。原来二十公里宽的空中航路，精细化以后，同样的宽度，可以来回双向飞行，相当于从单车道变成了双车道，相当于扩大了空域。"

"卫星导航地基增强系统，可以替代盲降的。目前的多跑道机场，一条跑道对应一套盲降设备，用了 GBAS 以后，一套设备可以管所有的跑道。另外，传统的盲降设备，飞机只有进入长五边，对准跑道的延长线才能接入信号，用了后者，飞机可以从跑道的任意一边就近切入。"

葛教头是管制员，不是技术保障部门的工程师，但说起航行新技术，如数家珍："飞行人员在降落过程中，一会要抬头看前方的跑道，一会低头看舱内的仪表盘，目光上下切换，容易影响精力。平视系统，就是将下面仪表盘的数据抬上来,移到与飞行人员目光平视的位置,飞行员再也不用忙于抬头低头了,方便了操作。"

马化讯说:"传统导航,地面导航台为信息发射源,航路航线下方,每隔三百公里有个导航台,飞机通过接收地面导航台的信号,确定自己的方位,并沿着这些信号的指引,飞向目的地。现在,飞机的导航主要依靠卫星,通过太空中的卫星给过往的飞机进行定位和指路,也不用建造那么多导航台了,尤其在海洋上、沙漠中,台站建设代价高昂。当然如葛老师所言,我们现在用的是复合导航的方式,机载设备同时接受太空、地面和惯导的信号,通过计算机的智能运算,哪方面的信号准确强大就选用哪一方面的。目前看来,越往后,卫星信号的比重越大。"

沈梦纱接口道:"广播式自动相关监视系统,国际通行说的ADS-B,也是通过机上设备接收卫星的定位信号,加上航班本身的许多信息,时刻不间断地发向地面指挥中心和周边的飞机。除运输飞机外,通用航空的小飞机、直升机今后主要用这个。我弟弟就这么说。"

马化讯说:"这样一来,主要从太空做文章,对卫星的依赖度太大了。"

葛尖双眉微蹙:"问题就来了,现在各国用的都是美国GPS的卫星信号,等于美国一家独大,被人家牵着鼻子走。如果某一天,GPS系统出乱子,或者说独角兽不干了,那会全球乱套,大家干瞪眼。"

马化讯又愤青起来:"俄国人不争气,好不容易搞起来的格洛纳斯,用了不到几年,苏联垮台,国力不济,囊中羞涩,打新卫星的钞票没有,天上的卫星始终不满员,只有稀稀拉拉的十几颗,吊儿郎当地转着,他们独联体自己用用都够呛。一盘散沙的欧洲,本世纪初就开始弄'伽利略',牛吹得比天大,说什么要跟老美抗衡,2015年完成全球布网,现在呢? 仍旧遥遥无期。"

葛尖说:"所以欧洲人急了,狗急了跳跳墙,他们不热心搞ADS-B,准备大力发展S波段雷达,减少对GPS的依赖。"

沈梦纱说:"北斗呢,咱家的北斗不是快全球化了吗?"

葛尖说:"也只有指望北斗了。到时,北斗和 GPS 兼容,万一美帝要赖不干,北斗照样可以出来撑市面,为地球人服务。这个,关键时刻,还得靠自己的腰杆子。"

沈梦纱揉了揉红眼圈:"航空不同航天,飞机不比火箭。火箭是一次性的消耗品,发射上天就完事;飞机不是,载客飞行,重复使用,对人员安全的要求尤其高,不保险的事不能做。新技术也要保险系数足够高才能上。"

葛尖说:"成熟一项,投入一项。航行新技术,有的已在用,有的正在验证测试,有的准备在 2020 年后逐项使用。我们是操作层面的,对航行新技术,提出我们的需求,和技术保障部门一起,将规划和计划做好,拉出具体时间表,交给上级审核决策。"

谈到具体业务,葛尖显得滔滔又冷静,马化讯不时插口补充,沈梦纱也不自觉地加入了讨论。扑入工作,她精神又来了,仿佛昨天一晚上大夜班的辛劳已经遥远。什么样的师傅,带出什么样的徒弟,随什么样的团队,传什么样的作风。

她想想都要热血奔涌。

葛教头属于老一辈,拥有多个层级的全方位管制经验,为业界有名的权威。马化讯是新生代的尖子,虽然为人有点倨傲,但在业务上是把好手。前段时间,他们几个人合力提出治理航班延误方案,被上级批准实施后,取得了比预期还好的效果。眼下,几人自发研究新技术在管制方面的运用也是好手加好手。

果然是一人计短,两人计长,众人计丰。几个人凑了又凑,凑出了个初步的方案。提初始方案这类事,开始阶段人不必太多,由少数几个骨干拟定,然后才是讨论扩广。

精英人才里,葛尖算是中枢和核心,做事的基站。如果说航行新技术高度依赖星基,他就是星基的卫星。

沈梦纱跟葛尖多年,观察他已不是一年两年。他一头白发,眼神如刀削,处事冷静,滴水不漏,在指挥技艺、处置特情上,给人的感觉是不动如山的沉稳,仿佛天下间已没有任何事情能够惊扰到他的冷静。

"葛尖的静是岁月磨出来的,经历堆出来的,不容改变。"田秋颐记者经多次采访,膜拜不已地说。

在沈梦纱眼里,冷静、有个性的年轻人也不少。像机长兰晓天,这个人外表开朗不羁,空中的风呀浪呀经历多了,风险意识凝成了他纵横捭阖、处变不惊的不屑与信心。

另一个飞者于飞,也是。虽一面之见,但有时一眼看透一生。于飞外表柔和,神光内敛,天然的冷静与不受惊吓,是天生的泰山崩于面前不改色的主,仿佛日月星辰都围着他转。

于飞有着温和的外表,似乎永远都不会动怒,但他的战机一升空,对手就会感到山一般的压力,他的特技与压迫感会像寒冰一样钻入敌方的心窝。一想到他,沈梦纱的心底便会燃起一团火。

同为管制员,马化讯也是一个不可多得的人才。

思绪回到航行新技术。航行新技术再先进,黑科技再强大,还不得葛尖、兰晓天、于飞、马化讯,还有她沈梦纱这些人来操控?

3

一个轰动性的消息不胫而走,在管制中心迅速传开:美女沈梦纱找了个飞行员。

首先在他们小圈子里传。

戈晖对他的梦姐有亲情般地向往。他原先预估,她会在兰晓天、马化讯或其他管制员中选一人。这下出结果了,选了一个会飞的,但明显不是兰晓天。他找航空公司方面核实过了,绝不是兰晓天,另有他人。一时觉得胸闷。美丽无比的梦姐,给谁逮去了呢?就去问师姐白雪梅。

白雪梅嗤嗤一笑,开始不信。年轻男女之间传来传去的消息多了,今天这个跟那个好,明天那个跟这个好,以讹传讹惯了,过一段时间风停了,雨住了,一切都不作数了,重归于平静。听戈晖急吼吼地说,怕有几分真,决定也来管一管别人的闲事。不便问当事人,就问她师傅,进近室的葛尖。

葛尖接起电话,支支吾吾说:"这个事啊,我也不太清爽,小沈的私事,用不着跟我这个师傅汇报的。"

哼,也不否认。这个老葛,装作不晓得。白雪梅感觉他晓得,他知情,不想说罢了。

再问马化讯。白雪梅知道马化讯是沈梦纱的追者之一,他肯定早晓得了;如果他想不开,还能顺便开导开导他。

马化讯冷着脸说:"你都不清楚,她哪能告诉我?"

"那传言从哪里来?听下来绝不是空穴来风。"

"白姐,我哪知道?不如去问葛尖老法师。"

"问过了,他说不晓得。"

"那就不晓得了,她的世界我不懂,她的事只有她自己晓得。"

"但我觉得葛尖他晓得,可能是不好说。"

"那你还是得问他。"

"等于没问,哼!"白雪梅啐了一口,啪地挂下电话。

气象中心的美人伊点点证实了传言不是假的。她兴冲冲地对白雪梅说:"真的,定了,沈梦纱找了个老飞。"

这么说,这个飞者不是兰晓天!她清楚,伊点点喜欢兰晓天,追着黏他好几年了,如果沈梦纱选了兰晓天,伊点点气还来不及,哪会跑来告诉她。白雪梅忽然觉得,这件事的源头,可能是从伊点点这儿出来的。伊点点对兰晓天上心,对他周围的女人也上心,一旦发现沈梦纱这个有竞争力的女人有了归宿,巴不得到处开喇叭传播呢。碍着伊点点是气象方面的专才,工作上常打交道,不便当面戳穿,而且也没有证据,况且,人家传传这些消息也没有啥不对。

在那次本系统的会后,伊点点将白雪梅和戈晖拽到一边,有鼻有眼地将这件事说了:"听下来,沈梦纱早已心中有人,咱们不认识罢了,但寻了个老飞是肯定的。"

白雪梅说:"这也没啥稀奇,飞行人员收入高,小沈她一直想买房。"

戈晖说:"开玩笑吧,梦姐她不爱财。"

"她告诉过你不喜欢钞票?"

"这个玩笑不好玩。"伊点点浅声说,"打听细了,她找的这飞,不是那飞。"

"什么飞?"白雪梅有些糊涂了。

"开小飞机的那种。戈晖说对了,开那小飞机,挣不了几个子。"伊点点惋惜状地说。

白雪梅冷眉一望:"瞎说,她弟弟沈梦强也开小飞机,直升机,在环宇通航,一年也小六十万。"

伊点点说:"不是那意思。问清爽了,她那个的飞,是在军队,在空军里飞,但是个优秀飞行员。想不到沈美人左挑右拣,找了个高难度的。"

戈晖一拍脑门,恍然大悟:"明白了,明白了。"

"你明白个啥?"白雪梅还是雾水满头。

戈晖听到空军二字,立即反应过来,一定是上次在 C919 展区遇上的那个马化讯的同学无疑。他虽然现在和沈梦纱不在一个管制室,她从塔台去了进近室,但两人联系多,关系一向密切。

"是不是叫于飞?"戈晖问伊点点。

"你怎么知道叫于飞?"白雪梅越闹越糊涂。

"我当然晓得,因为你那次没去。"戈晖说。

伊点点半歪着头说:"好像是叫什么飞的,应该就是戈晖说的于飞。"

"就我蒙在鼓里。"白雪梅一别头,走了。

戈晖的眼角浮起一缕失落,随即叹了口气,啥话也不说了。

白雪梅比自己的事还来劲,很快又找见了马化讯:"你个猪头,到底是不是真的?"

"真和假有什么区别?"马化讯冷冽地说。

"如果是真的,说明你和兰晓天都没戏。"

"我本身就没戏,只不过是在等一种结果,不管哪种结果,不管是谁都无所谓。现在结果出了,我反而冷静。"马化讯说,"其实,我早晓得了。她对我而言,只是路边的风景。"

"你个死马化讯,猪头,上次问你不肯说,装懵,一定要等外面渠道传疯了,我这自家人才晓得?"白雪梅气鼓鼓地说,差点一记拳头捶过去。

"早点晚点有什么区别? 是于飞先告诉我的。经过几个月的接触,他们趣味相投,在微信上私定终身。"马化讯说。

"哈,够浪漫的。这样说来,还是你引狼入室,没有你那天的荐引,他们就不会认识,不认识,又哪来的结果?"白雪梅说。

"不是于飞,也不会挑我。我太了解她了,如果在我和兰晓天之间,她也会选兰。"

"对自己这么没信心?"

"不是信心,是距离。最近,我突然发现,她离我很远,而且越来越远,无论我怎么努力,都没有能力触摸到她。"

"那,问题到底出在哪?"

"这不是我的问题,是她的问题。她这个人,怎么说呢,也是剑走偏锋的那类,用句落俗套的台词,叫做美女爱英雄。于飞义薄云天,称得上是个英雄,仗剑奔天涯的英雄,她说过,我们这个时代太需要英雄了。兰晓天也可以算,而我不是。"

"你也很有天下情怀,怎么不是?"白雪梅正色道。

"比起他们,我还差点。"马化讯说得坦然。

白雪梅终于见到了沈梦纱。三班倒的管制员,要碰个面也不容易。

白雪梅嗔怪地说:"真的吗?"

"真的。"沈梦纱一窘,脸上稍有腮红。

"那必定是真的了。"白雪梅说,"马化讯说你美女爱英雄。"

沈梦纱肃然地说:"马化讯也是英豪。"

"咳,英雄和英豪有区别吗?"

"差不多。马化讯要是在军中,可能也是英雄。"沈梦纱浅笑道,"白姐,第一,我出生在西施故乡,但我不是西施,是一般的普通人;第二,我是老掉牙的那种'旧人',如果世上真有英雄,我真的会爱。"

"不过,马化讯好像挺有风度,看得开。"

"他是个谦谦君子,真男人。我敬他。"

"嘿,那为啥你们平时喜欢打嘴仗?"

"那是闹着玩的。"沈梦纱幽然地说,"不过,姻缘这东西,讲究一个缘,得有感应,要是真有缘,和马化讯,包括兰晓天,认识这么多年,早成事了,就是有缘无分。我和于飞一接触,就眼神相熟,心灵相通,好像这件事上辈子就定好了的;也可能我俩前世就有缘,遇到点麻烦戏没成,这辈子来补了。"

"离谱了。唉,你是瞌睡来了,正好有人送枕头,就躺下了。"

"白姐,说玄了。"

两人相视娇笑一团。白雪梅甩了甩头发说:"有结果就行,省得其他人干等。"

沈梦纱忽而说:"那个,马化讯心里已经有一盏照亮他的明灯了。"

"真的? 这么快?"

"这种事,说慢,十年一遇,说快,一眨眼的事。"

"他口风紧,一句都没露过么,唉,是哪家的丫头?"

"那盏明灯么,就是报社的那个田大记者。"

"嗨,他跟你说的,还是你瞎猜的?"

"他暗示过,我也猜到了。"

"那个,年龄上,差不多吗?"

"年龄不成问题,田记者长他两岁。"

"哈哈,这个马化讯!"

"也是才女爱英豪,挺配的。"

沉吟片刻,白雪梅说:"还是关心关心你吧,这样的话,现实问题出来了,你们两地分居,晓得吗? 生活上很大不便。"

"当然。白姐,自古有国就得有军队,军兴则国兴,军衰则国衰,军人也是人,也该有家,如果被忽略,他们会是一种什么心态? 你说的现实情况不假,这是许多个家庭同样面临的问题,我只是其中之一,别人能克服,我估计也能。我爸从小就培养我自立,比如……"

白雪梅立马打断她:"晓得,边当家教边上大学,十八岁后没用父母一分钱,最后一年去天津上民航大,向父亲打的借条,上班以后还清……梦纱自小是个好孩子。"

"是的,军队飞行员的收入比兰晓天他们差得远,这些都是不合理的存在,给马化讯听见,他又要变成愤青拍案而起了,说什么'戏子上天,英雄掉泪'。"

蓦然瞧见她的熊猫眼,白雪梅说:"好久不见,怎么脸上很倦的样子。"

"哎,不瞒白姐,这些天我奶奶从乡下出来看病,住在医院,所以我除了上班,基本在医院了。"

"咋不早说?"

"现在不是说了吗? 也不是啥大病恶病,老年白内障,开个小刀。"

"毕竟上年纪了。我们送温暖去。"

"就怕这,才不敢说。"沈梦纱抿嘴说,"昨天就、出院了。"

"出来啦? 那去你的住处瞧瞧。"

沈梦纱一本正经地说:"本来昨天就可以出院,还没来得及办。这几天白天有班,弟弟在外地飞,而办出院手续这个事,非得在白天,只好拖了几天。"

"嗨,以为啥大事! 明天我帮你去,戈晖不值班,也一块喊去,接老奶奶出院。"白雪梅仗义地说。

"怎么行呢,你们又不认识。"

"报你名字不就行啦? 这件事就这么简单地定了,谁让咱们是管制姐妹呢,需要的时候还不相互借只手?"

沈梦纱闪闪眼睫毛:"算我口贱,蛮好不说的,惹大家的麻烦。"

"麻烦个毛呀,不就办个出院手续么。"

翌日,沈梦纱在班前给医院打了个电话,说她一个姓白的同事来接奶奶出院。值班医生说,这个太不成问题了,早点出去早好,后面很多人等着床位呢。

一出医院大门,奶奶就大声嚷:"你们这些孩子,咋不懂事呢,工作那么忙,还来接我,我一个老太婆,有啥要紧。"

上了白雪梅的车,老太太声音更响了。她耳背,怕别人也听不见:"啊,这个社会好,这个政府好,我一个乡下老婆子,也能到大城市、大医院来看病,回去还可以报销部分医药费,这种事体在以前,打死都没人信。"

"奶奶你睁大了眼看,想不到的事还多着呢。"

"我们乡下都在讲,如今风调雨顺,地里的庄稼,也不用费多大劲,麦呀,谷呀,颗颗实,粒粒饱。哪像从前,日日起早摸黑,忙得要死,可田里的麦穗、稻头,十粒里有四粒是空壳、瘪壳,年年闹春荒,年年吃不饱肚皮。唉,世道变了,老婆子岁数大了,看不懂了。"

白雪梅也加大音量说:"奶奶,你才八十五岁,小呢,好好活下去,好日子还在后头呢。"

老太太的声音更大了:"要活,要活,这么好的世道,谁不愿多活几年呐。"

4

又一个爆炸性的消息在圈子里传开:兰晓天跳槽,去了大飞机试飞中心。

太突兀,一切都太突兀。

沈梦纱将奶奶送走,带了点水果,来到白雪梅住处,感谢她的热心帮忙。

白雪梅像不认识她似的,目光在她脸上扫来扫去,扫得她快起鸡皮疙瘩。她用手抹一把脸,以为有灰尘、食品屑之类的东西挂在脸上。

白雪梅冷不防说:"是你,逼走他的。"

"你说谁?"沈梦纱丈二和尚摸不着头脑。

"明知故问,当然是那个姓兰的。"白雪梅古怪地说。

"他跟我八竿子打得着吗? 他走与不走与我没有半毛钱的关系。"

"太有关系了,也许因为你才出走。"

"出走? 真要笑死我了,难道他去了终南山修行?"沈梦纱闪了闪腰肢,"本来今天不谈这茬,既然白姐这么说,倒要掰扯几句了。兰晓天是个超一流飞行员,外表风流偶傥,犹如一幅江南水墨画,他周围的追随者多了去,有公司的台柱子乘务长李语柔,有咱气象中心的女神伊美人,还有客舱部众多的莺莺燕燕。优秀机长本身就跌在美人堆里,百花丛中走,是他挑别人挑花了眼。"

见她半翻着白眼,沈梦纱说:"航空公司和试飞中心虽然有些差异,但基本还是同专业,都是飞。说重点,他是个有情怀的人。"

"就你没情怀?"白雪梅戏谑道,"你别不承认,在他心里,你的分量最重。"

"这跟我有关系吗? 没关系,他是他,我是我。"她顿了一顿,"他临走之前,打过电话给我,还约过一次见面喝茶。"

"一定是谈崩了,他才拍拍屁股走人的! 这一走,走远了。"

"哈,试飞中心不也在 H 市范围吗?"

"那不一样。试飞过后,后续的试验飞行将在西安阎良、山东东营等地进行,而且,试飞不同于客运飞行,危险性高。"

"晓得,我们仔细聊过,这些利害他比我们懂。"沈梦纱转而问她,"白姐很想挽留他是不是?"

"我同情弱者。"

"我才是弱者。如你所说的,我今后面临的实际困难成堆,分居两地,于飞离得远……"沈梦纱轻咬了咬唇角,"兰晓天的情况我比你了解,他先去国外试飞学校培训三个月,回来直接进试飞中心了。"

白雪梅缓了口气:"他那样做,真需要勇气。"

"他本身就是勇士般的人物。"

"马化讯说他也是英雄。"

"差不离,都是家国大于小我的人物。"说话间,沈梦纱的内心隐隐生出一丝不舍。

沈梦纱承认,兰晓天不是普通的飞行员,飞得好好的,为什么要出去?他是不想羁绊在这儿平平淡淡,想去更有风险的战场。

"告诉你吧,兰晓天不像传说的那样,不是跳槽,也不是辞职,而是正常的商调,从一个国有企业到了另一个国有企业,都在国家这块地里干活。他是一个极度爱惜羽毛之人,不会鲁莽行事的。"

白雪梅微微叹息:"你这么说,我倒有点同意了,都在体制内,按有些高大上的说法,他去了国家最需要的地方,最艰险的地方。"

"那次,我俩单独聊,聊得深入,聊得开心,一切都摊开了。他开飞机天赋异禀,这种灵性光靠努力是办不到的,一旦有更重要的舞台等他,他会毫不犹豫地奔跑过去,也许那才是最适合他施展拳脚的场所,我真心敬重他的选择。"

兰晓天笑得爽朗,去追求属于他的彼岸。

也有人不爽。

李语柔暗抹了几回眼泪。她属于他坚定的追者,又一位美女爱英豪。

他离开后,她偷偷跑去试飞中心,问对方收不收空乘?如果收,她愿意和他一块"冒冒险"。对方回答,非常感谢她的勇气和支持,但是,国产大飞机若干年内只是试飞、验证,不作商业飞行,所以么,也就没有空乘这个编制和岗位。

她扭头回到公司,继续在公司做客舱经理,做形象代言人,在属于她的轨道上飞行。

5

如马化讯所言,于飞过关穿卡,成为歼 20 飞行员,加入利剑行列。

这是于飞多年的梦,利剑在手,他的腰杆子更硬朗了。

歼 20 来了。有了小批量,就会有大批量。

作为第二批被选中的剑手,于飞是坦荡的。

于飞的被选中,在于他的飞行技艺,还有气势,与生俱来的压倒对手的气势。人活一口气,争的也是一口气。气和道一样,无处不在,是永远追求不完的东西,气聚力拔泰山,气泄一泻千里。

于飞成了歼 20 飞行员。几次试驾下来,哈哈,比歼 10、歼 11、歼 16 爽多了。这是聚十多亿人口之气孕育出来的,当然非同小可。这款机充满灵性,开起来如臂使指,驾者意念一动,立马就会传导到操纵系统,从而演化出各种动作。绝不是他技术好,而是设计一流,制造一流。运 10 下马后,民机被误了整整三十年,军机也耽搁了二十年。进入新时代,四代机终于瓜熟蒂落,横空出世。

一流的剑手,佩上一流的剑,方能气贯长虹,光映日月。

第四次上机了,一切是那么的娴熟,那么的得心应手。

于飞发动引擎,一飞冲天,圆转自如,仿佛周围的空气都成了他的帮手。随着歼 20 在空中翻滚、冲击,于飞体内平缓的气血也变得奔涌不止。天空是飞者最好的运动场。

歼 20 是握在于飞手上的隐形利剑,用以兴正道击奸邪,需要的时候,扬眉出鞘,一剑封喉。

6

时光飞逝，转眼小半年过去。

兰晓天从国外试飞学校培训回国，去大飞机试飞中心上岗，正式列入试飞员行列。

他心里比谁都明白，同样是飞，这个活可一点也不好玩，试飞和航线飞行完全是云泥之别的两码子事。航线飞行是飞在安全的中间地带，试飞是飞在安全区域的边尖上。航线飞行首要是安全，哪儿安全往哪儿飞，避开那些不安全的区域，放弃那些不安全的操作；试飞则是飞向危险，哪儿有危险往哪儿飞，去触碰安全的"底线"，以自己试飞过程中的"不安全"，换取未来乘客的"最安全"。通过反复的"试"，找出飞机的不安全"点"，飞机的安全边际就是这么"试"出来的。做试飞员，就是攀登万丈悬崖的那个人，按某些人的话说，试飞可是玩命的差事。

国产大飞机102号机的试飞由兰晓天执行。民航业界，兰晓天名动南北，"九头猫"的绰号不是随便给的，是千锤百炼淬火成钢浸润出来的。

C919大飞机的样机有好几架，每一架都有不同的功能和不同的配载。102号机与101号机相比，许多方面有重要改进，机载仪器更多，主要承担动力性能、结构、操控性方面的试验。以后还要进行航电、照明、客舱系统以及高湿、高温、高寒、溅水、失速、颤振、大侧风、最小离地速度等上千条符合性验证试验，寻找出飞机在特殊情况下的性能极限，确定安全飞行的"红线"。因而102号样机的首飞成为各方关注的焦点。

开始是地试，也就是在地面的跑道上滑行——低速滑、中速滑，多次成功后，进入高速滑，测试飞机的动力、刹车等系统。相比低速与中速，高速滑行有较大风险，因为滑到一定时间与速度，飞机会抬起前轮、再落下，这样的试验离起飞只有一步之遥，控制不好，直接就离地而去，演化成了事故，所以得格外小心。但最终的检验，还要靠离地试飞。在经过地面系列测试后,令人心跳不已的首飞就在眼前了。

在试飞院培训时,教员反复强调,试飞员必定是优秀的航线机长,但优秀的航线机长不一定能当好试飞员。也不是所有的优秀机长愿意报名就能当上试飞员的。兰晓天决意做试飞员后,经过了十几位中外专家的集体打分,最终精挑细选出来。

试飞员,要有一颗强大的心脏,需要超一流的心理素质,很难设想,心理承压能力差的人能胜任试飞工作。试飞员需要扎实的理论知识,不仅要知道怎么飞,还要知道为什么。航线飞行员只要学会飞,飞得熟练就行。更重要的,试飞员是发现问题的人,通过各种科目的试飞,不断地飞,发现飞机的问题和缺陷,便于改进。从这点上说,试飞员的经历越丰富越适合,比如他兰晓天,在航班飞行时,各种稀奇古怪的事情都经历过,发动机故障、起落架放不下、机舱失压、遭遇鸟击等情况都预见过,"九头猫"的名号似乎和试飞员有着天然的联系。

不同于航线飞行员,试飞员的训练,带着问题去,在训练中发现问题,所以重点是复合性、连带性情况的训练,像发动机不工作、操作系统失效、起落架放不下等,只有把组合性的故障、最坏的情况都训练透了,放心了,真正上了天,心里才会踏实。按他兰晓天的话说,试飞员的操作要求高,有时候的动作精确到绣花的程度,像穿针引线那么细巧。

开飞前一阵子,训练异常紧张,没日没夜,累得兰晓天得了急性肠胃炎,偷偷跑到医院输液,也不敢告诉别人,怕影响团队士气。输完液还是有些吐,本能地想从输液室跑到厕所去吐,没忍住,只得吐在输液室和厕所之间的垃圾桶里。训练全过程,中间只歇过一天。

为防万一,C919试飞样机预备了降落伞包,还留了逃生通道,万一真不行了,就弃机跳伞。训练时也训过了。但真正到了试飞的这一天,面对全球目光,机组下了个非同寻常的决定:不穿救生伞,关闭逃生通道。他们坚信自己的能力,也相信这款新机的质量。他们发誓,人在机在,要人和机一起回来。

新机试飞，管制中心上下如临大敌。试飞不同于商业飞行，带着诸多的不确定，在空中发生情况的可能性大尺度存在，要预先设计好多种方案。当天的指挥人员也是精锐，因为首飞的主试验区离机场终端区不远，高度在6 000米以下，是以主要的指挥任务落在了进近管制室肩上。

101号机首飞时，葛尖拿的话筒。这次，任务更重，照例由葛尖挂帅。

这天一大早，葛尖、沈梦纱等人匆匆来到岗位上，做飞前的准备。大飞机试飞，机场可不能关，他们还得保证每天一千多架次航班的进出港。

葛尖寸头白发，双眸溢出丝丝精光。沈梦纱一身制服，披肩长发向上向后束起，英姿飒爽。

葛尖沉吟半晌，对她说："这次，你来指挥。"

沈梦纱一凛："师傅，这么大的事？"

"飞行本无小事，你已经青出于蓝胜于蓝。不用担心，只要把预备会上想到的都做到，一切OK。"

"还是您来吧，我怕手抖。"

葛教头正色道："不，必定你来。你只管大胆去做，我在你旁边。"

刹那间，沈梦纱已恢复平静，接过值班主位的话筒："尊敬不如遵命了，那就我来。"

"大胆，放松。试飞员是兰晓天。"

不知怎的，她忽然间隐含泪光："我晓得。"

兰晓天踏进国产大飞机的驾驶舱，就开始着迷。

感觉就是不一样，波音和空客，前挡六块玻璃，咱C919只四块，视野超好。一看仪器仪表，也是崭新锃亮，光可鉴人。哈哈，终于开上自家的飞机了，不管是试飞或商业飞行，反正是国产的干线客机。手摸着操纵杆，眼底隐隐有些湿润。

马化讯说话一语中的，兰晓天也是有大国情结的人。这时的兰晓天，尽管不知道前头有多大风险，内心是波涛汹涌的。他今天驾驶的大飞机，尚未投入商业运行，只在航展上露了几次脸，国内外商家已投下了七百多架的订单。一旦正式运输飞行,不光为本国市场带来福音,也将为亚、非、拉客户送去福祉。

兰晓天职业的原因,到过五大洲的许多国家。长期以来,工业列强仗着技术优势,凭着制造壁垒,长久垄断着大飞机行业;通过专销,从亚、非、拉各国攫取超额利润;利用技术高地,大肆盘剥他国,碾压非发达国家本就不堪的经济。许多贫国、弱国、小国,买不起价格高昂的新飞机,只能从二手机市场淘来超期服役的老机旧机。发达国家用了二十多年的飞机,他们买来租来,修一修,凑合着继续用,致使空难多发。谁也不想用老机旧机,但买不起新机怎么办? 如果中国的大飞机能早一天入市,许多贫国、弱国就能早一天买到价廉、质优的客机。三十年来,咱中国就是不断突破西方人的技术壁垒,从家电、汽车、轮船、火车到火箭、卫星,将高昂的西方垄断价格打下来,为地球人民送去福利,也包括发达国家的民众。眼下,中国的综合国力和老美相当,工业规模更是从跟跑、并跑到领跑,直线超车越过了对方,时不待我,咱又有什么理由不为亚、非、拉人民谋更多的福利呢? 想到这些,兰晓天翘了翘嘴巴,觉得自己忽然间长高了几公分,特别有成就感。他本身就是有故事的人,这下就更有故事了。

通信波道里传来葛教头浑厚的男音:"兰机长,准备得怎么样?"离预定起飞还有点时间,葛尖先来问候。

"葛老师,我这人有强迫症,一早已准备五次了,想让我不准备都不行,差不多了。"兰晓天当然听出是葛尖的口音,不忘幽默一句,"还是喊我小兰吧,否则都不敢喘气了。这次还是您亲自操刀?"

"不,这次是沈梦纱指挥。祝你顺利,兰机长。"

兰晓天胸口一颤。今天是她指挥? 已经好久不见了,前段时间在外面学习,没有商业飞行,在波道里已长久没有听到她的声音了。想想这些年,在一起交往的日子,那么美妙,又是那么的磕磕绊绊,眼下,她有了归宿,自己也到了试飞新单位,交集的机会少之又少。不料半年未见,今天在波道里遇见了。

正思着，就响起那个熟悉得不能再熟悉的女声："兰机长好，我是沈梦纱，很高兴今天为你服务，祝你顺利！"

"你好。"兰晓天本想说出久违的"梦纱"两字，碍于在公共波道里，别人也能听见，就说："谢谢。今天，天上的云层较厚，不知啥时候能起飞？"

"你们机组准备好了吗？"

"准备好了。怎么，有问题？"

沈梦纱瞧了瞧气象图，坚毅地说："当然没有问题，只要你们准备到位，马上可以起飞。"

沈梦纱说的是试飞空域的天气状况没有问题。按照管制指挥的分工，起飞的指令由塔台管制员下达，一旦拉起升空，就由沈梦纱所在的进近室全权接管了。

兰晓天热血涌动："得令，马上起飞。"

兰晓天心里美滋滋，开自家飞机的感觉咋么好呢？连驾驶杆和方向舵都那么溜。

"向北，高度3 800，沿江口飞。"他拉起后，沈梦纱的声音立马传来。

"向北，高度3 800。"

他复述一遍，加油门，将速度提起。顿觉大地向后退去，脚下的长江扑面而来，水上的波纹依稀可见。他驾着C919的102号机沿长江飞了一段，转而向北，高度上至3 800米。

不自觉地往后别了别头，才发现这是试验机，不是航班，客舱内除了几个技术人员，空空如也。思绪飞过，忽而想起那李语柔，要是和她在同一航班，上了巡航高度，她就会送上一杯她亲手调制的热咖啡进来，和他交换一下眼神后悄然退去。但这是试飞，不是客机，当然不会有李语柔。脑间又闪出和她搭班不多的某次经历。那次机舱失压，众人恐慌，他们合力稳住旅客心绪，苦战一个多小时，坚持着将飞机开至目的地。现在，蓝天相望，各在一方。

思绪像流星一样划过，眼前的现实是，长江隐去，他钻入一片云层。

"有什么不正常吗?"沈梦纱带着温度的声音。

"报告进近,飞行正常。但空域内的云系较厚,能见度不佳。"

"明白,请继续向北。目前,高度 8 000 米以下,南通以东、长江以北的空域已清理干净,全部交给你了。"

"谢谢进近。"

"有情况及时联络。"她不忘再叮嘱一句。

他脸上闪过一抹激动。沈梦纱说的,将一片空域清理出来的意思,是里面没有了任何航空器的活动,他可以在其中自由飞翔,即使穿在云中,也不用担心和别人发生冲突。

然而,他是新机试飞,有许多的不确定性。试飞前,开了大大小小的准备会,将空中可能遇到的不正常情况理了又理,今天上机前,又将各类险情特情想了又想,心里边至少准备了十多套应急预案。但奇了怪了,准备透了的东西往往用不上,原先设计好的不正常预案,没能用上,飞机刷刷地飞,发动机呼呼地转,仪器仪表嘀嘀地走。

上天之前,要说他的心里没有七上八下,那是假的。已提前给父母打了电话问安。昨晚还记了日记,预防出点什么幺蛾子,毕竟是风险试飞。遗书啥的就省略了。但当他开启了引擎,心中便是一片祥和,他是心理天赋超一流的飞者。国产大飞机,孕育十年,一朝亮翅,而他,就是今天闪动翅膀的那个人。

此前,经过短暂的滑行,他驾着的样机,如蛰伏已久的雄狮,聚着天地精华的浩瀚之气,仰头升空,气势直冲霄汉。在这片属于他的江湖中,他像一个游泳健将,自由徜徉在空中的海洋中。他稳稳地从几百米,爬到 3 800 米,又从 3 800 米升至 6 000 米,在这个空域中做着各种动作,试验着设备的各种性能,完成着一道又一道的习题。近两小时的飞行,102 号机一路都像是激动花朵的绽放,带着他的激情,也带着无数人的激动。感同身受,他由衷感到,这才是真正的国产飞机,绝不是人家的复制品,虽然还可能会遇到这样那样的波折和反复,但就是本土造。复制别人的,只会陷入魔道。

将那片试飞空域交给兰晓天后，沈梦纱回头照顾其他航班的进出。葛尖也不吭气，但一直在旁观摩。只见她吐气如兰，轻重有度地梳理着空中的"圆圆点点"，盘的盘，进的进，上升的上升，下降的下降，一会儿的工夫，将原本让路给兰晓天的机群如风一般散开了，空中交通恢复正常。

葛教头特地扬手看看腕表：对机场进出港航班的运行只影响了五分钟。五分钟后，所有进出航班恢复正常。而在半年多前，101号机首次试飞时，前后共有一百三十个航班取消，延误者不计其数。

瞧着面前这位弟子红扑扑的脸蛋，葛尖的内心蹦出了四个字：惊才绝艳。不由感叹一声：长江后浪涌前浪，前浪可以退休了。廉颇未老，尚有饭否？

兰晓天像做梦一样。两个多小时的试飞就这么简单地结束了，想象中可能发生的大事怪事危事没有发生。下了机才敢多想，新款机试飞生死攸关，古今中外，新机开发，试飞过程惊险万分，事故不断，有的甚至机毁人亡，演绎了许多不成功的先例，从而断送一款产品。而他没有，气冲霄汉上天，四平八稳落地。面对美少女献上的鲜花，他忘了接。面对汹涌上前的记者的话筒与镜头，平时不羁嘴舌的他竟说不出话，双眼一热，噗地流下几朵泪花。

7

国产C919大客机102号机首飞成功后，沈梦纱等管制员们松了口气。

那个周末，她应邀去跳了场舞，伊点点来约的她。已经五个多月没去舞场了，感觉挺享受的。伊点点晓得她和兰晓天拜拜，——应该说从来就没有对上眼，便主动来示好，约她去"放松放松"。

在舞场中，意外遇见了李语柔等几个极品空乘，她们也说许久没来了，飞得累，出来"调节调节"。沈梦纱瞧瞧她们的身后，没发现兰晓天那几个机长。一忖，他已去了试飞中心，和李语柔她们不在一个航空公司了，平时自然联系少，也可能他有了另外一个社交圈。

一闪又快过年了。

葛尖晃眼间五十朝外，进一步朝退休的时间点而去，但对过年还是有些期许。他是航空家庭，天上地下，过年过节最忙，但在心理上还是有个盼头，要过年了，莫名其妙地兴奋一阵，也不知为个啥。

白雪梅、戈晖几个鼓动着，赶在年前聚次会。对他们这些老管而言，不大可能出长假，也就这点爱好与闹猛。白雪梅最起劲，拉人聚会是她的最爱。她还晓得，兰晓天明年或许要去阎良或东营基地试飞，碰面的机会更稀缺了，想提前过个小年，在一块玩个小团拜。等真正到了春节，他们这些交通人都是劳碌命，又将倾巢而出，扑在一线，值班的值班，加班的加班。人家春节，他们春运。

地点还在葛尖家里，熟悉、热闹。菜还是安排外送，白雪梅负责。自从葛尖那次生日会后，每年要聚一两次。家宴，既自由奔放，又不怕人说闲话。参加人员除了葛尖夫妇、白雪梅、戈晖、沈梦纱、兰晓天外，伊点点显得格外主动，帮助白雪梅张罗这张罗那，劲道比沈梦纱还粗。

葛尖叫上了马化讯。他们几个都是业务骨干，曾经为航班正常出谋划策，立下汗马功劳，工作上配合默契。这是沈梦纱想开口又不知怎么开口的事，葛尖心有灵犀，一下点了题，也不用她瞎费心了。

沈梦纱还想请李语柔，航空公司的形象代言人。原本，李语柔和兰晓天是一块工作的，现在见面机会基本消失，又顾虑到伊点点的复杂心态——名花和名花在一起，也是要起风波的。就跟葛太太小杨商量，小杨说：我来请，都是一个公司的，李语柔善良、活泼、有才，还是公司的代言人、优秀乘务经理。由小杨出面，伊点点也不好说什么。

照例是现磨咖啡，泡普洱茶，摆圆台面。照例是白雪梅的关系，锦江大厨的菜送上门。照例是兰晓天、戈晖等男士自带红酒、香槟前来。

为了这个周末聚会,好几个人专门跟同事换了班头。对于航空业的一线工作人员,想在某一天的下午或晚上凑齐喝个茶,饮场酒,难度不是一般的大。即使提前几天换好了班,中间遇到突发情况,还是有不到的。

这天中午,伊点点打电话给葛尖,说遇到点情况,单位的南主任让她临时进去,会诊个厦门地区的天气情况,估计需要点时间,请他们先开场,不用等她,那边结束后马上过来。葛尖深为理解,他们这类工作的性质就这样。

当天下午三点,兰晓天早早来到葛家,衣着光鲜,头发锃亮。之后白雪梅、戈晖、沈梦纱等依次来到。先到的开始喝咖啡、喝茶,中西合璧。美好时光,莫过于此。

五点正,门铃响,小杨开门。空乘名花李语柔一袭长裙,款款来到,双手一捧鲜花送给葛氏夫妇。进门后,瞥一眼兰晓天,小脸微红。分别和每一位颔首,挨着同事小杨坐下。

名单上就缺马化讯了。

"马上开餐了,怎么还不到?"小杨问葛尖,"打个电话,催催?"

葛尖将目光转向沈梦纱。沈梦纱埋头喝茶,当作没听见。

白雪梅说:"我来打。这个马化讯,一向准时的,今天不知怎么搞的。"

葛尖说:"他自己开车,接电话不方便。我们还是边喝茶边等吧。"

戈晖说:"瞧着一大桌子菜,都快流口水了。这马哥怎么还不到呀。"

李语柔忍俊不禁,扑哧一声笑出,瞟一眼兰晓天,他也正好将目光瞄到她这头,四目相交,李语柔触电似的飘开。

伊点点倒打了个电话过来给沈梦纱:"快了,会诊终于快结束了。厦门海峡上空,这鬼天气,一歇歇云,一歇歇雷雨,一日三变。快结束了,一会从单位出发赶过来,估计八点前能到。"

沈梦纱说:"不急,位置给你空着。"

"八点才到?这个伊点点,真以为美人不用吃饭。"戈晖嚷嚷道。

沈梦纱说:"人家那是工作。"

"就马化讯还没声音。"白雪梅说，"唉，这个马化讯，真的不比马化腾，人家多结棍，差不多成华人首富了。"

"哈，啥人能跟马化腾比。"

正说话间，门铃响起。马化讯的头伸进来，说："谁在嚼我舌头？怎么觉得右耳朵发烫呢。"

众人齐笑。笑到一半，很快惊住。分明看到他的身后还有一个人，一个英武的青年，寸头黑发，满脸的书卷气，眼中放着柔和的光。

"于飞，怎么是你！"戈晖哇哇大叫道。

"对，是我。"于飞温言道。

"咦——"白雪梅脸部几乎僵住。

葛尖摸了摸鼻子，弱弱地"啊哈"一声。

沈梦纱双颊酡红，悄悄伏下头去。

2018 年 5 月 21 日

图书在版编目(CIP)数据

马上起飞 / 詹东新著. —上海：文汇出版社，
2018.8
ISBN 978 - 7 - 5496 - 2698 - 4

Ⅰ. ①马… Ⅱ. ①詹… Ⅲ. ①长篇小说—中国—当代
Ⅳ.①I247.5

中国版本图书馆 CIP 数据核字(2018)第 180913 号

马上起飞

著　者 /	詹东新
插　图 /	屠　莺

责任编辑 / 徐曙蕾
封面装帧 / MORE 创意・设计

出版发行 / 文汇出版社
　　　　　上海市威海路 755 号
　　　　　(邮政编码 200041)
经　销 / 全国新华书店
排　版 / 南京展望文化发展有限公司
印刷装订 / 上海颛辉印刷厂
版　次 / 2018 年 8 月第 1 版
印　次 / 2018 年 12 月第 2 次印刷
开　本 / 640×960　1/16
字　数 / 256 千字
印　张 / 19.5

ISBN 978 - 7 - 5496 - 2698 - 4
定　价 / 48.00 元